At Home with Flannery O'Connor
An Oral History

フラナリー・オコナーとの和やかな日々
オーラル・ヒストリー

ブルース・ジェントリー+クレイグ・アマソン編
田中浩司訳

新評論

フラナリー・オコナー（Flannery O'Connor）とは——訳者による解説

フラナリー・オコナーは、二〇世紀アメリカ文学界においてもっとも傑出した作家の一人である。にもかかわらず、オコナーのことを知っている日本人は非常に少ない。

文学上の傑出にもかかわらず、しかも彼女の作品のほとんどが日本語に翻訳されているにもかかわらず、その名が日本に十分に知れわたっていない原因はいったい何であろうか。それはひとえに、アメリカ人に理解されている彼女の作品のもつ価値が日本人に伝わっていないからと言える。そして、さらなる理由として、その価値が作品の深いところに横たわっているために、一読しただけでそれを見いだすのが容易でないということが挙げられる。

彼女の作品は、ストーリーそのものは初めて読む人にも楽しめるものとなっているが、誰かが解説してくれなければ、その深層に横たわる意味まで汲み取るのは非常に難しい。しかし逆に、その深層に横たわるものがある程度分かるようになると、読者は作品を通じて豊かな人間理解と慰めを得ることができる。それはあたかも、注解書や説教を通じてなんとか理解にたどりつける『聖書』のごとく、理解の進展に応じて愛や慰めや励ましを見いだすことのできる作品である。

しかし、実際のところ、そのストーリーは『聖書』とは似ても似つかないものとなっている。グロテスクなストーリーが展開される彼女の作品は、敬虔《けいけん》な読者を仰天させるような感じさえする。たとえば、「イエスのいない教会」の伝道活動をする主人公を描いた長編小説『賢い血』、ドライブに出掛けた老婆の一家が脱獄囚に皆殺しにされてしまう短篇小説「善人はなかなかいない」、家にやって来た聖書売りの青年と恋に落ちた女性が、はめていた義足を奪われてしまう物語「田舎の善人」などは、彼女自身のカトリック信仰を背景に描いた作品であるにもかかわらず、おそらく、ほとんどのクリスチャンがキリスト教文学だと思うことはないであろう。それどころか、これがキリスト教文学であるとはとんでもない、いったいこの作品のどこに神の愛があるのか、その片鱗すら見つけることができない、と否定するかもしれない。

そのような反応は、ある意味、自然な反応であると言ってよい。その理由は、彼女の作品が現代を描いた作品だからである。現代は、ニーチェが『ツァラトゥストラはかく語りき』で言った「神は死んだ」という言葉が多くの人たちに信じられている時代である。もしも神が死んだなら、神の光を見いだすことなどできるわけがないにもかかわらず、彼女は無謀にも、この世の中に神の光を見いだそうとしているのである。したがって、彼女の作品に神の愛を見いだすことは、現代に神の愛を見いだすことと同じくらい難しいこととなる。

オコナーの作品は、読者にショッキングな印象を与えるが、その印象は聖書の言葉のように読者の心に宿り、やがて成長して、読者に感化を及ぼし続けるような効果がある。また、現代の暗闇の中にも一条の光を求めて物語を描いているにもかかわらず、クリスチャンにすらキリスト教作家として認識されない理由は、彼女が「南部のカトリック作家」というエッセイで「恩寵の本質は、その不在を描くことによってしかはっきりさせえぬ場合が多い」と言っているように、恩寵の光の見えない現代の描写を作品の前面に出しているからでもある。

　キリスト教作家であるにもかかわらず、クリスチャンにすら理解されないことがあるという点においては、日本の遠藤周作（一九二三〜一九九六）に似ているかもしれない。遠藤もカトリック作家であるにもかかわらず、そのデビュー間もないころの『沈黙』から最晩年の『深い河』に至るまで、キリスト教界から十分な理解を得られたとは言い難い。

　しかし、クリスチャンにさえ理解が容易でない作品をノンクリスチャンの読者に理解できるのかという点においては、とくに心配はいらない。ノンクリスチャンでありながらオコナーの作品を愛読した日本人の一人に作家大江健三郎（一九三五〜）がいる。大江は『人生の親戚』という作品のなかで、フラナリー・オコナーの研究者をその主人公として設定した「倉木まり恵」という人物を描いている。

　まり恵は、長男が知的障害を負って生まれてきたこと、次男が交通事故で下半身麻痺になったこと、長男が車椅子に乗った次男を道連れに自殺したことなど、いくつもの深い傷を心に抱えた人物として設定されている。大江はそうした心の傷を、生涯背負っていかなければならない重荷として「人生の親戚」と呼んでいる。

大江は、全身性エリトマトーデスという遺伝性の病を終生背負い続けなければならなかったオコナーにまり恵をかぶせて、この作品を描いたのである。オコナーの作品は、キリスト教信仰をもたない大江が共感したように、無神論者の読者も共感して入り込むことが可能である。いやむしろ、オコナーは「神はいない」と信じている現代人をターゲットに作品を書いているので、信仰のない人こそ、彼女の作品を読むべきなのかもしれない。

オコナーの世界は豊かで奥深いものであり、その世界に入り込むことによって、私たちはより奥行きのある豊かな人間になることができると思われる。もちろん本書も、オコナーの世界をより多くの日本人に知ってもらうために、世に送り出すものである。

本書は、生前のオコナーと交流のあった人たちへのインタビュー集であり、彼らの言葉を通じて、従来とは別の観点からオコナー像を浮き彫りにする。本書を読むことによって読者は、オコナーを、遠い時代の遠い地域に住んでいた紙面のなかだけに宿る作家としてではなく、私たちと同じ生身の人間として、その息吹を感じ取ることであろう。本書を契機に、彼女の作品を手にとり、彼女の作品から深い励ましと慰めを得てくれれば幸いである。

フラナリー・オコナーの作品

- O'Connor, Flannery. *Flannery O'Connor: Collected Works*. New York: Literary Classics of the United States, 1988.
- —. *Wise Blood*. New York: The Noon Day Press, 1962.
- —. *A Good Man Is Hard to Find and Other Stories*. New York: Harcourt Brace, 1955.
- —. *The Violent Bear It Away*. New York: The Noonday Press 1960.
- —. *Everything That Rises Must Converge*. New York: Farrar, Straus and Giroux, 1965.
- —. *Mystery and Manners. Occasional Prose,* selected and edited by Sally and Robert Fitzgerald. New York: Farrar, Straus and Giroux, 1961.
- —. *The Complete Stories*. New York: Farraar, Straus and Giroux, 1971.
- —. *The Habit of Being*: Letters edited and with an introduction by Sally Fitzgerald. New York: Farrar, Straus and Giroux, 1979.
- —. *The Presence of Grace and Other Book Reviews by Flannery O'Connor*, compiled by Leo J. Zuber and edited by Carter W. Martin. Athens: University of Georgia Press, 1983.
- —. *Flannery O'Connor: Collected Works*. NY: Literary Classics of the United States, 1988.
- —. *Flannery O'Connor: The Cartoons*. Edited by Kelly Garald. Seattle: Fantagraphics, 2012.

・―. *A Prayer Journal.* New York: Farrar, Straus and Giroux, 2013.
・板橋好枝・佐々木みよ子編、*The Complete Works of Flannery O'Connor,* Vol. I～XI.. 臨川書店、一九九二年。
・上杉明訳『秘義と習俗――フラナリー・オコナー全エッセイ集』春秋社、一九九九年。
・須山静夫訳『オコナー短編集』新潮社、一九七四年。所収作品「川」「火のなかの輪」「黒んぼの人形」「善良な田舎者」「高く昇って一点へ」「啓示」「パーカーの背中」
・須山静夫訳『賢い血』筑摩書房、一九九九年。
・横山貞子訳『善人はなかなかいない　フラナリー・オコナー作品集』筑摩書房、一九九八年。所収作品「善人はなかなかいない」「強制追放者」「森の景色」「家庭のやすらぎ」「よみがえりの日」
・横山貞子訳『フラナリー・オコナー全短篇（上）』筑摩書房、二〇〇三年。所収作品「善人はなかなかいない」「河」「生きのこるために」「不意打ちの幸運」「聖霊のやどる宮」「人造黒人」「火の中の輪」「旧敵との出逢い」「田舎の善人」「強制追放者」「ゼラニウム」「床屋」「オオヤマネコ」「収穫」「七面鳥」「列車」
・横山貞子訳『フラナリー・オコナー全短篇（下）』筑摩書房、二〇〇三年。所収作品「すべて上昇するものは一点に集まる」「グリーンリーフ」「森の景色」「長引く悪寒」「家庭のやすらぎ」「障害者優先」「啓示」「パーカーの背中」「よみがえりの日」「パートリッジ祭」「なにゆえ国々は騒ぎ立つ」

・横山貞子訳『存在することの習慣』筑摩書房、二〇〇七年。

・佐伯彰一訳『烈しく攻める者はこれを奪う』文遊社、二〇一二年。

日本語によるフラナリー・オコナーの研究書

野口肇『フラナリー・オコナー論考』文化書房博文社、一九八五年。

――『フラナリー・オコナーの世界』文化書房博文社、一九八八年。

――『フラナリー・オコナー研究』文化書房博文社、一九九二年。

――『フラナリー・オコナー』文化書房博文社、一九九八年。

――『フラナリー・オコナーの南部』文化書房博文社、二〇〇五年。

――『日本におけるフラナリー・オコナー文献書誌』文化書房博文社、二〇〇七年。

――『アメリカ南部の宗教風土 フラナリー・オコナーの生きた世界』文化書房博文社、二〇〇九年。

小滝奎子訳『オコンナー（英米文学批評叢書）』すぐ書房、一九七八年。

（原著 Robert Drake, *Flannery O'Connor: A Critical Essay.* Michigan: Eerdmans Publishing Co., 1966）
香川由利子訳『フラナリー・オコナー　楽園からの追放』筑摩書房、一九九九年。（原著 Geneviève Brisac, *Lion du Paradis, Flannery O'Connor.* Paris: Editions Gallimard, 1991）
赤池文子『フラナリー・オコナー――人と作品』共同文化社、二〇〇二年。
堀川洋子『フラナリー・オコナー研究　旧約から新約への転換』丸善出版サービスセンター、二〇〇二年。

フラナリー・オコナー関連サイト

ホームページ

Andalusia: Home of Flannery O'Connor（http://www.andalusiafarm.org/）
Flannery O'Connor Childhood Home（http://www.flanneryoconnorhome.org/main/Home.html）
Comforts of Home: The Flannery O'Connor Repository（http://www.flanneryoconnor.org/）
Georgia College: Flannery O'Connor Collection（http://www.gcsu.edu/library/sc/collections/oconnor/foccoll.htm）

The Flannery O'Connor Society（http://theflanneryoconnorsociety.com/）
日本フラナリー・オコナー協会（http://fos-j.blue.coocan.jp/contents.html）
ブログ　Andalusia: Home of Flannery O'Connor（http://andalusiafarm.blogspot.jp/）
フェイスブック　Andalusia: Home of Flannery O'Connor（https://www.facebook.com/Andalusia farmpage）
ツイッター　Andalusia Farm（https://twitter.com/Andalusiafarm）
ユーチューブ　Andalusiafarm（http://www.youtube.com/user/Andalusiafarm）
フリッカー　Andalusia Farm（https://www.flickr.com/photos/andalusiafarm/）

フラナリー・オコナー略年譜

一九二五年	三月二五日、アメリカ合衆国ジョージア州サヴァンナに生まれる。
一九三一年	聖ヴィンセント・グラマースクールに入学。
一九三二年	初聖体拝領の儀式を受ける。
一九三四年	堅信礼の秘蹟を受ける。
一九三六年	聖心学校に転校。

一九三八年	ミレッジヴィルのレジーナの実家に引越し、ピーボディ高等学校に通う。
一九四一年	全身性エリトマトーデスだった父親が死亡。
一九四二年	ジョージア州立女子カレッジに進学。
一九四五年	アイオワ州立大学修士課程に進学。ライターズ・ワークショップでポール・エングルから作家となるための指導を受ける。
一九四六年	修士論文の一部としての短篇小説「ゼラニウム」が文芸誌〈アクセント〉に掲載される。
一九四七年	芸術修士号取得。
一九四八年	ニューヨーク州サラトガ・スプリングスにある若い芸術家のためのコロニーであるヤッドで創作に専念。
一九五一年	全身性エリトマトーデスを発症。ミレッジヴィルに帰郷。母とアンダルシア農場に住み、治療・創作・講演活動を行う。
一九六四年	二月二五日、腫瘍除去の手術。三月、全身性エリトマトーデスが再活性化、感染症にかかり、病状が悪化して再入院。八月三日、腎不全で死亡。享年三九歳。

もくじ

序文

凡例

・『　』を書籍のタイトルとして使用した。ただし、作品集に収められている短編に関しては、「　」とした。
・〈　〉を雑誌および新聞のタイトルとして使用した。
・訳文中にある［　］は、訳者の補記である。また、フラナリー・オコナーの作品のあらすじを、「コラム」という形で適時掲載している。
・インタビューのなかには多くの人物が登場するが、それらの紹介を巻末に「本書に登場する人物紹介」として掲載した。

フラナリー・オコナーとの和やかな日々——オーラル・ヒストリー

Edited by Bruce Gentry and Craig Amason

At Home with Flannery O'Connor:
An Oral History

Japanese translation rights arranged with
The Flannery O'Connor-Andalusia Foundation, Inc., Milledgeville, Georgia,
through Japan UNI Agency, Inc., Tokyo.

序文

本書は、フラナリー・オコナーがアンダルシア農場に住んでいたときの彼女と、彼女の交友関係に関するインタビューによる記録である。オコナーは、人生最後の一三年間をジョージア州ミレッジヴィルのちょうど北方にある家族の農場アンダルシア[1]で過ごした。彼女の短篇「長引く悪寒」の登場人物アズベリー・フォックスのように、オコナーは重い病気のせいで二五歳のときに故郷に戻った。

この五五〇エーカー[2]の農場に一九五一年から一九六四年の早すぎる死に至るまで住んでいたが、死因は、彼女がまだ一五歳のときに父エドワード・F・オコナーの命を奪ったのと同じ病気である全身性エリテマトーデス[3]であった。

(1) 正確には、ミレッジヴィルの母親の実家から北北西の方角に四キロほど離れた場所にある。アンダルシア農場は一般に公開され、誰でも入場・見学可能である。詳しくは次のサイト参照のこと。http://www.andalusiafarm.org/andalusia/visiting.htm

(2) 一エーカーは約四〇四七平方メートル。

アンダルシアで生活している間、オコナーは二冊の小説と二巻の短編集を完成させたほか数々のエッセイを書き、講演を行い、たくさんの手紙を書いた。そのアンダルシアは、フラナリーの母レジーナ・クライン・オコナーが一九五〇年代には乳牛用の牧場として管理し、一九六〇年代初期に肉牛用の牧場へと姿を変えた。

職業と病気の関係上いくつかの制約はあったものの、オコナーはミレッジヴィルで隠遁生活を送っていたわけではない。母に付き添われて、フラナリーは頻繁に町に出て食事をしたり、聖心カトリック教会(4)の礼拝にも定期的に出席していた。ときどき旅に、主にアメリカの東部に出掛け、大会やワークショップで朗読や講義や演説もしている。

聖心カトリック教会
(1999年７月　撮影：田中浩司)

フラナリー・オコナーのファンである私たちの大多数は、決して彼女を直接知っていたわけではない。それゆえ、アンダルシアで暮らしていたときのオコナーを直接知っていた人たちを、当然のごとくうらやましく思ってしまう。このインタビュー集は、オコナーを、とくにこれから作家として大成するのかどうか未知数だった当時の彼女を直接知っていた人と、私たちのように、本を通じて彼女を知っている人といかに違うのかについて、一見の機会を提供してくれる。もし、オコナーが二〇一二年現在に存命していたとしたら八七歳である。それゆえ、いまだに彼女に関して分かちあうことのできる思い出をもっている同世代の人がたくさんいる。

ワトソン・ブラウン財団がオコナーの知り合いたちの記憶を集めるために助成金を提供してくれたので、インタビューをする私たちのグループでその相手を選び、質問内容を統一するために項目の一覧表をつくり、アメリカ全土の至る所に出掛けてインタビューを実施した。ここに、その結果を提供できることは私たちの喜びとするところである。

(3)　現代でも難病に指定されている病気の一つで、皮膚にできる発疹がオオカミに噛まれた痕のような赤い紅斑であることから、かつては「狼瘡《ろうそう》」と呼ばれていた病気。現在英語では、その正式名称「systemic lupus erythematosus」の頭文字をとって「SLE」と略して呼ばれている。発熱、全身倦怠感、日光過敏症、脱毛などの症状のほか、関節、皮膚、内臓にもさまざまな症状が起こる。免疫の異常が病気の発症にかかわっているとされているが、現代に至ってもその原因の真相は解明されていない。詳しくは次のサイト参照。http://www.nanbyou.or.jp/entry/53

(4)　(Sacred Heart Catholic Church) ジョージア州ミレッジヴィルにあるオコナーの通っていた教会。家から歩いて一〇分たらずの所にある。詳しくは、教会のサイト参照のこと。http://www.sacredheartmilledgeville.org/

いったい、どんなフラナリー・オコナー像が現れてくるのだろうか。一〇人にインタビューすれば一〇のオコナー像が示されるわけだが、インタビューを受けた人たちが認める主要な点が二つある。オコナーが、自分の天職は純文学作家であるという極めて固い決意をもっていたということと、カトリックの信仰を明確にしていたということである。

さらに付け加えるべきことは、インタビューを受けた全員が口を揃えて言っていることだが、オコナーは友人関係をとても大事にしていた。とはいえ、オコナーの友人関係についてここで一般論を述べることは憚られる。おそらく彼女は本の世界で自足することができたと思われるのだが、人との交流、さまざまな種類の人との交流も楽しんでいたと思われる。ミレッジヴィルのさまざまな細かいことやアンダルシア農場での生活に浸りつつも、アメリカの文壇の主だった人物たちとのつながりをもっていた。

彼女は温厚でもの静かだったが、彼女と対面すると威圧されているようだった、と言う人もいる。彼女が歯に衣着せぬ考えや強い意見をもっていて、それを必ずしも隠し切れないでいたというのがその理由である。

自分以外の人たちとオコナーがどういう関係をもっていたのかについて「ほとんど知らない」と報告している友人も何人かいるが、その理由は二つある。一つは、オコナーが常にそのときに話し掛けている友人だけに意識を集中していたためであり（インタビューを受けたこれらの人たちの何人かが、オコナーを大切な信頼のおける助言者と見なしているのはそのせいである）、もう一つは、オコナーが常に自分のすべての人間関係において節度を保って、ほかの人について余計な話をしなかったからである。

インタビューをさせてもらった人の多くが、オコナーと母レジーナ・クライン・オコナーとの魅力的かつ不思議な間柄の様子を話してくれている。大変異なった強い性格のもち主が二人いたからこそ、レジーナの経営する農場の真ん中に、フラナリーを慕ってやって来る作家たちのためのコロニーを生み出すことができたのだ。私たちはまた、オコナー一族の母親以外のメンバー、たとえばジャック&フランシス・ソーントンとのインタビューで言及されているガートルート（通称ガーティー）・トレナーについて深く知ることもできた。

ガートルート・トレナーはボストンにあるエマソン・カレッジ音楽学校の卒業生で、ジョージア師範・実業学校（現在のジョージア・カレッジ&州立大学）と、のちにジョージア軍事カレッジで音楽を教えていた。彼女は、グリーン・ストリートにあるクライン家の二階の大きな部屋でピアノの個人教室を開き、素敵なピアノをもっていたが、彼女の死後、ピアノはジョージア州アテネのトレナー家の手にわたった。ミレッジヴィルの聖心カトリック教会でオルガンを購入した際に多額の寄付をした人の一人で、長年、そこのオルガン奏者であった。

インタビューアーの紹介

フランシス・フローレンコート（Frances Florencourt）

フラナリー・オコナーの母方のいとこである。マサチューセッツ州ウェストンのレギス・カレッジで学士号を、ケンブリッジのレスリー大学で修士号を取った彼女は、芸術の才能を生涯にわたって数えきれないほどさまざまな方面で活かし、第一級の教師として、また地域組織の活動的なメンバーとして活躍した。

マサチューセッツ州アーリントンで生まれた彼女は（伯父のルイス・クラインにからかわれて言われたように）家族で唯一の北部人であった。彼女の母親のアグネス（レジーナ・クライン・オコナーの妹）は、家族と南部のルーツに対して愛着があり、毎年夏にミレッジヴィルに帰省した。その夏の間、四人の姉妹たちは、いとこ、おじおば、友達と、ミレッジヴィルのグリーン・ストリートにあるクライン家やアンダルシア、そしてアトランタでの社交行事などでまたとない楽しいひと時を過ごした。

フランシス・フローレンコート
（撮影：Art Mellor）

当節のひと夏の間に、彼らの父フランク・フローレンコートは、母屋に電気を引き、アンダルシアの井戸にポンプをつけた。そして、当時の暑い夏の夜にポーチでもっと快適な夕涼みができるようにと、底部に独自の掃除用垂れ板が付いた虫除け網戸をつくった。

フランシス・フローレンコートはフラナリー・オコナー＝アンダルシア財団の理事の一人である。彼女は〈*Flannery O'Connor Review*（フラナリー・オコナー・レヴュー）〉に「グリーン・ストリート・ハウスの二つの回想録」(5)を発表している。

担当したインタビュー：アルフレッド・コーン、シスター・ロレッタ・コスタ、セシル・ドーキンス、ロバート・ジルー、メアリー・バーバラ・テイト

クレイグ・アマソン（Craig Amason）

ジョージア・カレッジとエモリー大学で取得した英文学と歴史学と図書館学の学位をもっている。ミレッジヴィル公立図書館の館長を数年務めたのち、フラナリーが晩年を過ごした歴史的な農場の家を再建し、保全するための非営利組織であるフラナリー・オコナー＝アンダルシア財団の理事長になった。

---

(5) Frances Florencourt, "Two Memoirs of the Green Street House" *Flannery O'Connor Review* 4 (2006), pp. 131~33.

彼は、サラ・ゴードンの『*A Literary Guide to Flannery O'Connor's Georgia*（フラナリー・オコナーのジョージアへの文学案内）』の編集顧問を務めた。[6] この本には、同じ主題について〈フラナリー・オコナー・レヴュー〉に掲載された彼のエッセイに基づいたアンダルシアの歴史に関して一章が割かれている。

担当したインタビュー：マリオン・モンゴメリー。そのほか、ルイーズ・アボットとジャック&フランシス・ソーントンのインタビューを行うサラ・ゴードンの協力をした。

アリス・フライマン（Alice Friman）

インディアナ大学の英語英文学名誉教授であるフライマンは、現在ジョージア・カレッジで教鞭をとっている詩人である。彼女の詩集には『*Vinculum*（絆）』、『*The Book of the Rotten Daughter*（行儀の悪い娘の本）』、『*Inverted Fire*（あべこべの火）』、『*Zoo*（動物園）』があり、エズラ・パウンド・ポエトリー賞とシェイラ・マーガレット・モットン賞を受賞している。彼女の詩は、〈*The Georgia Review*（ジョージア・レヴュー）〉、〈*Poetry*（ポエトリー）〉、〈*The Gettysburg Review*（ゲティスバーグ・レヴュー）〉、〈*The Southern Review*（サザン・レヴュー）〉、〈*Boulevard*（ブルヴァード）〉などに掲載されている。

彼女は、ミラー・ウィリアムズの訪問取材をする際にブルース・ジェントリーの協力をした。

ブルース・ジェントリー（Bruce Gentry）

〈フラナリー・オコナー・レヴュー〉の編集者であり、ジョージア・カレッジの英語英文学の教授である。大学で彼は、二〇〇七年のＮＥＨサマー・インスティテュートのようなオコナー関連のイベントのまとめ役をした。

『*Flannery O'Connor's Religion ofo the Grotesque*（フラナリー・オコナーのグロテスクの宗教）』の著者で、『*The Cartoons of Flannery O'Connor at Georgia College*（ジョージア・カレッジ時代のフラナリー・オコナーの漫画）』を編集したほか、『*Conversations with Raymond Carver*（レイモンド・カーヴァーとの会話）』というインタビュー集の共編者でもあった。

オコナーに関するジェントリーの論文は、『*Flannery*

（6） "From Agrarian Homestead to Literary Landscape: A Brief History of Flannery O'Connor's Andalusia" *Flannery O'Connor Review*, Volume II, 2003, pp. 4~15.

ジョージア・カレッジ＆州立大学
（1999年７月　撮影：田中浩司）

O'Connor's Radical Reality（フラナリー・オコナーの過激な現実）』、『"On the Subject of the Feminist Business": *Re-Reading Flannery O'Connor*（フェミニストの仕事の主題について——フラナリー・オコナー再読）』、『*Flannery O'Connor: New Perspectives*（フラナリー・オコナー——新しい視点）』があり、『*Flannery O'Connor in the Age of Torrorism*（テロリズムの時代におけるフラナリー・オコナー）』、『Wise Blood: *A Re-Consideration*（「賢い血」再考）』、〈*Southern Quarterly*（サザン・クオータリー）〉などに掲載されている。

担当したインタビュー：アシュレー・ブラウン、ミラー・ウィリアムズ。

サラ・ゴードン（Sarah Gordon）

フラナリー・オコナー・アンダルシア財団理事。ジョージア州アテネ在住。ジョージア・カレッジの英語英文学の名誉教授で、特別教授（ディスティングィッシュト・プロフェッサー）の称号を受けている。ジョージア州人文知事賞を受賞している。

ジョージア・カレッジで何十年にもわたり〈*The Flannery O'Connor Bulletin*（フラナリー・オコナー・ブレティン）〉を編集し、〈フラナリー・オコナー・レヴュー〉の創設に携わった編集者であった。著書として、『*Flannery O'Connor: The Obedient Imagination*（フラナリー・オコナー——従順な想像）』、『フラナリー・オコナーのジョージアへの文学案内』があるほか、『フラ

インタビュー担当表

取材相手	取材者	取材日
ルイーズ・アボット	サラ・ゴードン、クレイグ・アマソン	2008年2月20日
メアリー・バーバラ・テイト	フランシス・フローレンコート	2009年7月14日
ミラー・ウィリアムズ	ブルース・ジェントリー、アリス・フライマン	2006年6月23日
アルフレッド・コーン	フランシス・フローレンコート	2006年10月9日
マリオン・モンゴメリー	クレイグ・アマソン	2009年10月2日
セシル・ドーキンス	フランシス・フローレンコート	2009年8月26日
ロバート・ジルー	フランシス・フローレンコート	2007年1月24日
シスター・ロレッタ・コスタ	フランシス・フローレンコート	2008年10月21日
ジャック＆フランシス・ソーントン	サラ・ゴードン、クレイグ・アマソン	2007年11月29日
アシュレー・ブラウン	ブルース・ジェントリー	2006年1月26日

ナリー・オコナー——新しい視点』と『フラナリー・オコナーの過激な現実』に掲載された論文がある。それ以外にも、『*Flannery O'Connor: In Celebration of Genius*（フラナリー・オコナー——天才を記念して）』を編集している。

詩集には『*Distances*（ディスタンシィズ）』がある。彼女の詩は〈ジョージア・レヴュー〉、〈*Shenandoah*（シェナンドア）〉、〈*Southern Poetry Review*（サザン・ポエトリー・レヴュー）〉、〈*Confrontation*（コンフロンテーション）〉、〈*The Florida Review*（フロリダ・レヴュー）〉、〈*Southern Exposure*（サザン・エクスポージャー）〉、〈*Apalachee Review*（アパラチー・レヴュー）〉などの雑誌に掲載された。

担当インタビュー：ルイーズ・アボットとソーントン夫妻のインタビューを担当した。

写真家の紹介

本著には、一九五一年から一九六〇年代までのフラナリー・オコナーとアンダルシアの収蔵写真が掲載されている。モノクロの歴史的な写真を撮影したのは、〈*Atlanta Journal-Constitution*（アトランタ・ジャーナル・コンスティテューション）〉、〈*Marietta Daily Journal*（マリエッタ・デイリー・ジャーナル）〉その他アトランタ地域の新聞で報道写真家として活躍したジョー・マクタイアである。

アルカディア・パブリッシング・イメージズ・オブ・アメリカ社から『*Marietta-1833-2000*（マリエッタ――一八三三年～二〇〇〇年）』、『*Historic Roswell Georgia*（歴史の地ジョージア州ロズウェル）』、『*Cobb County*（コブ群）』の三冊の地方史を共著で出版している。マクタイヤは撮りためたたくさんの写真（マクタイヤとその他大勢による写真三〇〇点以上）をアトランタ歴史センターのケナン研究センターに寄贈した。これらの写真の多くはデジタル化され、アトラ

ジョー・マクタイア
（撮影：Jack Collins）

ンタ歴史センターのウェブサイトのアルバム（http://album.atlantahistorycenter.com）で見ることができる。

本書収録のアンダルシアのオコナーの写真は、一九六二年に〈アトランタ・コンスティテューション〉のために撮影したものである。アンダルシアの階段で松葉づえを支えに立っているオコナーの写真は『存在することの習慣』のジャケットの背表紙に選ばれた。

本著に掲載されている史的記録写真は、オコナーがミレッジヴィルに戻った直後の一九五一年夏にロバート・W・マン（Robert W. Mann）が撮影した。彼は、二〇〇二年の創設当時から二〇〇六年に死去するまで、フラナリー・オコナー＝アンダルシア財団の理事を務めた。理事長在任期間中に、財団ではアンダルシアをツアー客らに開放し、アイリス畑と家畜用の池、給水塔を再建し、講義・朗読会、その他たくさんの公的プログラムを主催した。

ロバート・W・マン
（撮影：Robert W Mann,Jr., & Catherine Mann）

また、妻であるマーガレット・フローレンコート・マン（Margaret Florencourt Mann）は財団の創設に携わった理事で、フラナリー・オコナーの母方のいとこにあたる。一九九五年にレジーナ・オコナーが死んですぐに、マン一家は、母屋と付属建物を含むアンダルシアの農場の二〇エーカーの建造物を相続した。マーガレット・マンは二〇〇二年に亡くなったが、彼女を記念して、ロバート・マンが農場建造物を二〇〇三年に財団に寄贈した。

四〇年以上マサチューセッツ工科大学の教授を務めたマンは機械工学者・設計者であり、高度義肢関節、点字印刷機、リハビリ患者補助装置などの制作に助力した。一九六〇年代には、腕を失った人たちがモノを持ち上げる動作を可能にする装置を製作した。その装置は、その後マサチューセッツ総合病院、マサチューセッツ工科大学、その他の機関で改良され、「ボストンの腕」として知られるようになった。

編集者二人より、本書の準備にあたって援助いただいた左記の方たちに感謝を申し上げる。
ルイーザ・アボット、メアリー・バウアーズ・アヴィーナ、ジャック・コリンズ、アレクサンドリア・ダニエッキ、ポール・エリー、キャロル・ソーントン・グラント、キャサリン・マン、ロバート・W・マン・ジュニア、アート・メロー・ジュニア、セルソ・レモス・ド・オリヴェイラ、マルコ・アレクサンン・ド・オリヴェイラ、ニコール・ロメロ、セーフ・サウンド・アーカイヴス、アーサー・ワン。

二〇一二年

ブルース・ジェントリー
クレイグ・アマソン

フラナリー・オコナー
（1962年、アンダルシア農場・母屋のダイニングルームにて）
（撮影：Joe Mctyre）

ルイーズ・アボット（Louise Abbot）

日時：二〇〇八年二月二〇日
場所：ジョージア州ルイーズヴィルのルイーズ・アボットの自宅
インタビューアー：サラ・ゴードンとクレイグ・アマソン

ルイーズ・アボットは、ノース・キャロライナ大学の卒業生。批評、小説、とくに詩を含む刊行物が、〈ジョージア・レヴュー〉、〈*Mademoiselle*（マドモアゼル）〉、〈*The Carolina Quarterly*（キャロライナ・クオータリー）〉、〈サザン・エクスポージャー〉、〈*South Atlantic Quarterly*（サウス・アトランティック・クォータリー）〉、〈*Sand Hills*（サンド・ヒルズ）〉、〈*Suthern Literary Journal*（サザン・リテラリー・ジャーナル）〉、〈フラナリー・オコナー・ブレティン〉、その他の雑誌に掲載されている。[1]

ルイーズ・アボット
（撮影：Louisa Abbot）

ゴードン　フラナリーとの関係を説明していただけますか？

アボット　フラナリーと私はいい友人でした。その関係は約八年間続きました。私にとっては素晴らしい八年でした。もちろん、二人とも読書が大好き。ほかでも何回かお話する機会があったと思いますが、彼女がかの有名なフラナリー・オコナーであるということを知らないうちに、私は彼女と知り合いになったことをとても嬉しく思っています。

もちろん、そのときはすでに彼女は出版社から本を出していましたが、まだ注目はされていませんでしたし、批評家たちからの称賛も受けていませんでした。そうした称賛の声はあとから、つまり彼女が死んでからやって来たもので、現在でも大きくなり続けています。

私たちに共通していたのは、読書が大好きだったことです。私にあって彼女になかったのは、彼女に対する大きな敬慕の念です。お二人ともご存じのように、彼女はなぜ私が敬慕しているのかが分からないほど、そう、信じられないくらい控えめな人だったのです。

でも、実際そんなことを彼女に言ったらば、彼女は怒って「あなたと違って、私にはそんな風に自分のことを思えないわ」と言うでしょう。そして実際、彼女はそういう風に思うことが決してできなかったのです。もうそんなこと言わないようにと、脅される可能性もあります。そうすれば、私がそんなことを言わなくなるからです。

それはそれとして、私たちはよくおしゃべりをしました。私たちは、二人とも料理なんかできないのに、スープのつくり方などを話しました。あるとき、コンヤーのトラピスト男子修道院(2)の修道士たちに『アリス・B・トクラスの料理読本(3)』を贈るつもりだと言ったら、「あなたの大金を、あの修道士たちにその本を買うために使わないで。あの人たちは、自分でそれを買うだけの余裕があるのよ」と、私にひそひそと言ったことがあります。

ゴードン　だから、贈らなかったのですか？

アボット　たぶん、贈らなかったと思います。贈るのが怖かったので。

ゴードン　もちろん、本や創作についてもいっぱい話しましたよね。お二人とも本を書いていらっしゃいますから。霊的なこと、宗教のことについて意見を交わしたりしましたか？

アボット　ええ、私たちの間では本を話題にして語ることが、とくに私にとっては、ほかの話題

(1)　アボットの作品は翻訳されていない。

(2)　コンヤーはジョージア州ロックデール郡の郡庁所在地で、アトランタより三八キロ東にある。男子修道院は一九四四年に建てられ、「聖霊修道院（Monastery of the Holy Spirit）」の名前で知られている。

(3)　（*The Alice B. Toklas Cookbook*）一九五四年初版の、当時人気の料理本。アリス・B・トクラスは、パリでガートルート・シュタインと一緒にサロンを開いていたが、本には、サロンに集ったワイルダー、ヘミングウェイ、フィッツジェラルド、ピカソなどの作家・芸術家たちとともにした食事の話なども掲載されている。邦訳は、谷川俊太郎解説、高橋雄一郎・金関いな訳で『アリス・B・トクラスの料理読本――ガートルード・スタインのパリの食卓』（集英社、一九九八年）として出版されている。

よりも大切なことになっていました。私は自分のことを理解力のある読者であると思っていましたが、正直に申し上げて、作品集『*A Good Man Is Hard to Find and Other Stories*（善人はなかなかいない及びその他の物語）』(4)を読んだとき、彼女が一体誰の立場に立ってこの作品を書いたのかまったく理解できませんでした。

当時、私は徹底的と言っていいほどの不可知論者で、彼女の家を初めて訪問するときは、あたかも自分と考えを同じくする仲間に会いに行くようなつもりでいましたが、それは違うと、直ちに勘違いを正されました。そのときの私は、恥ずかしさで顔が燃え上がっていたことでしょう。大変な戸惑いでした。

彼女は「使徒信条」(5)を唱えることによって、私の先入観を正しました。「私はこれをこのままそっくり信じているの」と言って、唱えたのです。使徒信条を全部唱えたのです。私はロッキング・チェアに腰かけ、彼女もロッキング・チェアに腰かけてリラックスした気分でいたのですが、そのとき私は、はたと椅子の揺れを止めました。本当のことです。(6)そっと、その場から立ち去りたくなりました。

でも、彼女があつい宗教心を、しかも熱烈なほどの信仰をもっていることが私には明らかになりましたので——もう、言わないでもたぶんお分かりと思いますが——彼女がきっかけとなり、私はそのあと自分自身の新たな探求を開始することになりました。そうして使徒信条を一旦すべて唱え終えると彼女は、「別に宣教師のように、あなたもこれと同じことを信じてほしいと言っているわけじゃないのよ」と言いました。

サラ（・ゴードン）さん、あなたもご存じのように、彼女は決して読者を改心させようとして作品をないがしろにするようなことはありませんでした。彼女は、決してそんなことをする作家ではありませんでした。

（4）一九五五年出版の短篇小説集で、この本のタイトルとなった「善人はなかなかいない」のほか、「河」「生きのこるために」「不意打ちの幸運」「聖霊のやどる宮」「人造黒人」「火の中の輪」「旧敵との出会い」「田舎の善人」「強制追放者」が収録されている。アボットは「*A Good Man Is Hard to Find*」と言っているが、同題の短篇小説との混同を避けるため、ここでは正式な原題を表記した。

（5）カトリック教会とプロテスタント教会のほとんどが信じる基本信条の一つ。キリスト教会におけるもっとも古い信仰告白といわれる古ローマ信条に基づいてつくられた信条で、父なる神とイエス・キリストと聖霊への信仰を表明したもので、日本語では次のように唱える。
「我は天地の造り主、全能の父なる神を信ず。我はその独り子、我らの主、イエス・キリストを信ず。主は聖霊によりてやどり、おとめマリヤより生れ、ポンテオ・ピラトのもとに苦しみを受け、十字架につけられ、死にて葬られ、陰府《よみ》にくだり、三日目に死人の内よりよみがえり、天にのぼり、全能の父なる神の右に座したまえり、かしこよりきたりて生ける者と死にたる者とを審《さば》きたまわん。我は聖霊を信ず、聖なる公同の教会、聖徒の交わり、罪のゆるし、からだのよみがえり、とこしえの命を信ず。アーメン」（『聖歌』いのちのことば社、一九八六年、iiページ）

ゴードン　あなたに向かって、ローマ・カトリック教会や教会の教義について話しましたか？また、自分の信仰を擁護するようなことを話していましたか？

アボット　彼女が実に敬虔なローマ・カトリック教徒であると分かったとき、私は「そうね、今ここにいる私は過渡的な状態にいるのだから、カトリックの教義のこともちょっと知っておこうかしら」と思ったのです。そこで、彼女にカトリックの教義について尋ねはじめると、彼女はよく「私があなたに話したり、貸したりするにちがいない本は、ほとんどすべてローマ・カトリックの視点から書かれたものですよ。それをあなたに強要したくないのです」と言って、そういう話には加わりませんでした。

生涯、私は長老派教会の会員でしたが、典礼を重視する教会、とくにローマ・カトリック教会に興味をもつようになると、彼女は「時間がかかりますよ。あなたは待つことになります。待って、待って、やっとこれが自分のしたいことだと確信するようになるのです」とよく言っていました。だから彼女は、それを私に押し付けることは決してありませんでしたが、私のほうから興味ある態度を示すと、決まって本や記事などを持ってきて応じてくれました。

ゴードン　そうして、たぶん彼女はトマス・マートンをすすめたり……。

アボット　いいえ、トマス・マートンはすすめませんでした。

ゴードン　誰が彼女のおすすめでしたか。覚えていますか？

アボット　ええ、フォン・ヒューゲルのことを覚えています。それと、ハンス・キュング。彼は、教会と常に問題を起こしていました。

ゴードン　ジャック・マリタンは？

アボット　ええ、確かにすすめられました。

ゴードン　しかし私は、マートンがおすすめ作家の一人でなかったことに興味を覚えますね。

アボット　ええ、彼女はマートンのことは決して言いませんでした。でも、マートンが強烈な存在であることは間違いないです。そして彼女は、修道院のポール・ボーン神父と大変意気投合し

（6）　アボットは、エッセイ"Remembering Flannery"のなかで、そのときの模様を、「オコナーが『我らは信ず』からはじめて使徒信条全部を唱えている最中に、孔雀が足を高く上げて歩いて庭を横切り、ロッキング・チェアは床板でキーコキーコ鳴り、偶然通った一台の車がイートントン幹線道路に接している丘を一周した。オコナーは、宿り……生まれ……十字架にかけられて、死に、葬られ……天に昇り、再び来られるなどの動詞を一語一語大変強調して読んだ」（田中訳）と述べている。(Louise H. Abbot, "Remembering Flannery" *The Flannery O'Connor Bulletin*, vol. 23 (1995), p.66)

（7）　一六世紀の宗教改革運動によって生まれた、カルビニズムに基づくプロテスタントの一派。「プレスビテリアン・チャーチ」とも言う。牧師のほかに教会員から選出された一定数の長老が教会の組織運営に参加する。アメリカでは一六八四年、メリーランド州スノウ・ヒルでフランシス・マケミー（Francis Makemie・1658～1708）によって組織された。マケミーは「アメリカ長老派の父」と呼ばれている。

ました。そして、実際彼らが彼女や教父アウグスチヌスに入れ込んだように、彼女は修道僧たちの何人かに入れ込みました。彼らをアンダルシアまで招待したものです。私が思うに、彼女は自分自身を、修道院生活にはたぶん不向きな人間であると考えていたのだと思います。

私たちがルイーズヴィルから七マイル［一一・二キロ］、一般道路から四マイル［六・四キロ］離れた所に引っ越したことを彼女に伝えたら、本当に驚いて、そしてすぐに「私なら町からそんなに離れた所になんか住みたくないわ」と言いました。

ゴードン　その点、アンダルシアは五マイル［八キロ］郊外でしたから。

アボット　ああ、なるほど。たくさんの自動車が行ったり来たりしていました。夜は真っ暗なのよと言ったらば、彼女は「私だったら嫌だわ」と言いました。

ゴードン　ええーと、あなたがそこへ出掛けたとき彼女は何羽のクジャクを飼っていましたか？そこには、まだかなりの数がいたのでしょうか？［一六〇ページの写真参照］

アボット　いました。何羽いたのか教えてもらえばよかったわ。でも、たぶん一二羽はいたのではないかと思います。

ゴードン　初めてフラナリーに会ったときのことと、会っている間の全体的な印象を説明していただけますか。

アボット　私は、ここルイーズヴィルにいました。『善人はなかなかいない』［一五一ページの**コ**

ラム7参照］はすでに読んでいました。そして、当時まだ『賢い血』［五一ページの**コラム1**参照］のことについて知らなかった私は、彼女がこの素晴らしい短編小説の作者だと気付いたとき、「たった八〇キロしか離れてない所に彼女はいるのね。この人に会いに行けるわ」と思いました。でも、邪魔をしたくなかったから、ずっと先延ばしにして行かないままでした。

ゴードン　それに、彼女は内気でしたしね。どうやったら彼女と親しくなれるのか、分からないほどでした。

アボット　私は彼女の邪魔をしないようにということを重大視しすぎました。つまり、今なら誰もが分かることですが、もっと率直に行きたい気持ちを伝えればよかったのです。だめならだめで、「私にはどうしてもこの人に会うわけにはいきません」と言われるだけのことですから。そのような次第で私は、彼女に手紙を書きました。すると彼女は、いつ行ったらよいか、時間と日にちを教えてくれて、「毎朝創作活動をしているから、午前中の訪問はだめです」と言いました。

　夫がミレッジヴィルで仕事があると言ったとき、「それはちょうどいいわ。夫が仕事している間に、彼女にちょっとだけ会いに行こう」と思ったのです。そして、自動車でミレッジヴィルへ向かいましたが、私は時間どおりに着きたかった――かといって、あまり早く着きたくもなかったといってよいでしょう。

　そういうわけで私は、ミレッジヴィルで映画を観ることにしました。映画館では、今何時かしらと、横目で時計をチラチラと見続けていました。そして実際、映画の最後のほうは観ることはできない、途中で出ていかなくてはいけない！　と、早々に決心しました。ところが、映画館にいる間に大雨が降りだしました。ものすごい土砂降りになっていたのです。

私は「大切な約束がある。彼女は素晴らしい作家だし」と考えました。たぶん、彼女との関係を築きたかったのです。それに私は、彼女に対して嘘をついてはいけない、彼女と約束したことを必ず守らなければならないということは分かっていました。「裏付けのできない要求はしてはいけない。守れない約束はしてはいけない」と、独り言を言いました。そこで私は、一心になってこの人の前に姿を現すことにしたのです。

私が小さな青いファルコン(8)から降りると、オコナーが「大雨にあったでしょう？」と尋ねてきたのです。しかし私は、「いいえ」と答えました。実際、大雨にはあわなかったのです。

ゴードン　映画館の中にいたからですね。

アボット　きっと彼女は、「クレージーな女だわ。ものすごい嵐のなかを車で来たのに、それを直ちに否定するなんて」と思ったにちがいありません。大嘘つきに見えたことでしょう。

ゴードン　映画館に行っていた、と説明したのですか？

アボット　説明をしなかったと思います。彼女のお母さんレジーナがすぐに出てきて、私たち三人で腰を下ろしてほんの少し話をしました。「ねえ、あなたのご主人は弁護士で、お子さんが一人いらっしゃるのよね」と、レジーナが言いました。

ゴードン　あなたに関する情報を集めていたのですね。

アボット　そのとおりです。彼女が言うには、私は大変健康そうに見える人だと思っていたようで、そのことでワクワクしている様子でした。フラナリーは「彼女は作家なのよ。出版したものもあるの。出版した物語があるのよ」と言いました。「何て親切なのかしら」と、私は思いました。

ゴードン　レジーナはどうしましたか？　それでおしゃべりを止めましたか？

アボット　いいえ、全然。一瞬として話を止めませんでした。

ゴードン　話し続けたのですか？

アボット　レジーナの関心を本当に惹きつけたのは、私の夫のことでした。彼女は、「ねえ、あなたのご主人のこと教えてくれる」と言っていました。それから、「ところで、あなたが帰るときに、先日つくったパウンドケーキを何枚かおわたしするわ」と言ったので、私は「夫が喜ぶわ。朝食に焼いたパウンドケーキを食べるのが大好きなの」と答えました。

　レジーナにとって、それが印象的だったようです。それで私は、朝食に焼いたパウンドケーキを食べるのが好きな夫をもつフラナリーの友達になったというわけです。私たちは、パウンドケ

（8）一九六〇年から一九七〇年代に、フォード・モーター社で生産された自動車。

ーキのことを話しました。そう、嫌になるくらい話しました。

ゴードン　初めての訪問で、本のことについて話すチャンスはありましたか？

アボット　少しだけですが、ありました。レジーナがその場を去り、私がフラナリーに『善人はなかなかいない及びその他の物語』がどんなに楽しかったか、そしてまた、どんなに素晴らしい作品だと思ったかと話しました。彼女はチャペル・ヒル[9]の大学での勉学の様子と、私が出版した物語のことを聞いてくれました。彼女はとても優しく励ましてくれました。もちろん、小説を書くことに興味をもっている人に対しては誰にでもですが。

ゴードン　そうですか。でも、あなたには才能があったからではないでしょうか。

アボット　そして本のこと、読んだ本のことをたくさん話しました。何という本のことを話したのかは覚えていませんが、ただナディン・ゴーディマーはそのうちの一人だったことは覚えています。ルイーズヴィル高校の何人かの女生徒たちに「何を読むべきか」と聞かれたので、「ナディン・ゴーディマーを読んではどうか」と答えたことがあります。

　でも、あとで知ったのですが、ノースカロライナ大学の小さな図書館はその本を隠してしまったそうです。その本には、若い女の子たちには読んでもらいたくないと司書が思っていた文章が含まれていたそうです。このようにして、私が若き少女たちを迷わせていたかもしれないなどと、彼女は信じることができませんでした。

ゴードン　私が一九六八年に初めてミレッジヴィルに引っ越したとき、リリアン・スミスの『*Killers of the Dream*（夢を殺した人たち）』に関する記事を読んでいたので、図書館に行きました。その本を読みたかったのですが……。しかし、司書たちがそれを隠してしまったということに気付きました。

アボット　その本が隠されたのですか？

ゴードン　ミレッジヴィルの公立図書館のことです。図書館利用カードをつくってもらうためには二名の身元保証人が必要だったのですが、私にはローザ・リー・ウォルストンとレジーナ・オコナーのほかにあてがありませんでしたので、彼らの名前を申し込み書に書いて提出し、図書館の利用カードを手に入れました。そうしてやっと、隠されていたリリアン・スミスの本を探し出すことができました。

ここでまた、本に関するあなたとフラナリーとの会話に話を戻しましょう。

アボット　私が真剣に本を読んでくれる人だと気付くと、フラナリーは私に『賢い血』のペーパーバックをくれて、「これは、私が持っているたった一冊のペーパーバックだから返して下さいね」と言いました。だから私は、「ええ、必ず返すわ、元のままの状態で」と答えました。

（9）　ノース・カロライナ大学の所在地のこと。

彼女は、ほかにも本をたくさん貸してくれました。クレアンス・ブルックスとロバート・ペン・ウォレンの共著『*Understanding Fiction*（小説の理解）』を貸してくれたことを覚えています。そんなわけで、私は本をどっさり持って家に帰りました。

ゴードン　最初の訪問と二度目の訪問の間は、どのくらい時間が空いていましたか？　きっとあなたは、彼女に手紙を書いたのではないかと思うのですが。

アボット　ええ、書きました。彼女も私に返事をくれました。もちろん、私はワクワクしていました。彼女は「なるべく頻繁に戻っていらして」と言ってから、「私も寂しいから」と付け加えました。思い出すのも嫌なことですが、（彼女がそう言ってくれたのは、夫がいる身でありながら）私が孤独だと誤解されかねないことを、後日、私たちの交友関係の回想録に書いたことがあるのです。私は夫に、「何もあなたを傷つけようと思って書いたわけではなく、それはちょっとした会話の弾みです」と弁解しなければなりませんでした。

ゴードン　フラナリーに会った当時、人生においてあなたは何をしているころでしたか？

アボット　ええと、そのちょっと前に故郷へ戻ってきたばかりでした。私にとって素晴らしい二年間をチャペル・ヒルで過ごしたあとに。ドリス・ベッツと出会い、まだ創設されたばかりだったクリエイティブ・ライティングのコースがそこにあるのを知ったのは幸運でした。クリエイティブ・ライティングは、実に有意義な授業でした。

ゴードン　ジェシー・レーダーのもとでも勉強しましたか？

アボット　はい。

ゴードン　あなたの物語がレーダーの『*The Young Writer at Work*（活躍中の若き作家）』という教科書に収録されていましたよね。

アボット　ええ、クリエイティブ・ライティングのプログラムの全体をはじめたのがジェシー・レーダーでしたから。私は故郷を愛していますが、いくらこのようにすばらしい南部の町ではあっても、戻ってきて適応するのはとても大変でした。故郷に戻ってきて元の生活に適応するというのは、容易なことではありませんでした。

ゴードン　まるで田舎に戻ったような感じだったということですか？

アボット　はい、フラナリーに会ったとき、私には小さい女の子がいました。それに弁護士の夫も。彼女に会う以前に、親友のローザ・グリーンには会えませんでした。だから、ある意味、私は本当に寂しかったのです。フラナリーの本がたまたま手に入ったとき、私はいてもたってもいられなくなって、ここぞというときに勇気を出して彼女のもとへ行くことにしました。当時、私は、人生の方向がしっかりとは決まっていませんでした。

ゴードン　先日、私がアテネのユニテリアン友の会でフラナリーに関する講演を行いましたが、初めにラルフ・ワルドー・エマソンとアメリカにおける宗教の消滅に関してオコナーからの引用[10]

をしました。フラナリーがある手紙のなかで、(11) エマソンが聖餐式の葡萄酒とパンを重要でないと言ったことが、アメリカにおける宗教の消滅のはじまりであると書いているのを覚えておられるでしょう。それからこれをユニテリアンの人たちに説明するときに、「今もし、フラナリーがこのユニテリアンの集いのなかにいたら、さぞ不愉快に思うことでしょう。いやそれより、私に対して不快感を抱くことでしょう。私は米国聖公会会員ですから」(12) と言いました。

彼らに向かって、「米国聖公会会員はひと皮をむけば、ほとんどどんな考えでも受け入れているることが分かるものだ」というフラナリーの言葉を念のために言ったらば、彼らは大いに気に入りました。「ええとですね……」と、私は言いました。「友達が」と言いながら、私はあなた「アボット」のことを思い出して言っていたのですが、友達と私が以前よくその言葉を引用して、互いにちょっとしたケンカをしていたことがありました。そして、「お気付きのとおり、それは、フラナリーとしては［宗派は違うけど］あなたたちを理解して受け入れているのよ、といった響きのある言葉です（今では、彼女と意見を異にすることは多々ありますが……）。まだ聖公会に入る以前のカトリック教徒だったころの私は、彼女とよく意見が一致したものでした。しかし、今やまさに彼女の言ったこのことこそ、私が聖公会で魅力的だと気付いた点なのです」と、私は付け加えました。

アボット　同感です。

ゴードン　何年も前に、あなたと私でこうして米国聖公会とローマ・カトリック教会について長時間お話をしたことをはっきりと覚えています。私がカトリックになったのはミレッジヴィルに来る以前でした。あなたと私で、そのことに関してたくさんの会話を、フラナリーを話題の中心にすえて話しました。その後、あなたは聖公会の信者になられたのですね。私がなったのは最近のことですが。

アボット　ご存じのとおり、フラナリーは聖公会のことでもう一つ違うことを言っています。そ

---

(10)　インタビューでアボットは「Unitarian Fellowship in Athens」と呼んでいるが、正式名称は「Unitarian Universalist Fellowship of Athens（略称ＵＵＦＡ。アテネ・ユニテリアン万人救済論者友の会）」。一九五四年、八～一〇家族によるリベラルな宗教集会として創設された。集会は会員の各家庭で開催され、ゲストスピーカーを招いて講演会を開くなどしていた。会は規模を拡大し、現在でも活動が継続している。詳細は次のホームページ参照。http://uuathensga.org/uufa/about-the-fellowship/

(11)　一九六三年三月一五日付の、サリーとロバート・フィッツジェラルド宛書簡のなかで言っている（Sally Fitzgerald, ed. *The Habit of Being*. New York:Farrar, Straus & Giroux, 1979. p.511）。同じ趣旨の言葉はエッセイ「いびつで霊的な時代—小説家と信仰者」のなかにも綴られている（上杉明訳『秘義と習俗——フラナリー・オコナー全エッセイ集』春秋社、一九九九年、一五二ページ）。

(12)　米国聖公会はキリスト教の一派で、もとは英国国教会の一部だったが、アメリカ独立戦争によってイギリスから独立した。会員には富裕層や上流階級の人が多く、リベラル色の強い教会で、現在会員は約三〇〇万人と言われている。

れはたぶん、手紙のなかでも言っていると思いますが、「そんなに近くにいたら、そこに入らないでいられるものかどうか分かりません」と。それもまた、どことなく、私は聖公会に対しては理解をもっているのよ、といった感じのする言葉です。

ゴードン　私たちカトリック教会外部の人間には「彼女の実際の影響力」は分からない、と言う人もいます。いいですか、「『実際の』影響力」のことですよ。私たちが精神的な遍歴を積み重ねてきたなかで、フラナリーは異彩を放つ存在ですが、時に彼女から受けた影響が否定的なものに思えるときもあります。私には、彼女の言ったことに賛成できないこともあります。しかし、読者に考えさせ、読者を立ち止まらせるのがいい作家というものです。そして、明らかにフラナリーは、私たちを立ち止まらせるいい作家であったということです。

さて、ここで話は変わりますが、フラナリーはユーモアのセンスでも知られています。あなたが彼女と交わした会話や経験で、彼女のユーモアのセンスが発揮された例を何か教えていただけませんか。

アボット　とてもたくさん思い出すことができます。最初に思い出すのは、後日アンダルシアの表側のポーチにいたときのことですが、レジーナがコインを集めている私たちの友人のことを話しだしたのです。レジーナは、コイン集めのことですっかり興奮していました。けれども、フラナリーは信じ難いほどはっきりと退屈していました。

レジーナが、「もしよかったら、そこまで車で行って彼のコレクションを見ましょう」と言うと、フラナリーは首を横に振って、お母さんに聞こえないよう、ステージから観客に向かって話しかける俳優の脇セリフのように、「彼は、ユダが集めたお金も持っているのよ」[13]と言いました。私は、彼女の脇セリフのような独り言が大好きです。

ゴードン　彼女は、そういった脇セリフでちょっと有名です。その話も面白いですね。

アボット　そしてあるとき、レジーナとフラナリーはブラザー・ピウスをアンダルシアに招きました。ブラザー・ピウスは司祭ではなく、聖職に就かない修道士でした。その名はピウス（敬虔の意）なのに、どこか敬虔さが足りませんでした。彼は素晴らしい意味で不敬で、しかも自由な精神のもち主でした。彼はフラナリーに会うために、アンダルシアまでいとこや姪、そして今にも死にそうな人まで一緒に連れていきました。

フラナリーは前にも、「私、あのブラザー・ピウスのことが大好きなの」と言っていました。それでもとにかくにも、彼は車で猛スピードを出してジョージア州の警察に制止されました。それでも修道士なのですからね！　そうやって全員が到着すると、私たちは会話で盛り上がりましたが、

(13)　イエスをだましてローマ兵に引き渡した際に、イスカリオテのユダがその謝礼としてローマ兵からもらった銀貨のこと。『新約聖書』の「マタイの福音書」二六章一五節および二七章三節を参照。

レジーナがあるひどい言葉を発しました。フラナリーが全力で彼女に反論すると、レジーナも即座に激しくやり返しました。それから、フラナリーは母親に向かって次のように言いました。

「私には、私の意見を言う権利があるの」

そして二人は、深い愛情で結ばれているにもかかわらず、それからずっとケンカをしていました。その日、フラナリーが自分の意見を譲ることはありませんでした。

今でも思っているのですが、彼女が私に話してくれたあらゆる話のなかでもっとも面白いのは、年寄りの農夫とニワトリの話ではないかと思います。もう一度、その話をしましょう。

ある日、私が出発しようとすると、私を見送るために外に出て、松葉杖をつきながら私の車のほうに歩いてきて次のように言ったのです。

「お話ししなければならないことがあるの。先週、ある農夫が母の所に来たので、私たちは彼と一緒に、家の裏のこの相変わらずの狭い道を一緒に歩いていったの。すると突然、うちのニワトリが一羽、彼の正面を横切ったの。そうしたら彼は、そのニワトリを捕まえて空中に放り投げたのよ。そのニワトリはバタバタとあらんかぎりの力で羽を羽ばたかせて、ギャーギャーと叫び、大騒ぎをしながら下りてきたわ。そしたら、びっくり仰天。彼はそのニワトリをもう一度捕まえて空中に投げたの。そんなことを何度もやったのよ。遂には、そのあわれなニワトリを彼は下に置いたけど、時すでに遅く、ニワトリはすっかり気を失っていたわ。それから農夫が手の汚れを払って、こんなことを言ったのよ。『ニワトリに愉快な時を過ごさせてやりたけりゃあ、空中に放り投げてやりゃいいんだよ』」

ゴードン　すごい話ですね！　あなたがそこにいた当時、ほかの友達が立ち寄ることはありませんでしたか？　あなたは、フラナリーをほとんど独占状態にしていたのですか？

アボット　思い出せる唯一の人は、ジョージア州立女子カレッジ(14)のローザ・リー・ウォルストン博士だけです。

ゴードン　ユーモアのセンスと言えば、ロザ・リー・ウォルストン博士にもセンスがありました。

アボット　ええ、そうですね。でも、ウォルストン博士のことはよく知りませんでした。

ゴードン　彼女は畏敬の念を起こさせる人です。

アボット　ええ、そうですね。ポーチに出ていた人は何人かいましたが、私は室内に残っていて、最後にポーチに出てきた人たちと一緒でした。室内で、ウォルストン博士と宗教について話し続けていたからです。

ゴードン　彼女はメソジスト派(15)の牧師の娘でした。

アボット　でも、私が思うに、彼女自身とくに敬虔な人というわけではありませんでした。ほか

---

(14)　ジョージア・カレッジ&州立大学の前身。

におしゃべりやら何やらしている人たちがいたから助かったのですが、オコナーが私を叩いて――そう、実際に叩いたのです――「彼女は私たちが好ましく思っているタイプの人じゃないわね」と言ったのです。それで、あとでそのことを回想録に掲載したら大変な問題に巻き込まれました。ウォルストン博士が、私の回想録をまさか読むとは思っていなかったのです。そこには、そのエピソードのことを載せていたのです。

数年後、〈フラナリー・オコナー・ブレティン〉にあなたがそれを転載してくれた際に、私はその話を削除しました。(16) でも、最初の回想録にはそれが載っていて、チャペル・ヒルで出版されたのです。ウォルストン博士がよもやそれを目にするとは、まったく思ってもいないことでした。

ゴードン　実際に彼女が見たのですね。

アボット　そうです。彼女は、私に遊びに来るようにと招待してくれました。そのとき、私のことを責めたのです。彼女は私を昼食に誘いました。私は「ああ、しまった、あのことだわ。でもそれは、本当にフラナリーが言ったことなのだから、一歩も譲ってはいけないわ」と思いました。

ゴードン　それで実際、彼女は「フラナリーが本当に私のことをそう言ったのか」と聞いたのでしょうか？

アボット　彼女はさりげないけれども、実にはっきりと分かる言い方で言いました。私の宗教的信仰についてもあれこれと尋ねました。

ゴードン　それは面白いですね。

アボット　彼女は「ぜひ、あなたに読んでもらいたい本をわたすわ」と言いましたが、それはノーマン・カズンズが書いた本でした。さらに、「私は、彼のものの見方と相通じるものがあるわ。あなたの言っていることから判断すると、あなたも彼の考え方に賛同すると思うわ。だから、私はあなたの分身のようなものよ」と補足して、「宗教に関する見解において、私たちとフラナリーとの距離よりも、あなたと私の距離のほうがより近い関係にあると思うわ」と言いました。

ゴードン　それは、かなり意外な話ですね。

アボット　ええ、人をバカにした話です。たぶん、そんな話をすべきではなかったのだと思います。

ゴードン　きっと、ローザ・リー・ウォルストン博士はフラナリーのカトリック信仰が受け入れ難かったのでしょう。

---

(15)　メソジスト派はイギリスのジョン・ウェスレーが起こしたプロテスタント・キリスト教の一派。規則正しい生活の奨励、「信仰の確証」の教理を特長としている。教育・医療・貧民救済に熱心で、アメリカではバプテスト派についで二番目に会員が多い。日本では年末恒例の社会鍋でおなじみの救世軍や、ミッションスクールの青山学院、関西学院大学などがこの流れをくんでいる。

(16)　Louise H. Abbot, "Remembering Flannery" *The Flannery O'Connor Bulletin*, vol. 23. (1995). pp.61~82.

アボット　そうだったと思います。

ゴードン　たとえば、彼女は、フラナリーがローマ・カトリック教会による禁書目録を擁護していることに異議を唱えていました。彼女には、フラナリーが自分の読むものを誰かに検閲されることを許しているのが信じられませんでした。検閲が、フラナリーの知性と両立するとは思えなかったのです。彼女はきっと、そのことで戸惑いを感じていたところに、あなたの回想録のなかで自分に関するフラナリーのコメントを読んだのだと思います。

アボット　フラナリーは、ウォルストン博士と私を守ろうとしたのだと思います。フラナリーは彼女に対して深い愛情と尊敬を抱いていましたから。でも同時に、ウォルストン博士が厳しいことを言うかもしれないような場所に身を置かないほうがよいと促してくれていたのです。

ゴードン　ローザ・リーは、愚かなことをする人をどうしても我慢することができなかったからですね。

アボット　ええ、私は当時バカな振る舞いをしていましたから。私は、ウォルストン博士がこうした問題に関心がないのだという事実に気付かないほど、当時は大変愚かなことをしていました。

ゴードン　初めてウォルストン博士と知り合ったときも同じようなことを私はしていました。私は、博士はフラナリーの友達なのだから、てっきり神学的な問題に関心があると思っていたのです。彼女は、私との会話を打ち切りました。だから私は、そのことはよく分かっています。ご承知のとおり、フラナリーの作品の受け取り方は人さまざまです。私がその作品と霊性の両方に惹かれていたのは確かですが、ローザ・リーのようにたくさんの人たちはその作品自体に魅力を感じていたのです。

アボット　作品と知性にです。

ゴードン　フラナリーとの会話はどれほど気軽にできるものでしょうか。一方的な感じなのでしょうか。それとも、あなたが話すと彼女も同じくらい話をするという感じだったのでしょうか？

アボット　たしか、これは本当に正直に言うことですが、私がいろいろなことについてたくさんしゃべりまくっていて、彼女はとても寛大に、子どものことやルイーズヴィルでの日常生活のことなどを私が話すのを聞いていたように思います。でも彼女は、絶えず反応をしてくれていましたし、私が不快な思いをした記憶はありません。

アマソン　彼女と会話するのは、何が大変だったのですか？

ゴードン　内気さを打ち破ることでしょう。

アボット　それは、私も思ったことがあります。はっきりとした答えは思いつきませんが……彼女と私の背景に一体どんな共通点があって、互いに居心地よく思えたのか、私には分かりません。それを探ることができたらよかったと思います。でも私たちには、相違点と同じくらい共通点もありました。それが何であったかを言うことはできませんが……一緒にいて快適に思えるような何かです。私が遊びに来ると知ったときも、私が一緒にいるときも、彼女はくつろいだ気分だったと思います。もちろん、私もくつろいでいました。

そして、私たちはたいていの場合、そのとき読んでいる本の話をしました。私はもちろん、彼女との友人関係をもっとも重要な関係と見なしています。それは愛情豊かな楽しい関係だったと思いますが、私たちの友人関係は、彼女がベティ・ヘスターやセシル・ドーキンスともっていたような類の関係であったとは思いません。でも私は、「私の作品をもっともよく理解してくれている読者の一人である友人ベティ・ヘスターがアトランタにいるのよ」と一度も私に教えてくれなかったことについて不思議に思っています。

ベティやマリヤットやセシルのことを、一度も話に出しませんでした。彼らが存在していたことも私は知りませんでした。しかし、メイコンの司祭フーティ・マッカウンのことはときどき話してくれました。そして、「あの人本当に面白い人だから、彼が来たら、いつかあなたも来たらいいいと思うわ」とよく言っていました。

彼のことが大のお気に入りだったようです。もちろん、共通の友人であるテッド・スパイヴィーのことについても話したりしましたが、ほとんどの場合、彼女は自分の友達については話そうとしませんでした。

ゴードン　サリー・フィッツジェラルドについてはいかがですか？　サリーのことについては触

れていましたか？

アボット　いいえ。

アマソン　フラナリーは、あなたと話をしているときはあなたのことだけに関心を向けていたように思いましたか？

アボット　そうですね。彼女は、人が必要あって取り上げた話題が何であれ、その話に付き合うことで満足をしていたのだと思います。私は、もうこれ以上聞いてはいけないと遠慮をしていたと思います。もしも私が、「あなたのことをもっと知りたいの。あなたのお父さんのことを話してくれる」などと聞いたりしたら、いったいどうなっていたことでしょう。

ゴードン　侵入者のような気持ちがしたかもしれない、ということですか？

アボット　彼女の立場だったら、そのような気持ちがしたと思います。

ゴードン　ハグをしたことはありますか？

アボット　いいえ。彼女は、母親との関係を私に大変はっきりと示してくれました。「ときどき、あなたが私の母に関して見たり聞いたりしている内容については知っているわ。それは自覚しているわ。でも、私はどんな個人的なことでも、母のことについて話し合うつもりなどないことを知っておいてほしいの」と言っていました。

アマソン　父親のことについてはまったく話しませんでしたか？

アボット　「父はしかじかの年に亡くなりました」といった程度のことですね。

ゴードン　ということは、あなたと彼女との会話は常に制限が設けられており、あなたが入っていけない世界があったということですね。

アボット　まさしく、そのとおりです、

アマソン　今までに、彼女の前で怖い思いをしたことはありますか？

アボット　最初の訪問でヘマをしたときにとても怖い思いをしました。のちに彼女自身の、つまり物語における作者の立場を完全に間違えたと気付いたときもそうでした。

ゴードン　あなたが神学について論じる際に――こんなことをお尋ねするのも、私はいつも、もしも天国があるなら、文学や神学に関するあることでフラナリーと激しい議論がしてみたいと想像することがあるからなのですが――彼女に反論することが今までにありましたか？　彼女と討論することについて考えるだけなら大変勇敢でいられるのですが、実際に討論するとなったら、たぶん私には反論する勇気がなかったと思います。

アボット　思い出せるのは、中に特別な記事の入った分厚い〈コモンウィール〉を彼女がくれたことだけです。それが何であったのか、今となっては思い出せないことが残念です。私たちはそれについては話しませんでしたが、私は彼女に「記事をとても注意深く読みました。それは反ユダヤ主義的だと思いました」と言って、彼女に手紙を書きました。私はユダヤ主義にも大変惹か

れていたので、その記事を反ユダヤ的に感じて不快に思いました。

ゴードン　彼女は、それに対して反応しましたか？

アボット　ええ、私はさらに一歩踏み込んで、「そのように思うのは私だけではないわ」と手紙を書きました。というのも、私が感じているのと同じことを言っている編集者宛の手紙を何通も見たことがありましたので。なので私は、「そういうわけで、あの記事には同意できなかったわ」と大胆に言うことができました。

彼女は、私がどうしてその記事が反ユダヤ的だと感じたのかは分かるような気がすると言っていましたが、私の感想を聞いて大変驚いたとも言っていました。そして彼女は、「私はあらゆることを大変厳格にローマ・カトリックの視点から見るので、この記事が何らかの点で反ユダヤ主義的だなんて、どう考えても思いもよらないことだったわ」と言っていました。

ゴードン　フラナリーに関して、ほとんどの人が十分に理解していないと思うことで、あなたが知っていることにはどんな一面がありますか？

アボット　お答えするのがとても難しいですが、それはおそらく、彼女の深い信仰が、あなたが指摘したような根っからの内気さと、彼女がたえず通過してきたであろう葛藤とが組み合わさっているということが顕著なことです。その葛藤が、真の謙遜を結果的になんとか支えているのであって、それがあなたをはっとさせた彼女の特徴の一つだと思います。

それは、注目すべき組み合わせだったと思います――徐々に集めだした注目に抗することができただけでなく、彼女が言うように、「分かった」人、彼女のしていることを分かる人がいるということを喜ぶことができたというのは、彼女にとって大切なことだったと思います。でももちろん、彼女は書くことが自分の天職、宗教的な天職だと感じていたのですから、読んでもらい、理解してもらいたいと望んでいたのです。できるかぎり、よいものにしたいと思っていたわけです。ですから、自らの心深くにある作家としての高潔さを自ら進んで貶めるようなことはしなかったのです。

ゴードン　そのとおりです。つまり、何にもまして、フラナリーは物語の優れた語り手でした。彼女は物語を紡ぐことができ、しかも上手に紡ぐことができた人です。私の友人の一人が、最近、彼女の作品を読んでいて、「一つ一つの文が宝石のように素晴らしい文だね」と言うので、私は「そうです。それに、とにかく彼女は大変熱心に作品に取り組んでいたのです」と言いました。けれども彼女は、決して自分の物語を日曜学校の小冊子のような類のものと見なされたくはないと思っていたでしょう。

アボット　そんなことは決して望まなかったでしょう。彼女はローマ・カトリックのいくつかの作品のもつ敬虔さを、サッカリンのようなものだと本当に嘆いていましたから。もっとはっきりとローマ・カトリック的な作品を書いて欲しいと願う読者の要求に、彼女は屈しませんでした。

ゴードン　『秘義と習俗』のエッセイや講演録を再読して分かることは、その多くのものが、ほかのいかなる種類の読者よりもカトリックの読者に向けられているということです。読者が物語によって「鼓舞されたい」と願っていることを彼女は嘆いていました。つまり、読者に知的素養のないことを大変嫌っていたのです。

アボット　はい、そのとおりです。

ゴードン　それから、ご承知のように、私がフラナリーのことを話していると、ときどき決まって誰かが「彼女は人種差別主義者ではないですか?」と言います。そんなとき私は、「いいえ、彼女を人種差別主義者と呼ぶ人たちは彼女の作品を読むことができません。彼らは知的素養のある読者ではありません」と答えています。

フラナリーは、自らの小説が理由で、人種差別主義者だと告発されたことがあるという事実をきっと嘆いたことでしょう。なぜなら、彼女のことを人種差別主義だと言って告発すること自体、文学的アイロニーや風刺に対する理解力が読者に欠如していることを証明するからです。

アボット　たぶん、彼女は私たちに賛同してくれると思いますが、そのことでは決して議論したりしないと思います。私が今ちょうど話すつもりだったことですが、彼女は自分の主張の正しさを明らかにするエッセイを書くか、手紙を書いたかもしれません。でも、手紙を読んではっきりと伝わってくることは、読者のなかには乏しい理解力しかもたない人もいるということです。

ゴードン　フラナリーは毒舌家だと言われていますが、お聞きしていますと、あなたは彼女が謙虚であるとお話しになっています。彼女が謙虚であり、なおかつそのような毒舌のもち主であるということは、いかなることなのでしょうか？　そのようなことが、どうして両立するのでしょうか？

アボット　それをどう両立させるのか、なぜ小説を書くのかと尋ねたときに、フラナリーはそれとなく示してくれました。「私は上手に書けるから書くのよ」と言ったのです。とにかく、自分には才能があるという考えを受け入れていたのです——自分には独自の才能がある、と言っていたのかどうかまでは確信がありません。

ゴードン　あるエッセイのなかで、自分の才能は神からの贈り物であると言っていますね。

アボット　ときどき、何かいいものを読んだり、才能をもっていることを自覚している作家に出会った場合には、その作家に興味を惹かれていました。

ゴードン　カトリック作家のＪ・Ｆ・パワーズについては何か話をしていましたか？　あなたは、全米図書賞を受賞した彼の『*Morte d'Urban*（都会の死）』を読みましたか？

アボット　はい、読みました。彼女は彼のことを絶賛していて、ぜひ読むようにとすすめられました。私がナサニエル・ウェストについて話題にしたことがあるのですが、彼女も彼の作品が大好きということで、嬉しく思いました。

ゴードン　彼は、フラナリーが『賢い血』〔**コラム1**参照〕を書くうえで確実に影響を及ぼしています。
アマソン　フラナリーと直接顔を合わせて行った会話と、文通との間で対照的なことはありますか？　あなたと話しているときとは裏腹で、手紙を書いているときのオコナーは別人だと感じることはありましたか？
アボット　いいえ。
ゴードン　同じ人格でしたか？
アマソン　一貫した性格でしたか？
アボット　実際、矛盾しているところも不一致なところも見当たりませんでした。彼女のもう一つの才能は、いつも誠実である、ということではないかと思います。回想録で書いたと思うのですが、彼女と私はたいていの場

コラム1　『賢い血』のあらすじ

イエスを避けるために罪を避けていたヘイゼル・モウツは、罪を避けることに失敗すると虚無主義に転向し、神の不在と悪の不在を信じるようになった。戦役を終えて故郷トーキン・ハムに戻り、車の上に乗って「キリストのいない教会」の伝道活動をするが、ついてきたのはエノック・エマリーという少年だけであった。

ヘイゼルは伝道活動を続けながら、いかさまキリスト教伝道師たちの化けの皮をはがしていくが、警官に車を崖から突き落とされるという不条理な事件をきっかけに伝道活動を止め、生き方を変えることにした。靴の中に石ころやガラス片を入れて歩いたり、身体に有刺鉄線を巻いたりする苦行をはじめ、ついには自分の目を石灰で潰してしまうことになる。

合、ほかの人が同席することはありませんでした。たまに、私が怖気づくようなほかの人たちと同席をしても、彼女はいつも彼女のままでした。そして、私たちがやり取りしたちょっとした手紙のなかでも、そのほとんどが今度来るのに都合のいい時はいつとか、たわいないことが多かったのですが、その文章の調子はいつも同じでした。

お二人もよくご承知のように、確かに彼女は、小説のなかの人物たちと同じような口語を使っているわけではありません。しかし、話をよく聞いていると、これはフラナリーの作品に使われている文体と同じだと気付くことが何度もあります。

ゴードン　彼女は人の会話、とくにジョージア中部の人々の話し方を聞き取る素晴らしい耳をもっていました。つまり、会話のテンポとか、私たちが交わす陳腐な言葉を聞いて大喜びするとか、それを聞き取ることができたのです。

アボット　そうですね、人の話す言葉を聞くことは、彼女にとって大きな喜びだったと思います。母親と農夫や、付き合いのあったほかの人たちとの会話の現場から取った材料や、フラナリーが人々の会話を立ち聞きして、どうにかしてそういう人たちをからかうつもりで作品に使っていたと言う人がいたとしたら、それは大きな間違いと言えます。

ゴードン　ただ、こうした言葉のやり取りを楽しんでいただけなのですね。

アボット　そうです。彼女は、人々の言葉の豊饒さを楽しんでいただけです。お分かりと思いますが、私は長い間、彼女と知り合いであるということがどれほど名誉なことで、特権であるのかということに気付きませんでした。

ゴードン　彼女の死についてはどのようにして知りましたか？

アボット　私はメアリー・ジョー・トンプソンとファニー・ホワイトという、サンフォード・ハウスを経営していた二人の女性と付き合いがあったのですが、メアリー・ジョーが私に電話をかけてきて、フラナリーが入院していて、死期が迫っていると教えてくれました。その後、フラナリーの伯父であるルイス・クラインが電話をくれました。私は彼に会ったことも声を聞いたこともなかったのですが、彼は電話をかけてきて次のように言いました。

「アボットさん、私はルイス・クラインです。私の妹のレジーナからあなたに電話をして伝言をするようにと頼まれました。フラナリーが今朝早く、しかじかの時刻に亡くなりました。葬儀の予定は……」

そして、葬儀の時間を教えてくれたのです。

ゴードン　あなたは葬儀に行ったのですね。

アボット　行きました。そして、ご存じのように、私はその人が誰であるのか知らなかったのですが、ベティ・ヘスターのちょうどうしろに腰かけました。彼女は一人で来ていました。最近、彼女の写真を見て、その人がベティ・ヘスターだったのだと確信しています。彼女はすっかり打ちひしがれていて、終始悲しみに肩を震わせていました。といっても、静かにそうしていたのですが、泣いているのは明らかでした。深い悲しみに暮れていました。

ゴードン　そのあと農場へは行きましたか？それとも農場へは行かず、レジーナはグリーン・ストリートのクライン家に参列客を迎え入れたのでしょうか？

アボット　参列者のためのレセプションがクライン家で行われました。クライン家に立ち寄ることが予定されていたとは、私は知りませんでした。その後、レジーナに「あなたはどこにいらしたの？」と聞かれました。私たちは教会に行き、そのあと墓地に行きました。それから家に戻ることになっていたのです。墓地に行ったあと、家に行かなかったことを

メモリー・ヒル共同墓地にあるフラナリー・オコナーの墓
（1999年７月　撮影：田中浩司）

大変後悔しています。

ゴードン　どうも、家族でその前夜に通夜をしたらしいのですが、そのとおりなのでしょうか？　オコナーの家で行われたのですよね？　レジーナが亡くなったとき、誰かが「ええと、これでエドとレジーナとフラナリーは、みんなこの家から運びだされて埋葬されたことになるわ」と言ったのを覚えています。それは、フラナリーの遺体がその家にひと晩安置されていたことを示していると思います。葬列は、クライン家からはじまったということなのでしょう。

アボット　あなた方お二人とフラナリーのことをお話できて幸いでした。このように、ときどき会話をする[17]なかでいろいろなことを思い出し、今まで分からなかったことが分かるようになってきました。

（17）別の機会に行われたアボットへのインタビュー"When in Milledgeville...Conversations with Louise Abbot about her Friendship with Flannery O'Connor"を次のサイトで視聴することができる。http://vimeo.com/24507880

フラナリー・オコナー（1962年、アンダルシア農場・母屋の奥の部屋にて）
（撮影：Joe Mctyre）

メアリー・バーバラ・テイト（Mary Barbara Tate）

日時：二〇〇九年七月一四日
場所：アンダルシア
インタビューアー：フランシス・フローレンコート

メアリー・バーバラ・テイトは、トゥームスボロ(1)出身で、一九五七年から一九七〇年までボールドウィン郡高等学校の英語の教師を務めた。また、ジョージア・カレッジの英文科でも二〇年以上にわたって教鞭をとっている。大学では、〈フラナリー・オコナー・ブレティン〉の創刊に携わり、一九七二年から一九八七年まで編集者の一人として活躍した。

(1) 現在は「Toomsboro」と綴られるが、元々は「墓」を含意する「Toombsboro」であった。"A Good Man Is Hard to Find"のなかでは、老婆の一家を待ち構えている死を暗示するがごとく「Toombsboro」という綴りが使われている。

メアリー・バーバラ・テイト

一九六九年、ジョージア・カレッジより同窓会貢献賞を受賞。[2] フラナリー・オコナー＝アンダルシア財団理事会財務担当を務めるかたわら、しばしばアンダルシアの案内役を務めた。ジョージア・カレッジの〈*Columns*（コラム）〉および〈*Studies in the Literary Imagination*（スタディーズ・イン・ザ・リテラリー・イマジネーション）〉にエッセイを発表している。[3]

フローレンコート　あなたは、長年にわたってフラナリーの友人でいらっしゃいました。私たちのほとんどは、文学界を代表する象徴的な存在、および短編物語作家としての彼女しか知りません。でもあなたは、文学仲間としてだけでなく友達として彼女のお知り合いだったわけです。フラナリーのありのままの姿について、彼女がミレッジヴィルの普通の人たちや友達とどういう関係であったかなど、何か話していただけますか。また、彼女が日常生活のどういうことに関心をもっていたかについて教えていただけないでしょうか。

テイト　私がいつも驚いていたのは、フラナリーがミレッジヴィルに溶け込んで、快適に過ごしていたことです。彼女は卵の値段に、天気に、母親が雄牛を飼うことに、地域で起こっていることのすべてに興味をもっていました。そして、彼女が言うには、クライン家が特別ツアーに対して公開されたときは必ずソファーに座り（それも穴の開いたところに）、訪問者たちから見られないようにしていたとのことです。

彼女は確かに、自らの日常生活を作品の背景として広く使っています。私がいつも驚くのは、彼女が小説で使っている会話、次から次へと陳腐な言葉を交わしながら小説に描かれた女の人たちが行っている空虚な会話なのですが、その会話を登場人物同士が楽しみ、読者もそれを読んで楽しんでいることです。

彼女は、作物に関してや牛乳の生産に関してなど、農場のことに関心はありませんでしたが、短期滞在者にせよ、長期滞在者にせよ、農場で暮らし、管理を続けている人たちに対して関心をもっていましたし、この大きな農場を手際よく経営している母親に対しても常に関心を払っていました。

ことミレッジヴィルに関しては、フラナリーが好奇心をもたなかったものを思い起こすことができません。高校時代に知り合った人たちとも、大学時代の知り合いとも関係を維持していまし

（2）（Alumni Service Award）大学に大きな影響を与えるほどのボランティア活動をした学生や卒業生に対して与えられる賞。

（3）*Studies in the Literary Imagination.* (Vol. 20, Issue 2, Fall 1987) pp.31～35. には、テイトの“Flannery O'Connor and the South ‘Flannery O'Connor at Home in Milledgeville’”が収録されており、ミレッジヴィルが経済的に発展していく様子、オコナーの文学的関心の背景、鳥好きの様子、自由主義者たちに対する態度、批評家に対する反応などが記されている。

たし、多くの教授たちとも連絡を取り続けていました。それに、健康上の理由でやむを得ず戻ってきたこちらには、よその土地で経験したことによって得られたさまざまな知恵を持ち帰りました。おかげで、地元での日常生活においては楽しみが減らないで済みました。

私の好きな彼女の思い出の一つは、夏の暑い日、繁華街にある映画館の正面で、窓を全開した車の中に一人取り残されている彼女を見たことです。彼女が車で待っている間、彼女の母親は買い物をするために通りをあちこち歩き回っていたのですが、通行人は一人ひとり立ち止まってフラナリーに話し掛けていました。

その当時、町の人たちはみんな互いに顔なじみで、彼女は通行人たちとの会話を楽しんでいました。レストランでも彼女を見掛けたことがありますが、彼女はほとんど毎日、昼間だけでなく、しばしば日没後にもそのレストランで食事をしていました。サンフォード・ハウス(4)のどのテーブルに彼女が座るのか、また、町の外からの訪問者に美味しい食事をもてなすとき、どの席に案内するかも知っていました。

彼女が、家禽類に興味があったことはよく知られています。雄のクジャクはとくに関心の対象でしたが、あらゆる種類の動物を飼っていました。アヒル、ガチョウ、ハクチョウ、交配種の鳥も飼っていました。記憶にあるのは、奇妙な羽をもつ見た目の変わった鳥で、その両脚が車軸にくっついていたようで、タイヤが足代わりとなっていました。とても変わった歩き方をしていましたが、何の不満もなく暮らしをしていることは誰の目にも明らかでした。

　フラナリーが台所に立って、皿を拭きながら、そばにいる人たちと話をしていたのを見たことがあります。針仕事や同年代の人たちが普通一般に楽しんでいたような娯楽に、関心があったかどうかはまったく分かりません。

（4）　当時有名だったミレッジヴィルのレストラン。当時はノース・ウィルキンソン・ストリートの東側ジョージア大学キャンパスの道路の向かいにあったが、現在はノース・ジャクソン・ストリートの西側に移転し、ミレッジヴィルの歴史展示博物館となっている。次の Georgia's Old Capital Museum in Historic Milledgeville のサイトには、見学ツアーの案内が記されている。http://www.oldcapitalmuseum.org/index.php/stetson-sanford-house/

アンダルシア農場の鳥小屋（左）と母屋（右）
（撮影：Robert W. Mann）

しかし、自らの手を大いに使って小説を書き、絵を描きました。彼女がニワトリたちに餌を投げ与えていた姿が今でも目に浮かびます。

私は、毎週水曜日の夜、アンダルシアで開催されていた読書会の一員でした。それは大変変わった小さな集まりで、静かなものでした。一度記事に「私たちは文学者（literati）ではありませんでした」というのを書いたことがありますが、残念なことに、印刷されて私たちが目にしたものは一文字間違っており、「私たちは学者（literate）ではありませんでした」となっていました。実に遺憾なことです。

フローレンコート　その読書会と、そこに集まったさまざまな人たちみんなについて、もっと話していただけますか。

テイト　その読書会は、米国聖公会〔三五ページの註12参照〕の教区牧師がはじめました。ウィリアム・カークランドという、神学と哲学に関心があって、とても興趣《きょうしゅ》をひかれる人です。彼はこの真剣な企画をするにあたって、ジョージア州立女子カレッジ哲学科学科長のジョージ・バイスワンガーの支援を取り付けました。

二人は、神学と哲学について議論するつもりでこの会をはじめたのです。しかし、残念ながら、集まった人たちはそんなことに関心がありませんでした。やがてグループの関心は小説に向かい、そこで何年にもわたってたくさん読んでいきました。カークランド博士が途中から読書会に来れなくなったのは、当時ミレッジヴィルで行われていた人種差別撤廃の仕事に深くかかわるようになり、時間がまったく取れなかったからです。

一方のバイスワンガー博士は、大学での仕事は本当に大変だったのですが、都合がつくかぎり来られました。フラナリーが大学を卒業するとき、アイオワ大学で奨学金を得て、そこの作家養成コースに入る機会が得られるよう手配したのはバイスワンガー博士です。彼は、フラナリーの作品を高く評価していましたし、しょっちゅうは来られないけれど、この読書会の一員であることを喜んでいました。

私たちは一風変わった集団でした。夫と私は、初めてその会に行く夜、メアリー・サリーとベティ・ファーガソンを連れていくことにしていました。メアリー・サリーはフラナリーと同じ年齢で、娘時代を一緒に過ごした仲です。書くことに、とくに作家のもつ視点や小説家の技法という点に関心をもっていました。ベティ・ファーガソンは、大学の図書館に司書として勤務していました。小説の大変立派なコレクションを図書館につくったのは彼女でした。ヴァージニア州にあるランドルフ・メイコン・カレッジの卒業生で、大変物知りでした。小さな大学の図書館にしては、当時、本当によく選び抜かれたコレクションでした。

彼女らはそれぞれ、リバティー通りの角にある、南北戦争以前の様式で造られた豪華な家に住んでいました。それらの家は今でも立っています。何とありがたいことでしょう。私たちは、メアリーとベティの二人を車で迎えに行って連れだし、初めて夜の集まりに向かいました。

ポール・クレサップもグループの一員でした。彼はジョージア軍事カレッジの英語教師で、とても素敵な紳士でして、もの静かで読書の好きな方でした。メアリー・フィリップスとイギリス人である夫のランスもいました。メアリーは大学で英文科に勤務していました。私と夫は定期的に参加していましたが、ときどきほかの人たちも来ました。長老派教会の息子ジム・マクラウド、ジョージア州選出のリチャード・ラッセル上院議員の甥ラッセル・グリーンのほか、ジョージア軍事カレッジ学長の妹マリヤット・リーも町にいるときには参加していました。

ミレッジヴィルの精神病院（セントラル・ステート病院）の方が二回ほど会に来たことがあります。精神科医なのですが、読書会の間、二回ともずっと寝ていました。私の記憶では、読書会で誰かが寝ている姿を見たのはその二回だけです。

小説を読みはじめて大変有意義だったのですが、短い時間でみんなが一緒に小説を読むということはとても大変なことだと分かりました。（ドストエフスキーの）『地下室の手記』を読み、（カミュの）『異邦人』を読み、（ヘンリー・ジェイムズの）『メイジーの知ったこと』を読み、（ウィリアム・スタイロンの）『闇の中に横たわりて』を読み、（ジョルジュ・ベルナノスの）『田舎司祭の日記』を読みました。(5)

しかし、その後は短篇小説へと移りました。ピーター・テイラー、ロビー・マコーレー、キャサリン・アン・ポーター、リング・ラードナー、ユードラ・ウェルティを読み、ホーソンの短篇もいくつか読みました。リング・ラードナーの「金婚旅行」も読みましたが、そのときが、オコナーが誰よりもよく笑うのを見たときです。彼女はその物語を大いに気に入ったようでした。その小説で使われている「かあさんの口にゃあ、かなわない」という台詞が、私たちのグループの間でちょっとした言い回しとしてはやりました。手紙のなかで、フラナリーがその台詞を使っていることに私は気付きました。

私たちは短篇小説を大いに楽しみ、その後、朗読したいと思う本を読書会に持ち寄るようになりました。読みたいものは何でも持ってきてよかったのです。小説でも、書評でも、コメントでも。私たちはこのようにして楽しく過ごし、幸いにも少人数の集まりで継続することができました。

読む本について提案したのは大抵の場合フラナリーでした。彼女は本を注文したり、お金の徴収をしたり、そうしたすべての対応をしていました。今思い出すと、それは驚くべきことです。彼女は自ら進んでそれを引き受け、しかもテキパキとやっていたのですから。

（5）　テイトの前掲のエッセイには、読書会は毎回約三時間行い、フラナリーの健康が衰えるにつれて一週間おきになったとある。そのほかにも、ナサナエルホーソンの『大理石の牧神』やチャールズ・ディケンズの『ハード・タイムズ』、ジェームズ・パーディーの作品を読んだと記されている。

ある晩、家の裏のほうでオコナー夫人［レジーナのこと］がミシンを踏んでいる音が聞こえたので、何を縫っているのか見ようと思って行ったら、フィードサック(6)を縫い合わせて、サリー・フィッツジェラルドの小さな娘さんのために洋服をつくっていました。サリーは当時イタリアにいたので、そのかわいらしい洋服を彼女のもとへ郵送したようです。

彼女は、実に裁縫が上手でした。彼女はフラナリーに、とてもかっこいいコートもつくっています。フラナリーが松葉杖をもっと不自由なく使えるようにとつくられた、袖はないけれども、前腕の真ん中あたりまでケープが垂れ下がった深緑色のコートです。見事な仕立てでした。でも、必要に応じて手を抜くこともありました。たとえば、フラナリーの部屋のカーテンを見ると、一インチ［二・五センチ］の長さの縫い目があるのが分かります。きっと、カーテンの丈を短くしていたとき、次にやらなければいけない用事があって急いでいたのでしょう。

オコナー夫人はフラナリーの訪問者たちを、南部人としての礼儀作法で、いつも親切に温かく迎えてくれました。彼女は決して私たちの話し合いに加わることはありませんでしたが、私たちを歓迎してくれました。夜になって解散するときには、部屋に入ってきてみんなにお別れの挨拶をしてくれました。

フローレンコート　（オコナー家で）茶菓を出す役割をしていたのは（使用人ではなく）レジーナだったのですか？

テイト　そうです。彼女は大概、コーヒーやお店で買ったちょっとしたクッキーを一〇時ごろに持ってきてくれました。そして私たちは、それを美味しくいただきました。レジーナの有能さと働きぶりは実に立派でした。勤勉な人で、農場についてもよく知っていました。

それどころか、農場は彼女が経営していました。彼女が管理運営をしていたのです。肥料、牛、餌、建物、買い物に関する決断のすべてを彼女がしていました。とはいえ、週末になるとアトランタからやって来る兄の助けを借りることもときどきありました。

しかし、日々の仕事は彼女が仕切っていて、大変テキパキとこなしていました。それでいて外部の人とのつながりも大切にしていたのです。彼女は交替で自分の家でブリッジの会を開く番になったときには、正面のポーチでその会を開催していました。彼女には、仲のいい友達が何人もいました。近所にとてもお気に入りの人がいて、電話でおしゃべりするだけでなくほとんど毎日

（6）　フィードサック（feedsack）とは、一八八〇年代にアメリカで生まれた穀物を入れるための布袋のこと。一九三〇～五〇年代にかけて、アメリカで家畜用の飼料袋として使われていたもの。最初は、無地の布袋に商品と会社名がプリントされたものだったが、あるメーカーが柄入りのものを販売したところ、主婦たちの間で大流行した。フィードサックは、単に袋として使用されるにとどまらず、袋の糸を解き、衣類やインテリアキルトなどさまざまなものにつくり直されて使用された。フィードサックを用いた製品の数々は、次のサイトを参照。http://www.pinterest.com/lindabucholz/feedsack-fabric/

会っていました。

サンフォード・レストランの経営者であるホワイトさんとメアリー・ジョー・トンプソンが大変お気に入りでした。彼女は、教会でもそのほかの集まりでも活動的な人で、町でよく見かけました。決して、農場に閉じこもっていたわけではありません。

フラナリーはとても静かな人でした。ほとんど口をききませんでしたが、彼女が話したくなることといったら、まさに人が聞きたくなるようなことでした。確かに、私たちに説教することもありませんでしたし、会話を独り占めすることもありませんでしたが、重要だと思ったときには言うべきことを言っていました。私たちは彼女を本当に尊敬していましたし、彼女に対してたくさんの愛情を抱いていました。彼女と一緒にいると楽しいひと時が過ごせたのです。

ある晩の読書会で、主人が彼女の小説を朗読してもいいかと聞いたら、彼女は「いいえ、だめです」と言い、自分で読むと言って譲らなかったことがあります。もしも朗読するなら、自分がなんとしてもするのです。そして彼女は、自らの短篇小説「長引く悪寒」［**コラム2参照**］を読んでくれましたが、ほとんど読めないほどによく笑っていました。自分は喜劇作者だと思う、とも言っていました。私たちが彼女の機知と才気を楽しむように、彼女は自らの機知と才気を楽しんでいたのです。

フローレンコート　どのようにしてフラナリー・オコナー・ルームが大学に開設されたかについ

て教えていただけませんか。手織りのきれいな絨毯と、レジーナが寄贈した家具が置かれているあの部屋について話してください。

テイト　分かりました。今からお話するのはおよそ半世紀前のことです。当時はまだジョージア女子カレッジにあったフラナリー・オコナー・ルームは、同窓会幹事のドリー・ネリガンと、司書の一人であり、レジーナの忠実な友ジェラルド・ベチャム、そしてフラナリーを学校の卒業生として評価していた同窓生や彼女の才能と芸術を評価した同窓生の手によって共同で整備されたものでした。

大変すてきな部屋で、彼女の原稿、

コラム2　「長引く悪寒」のあらすじ

ニューヨークで作家をめざすも、志破れて、病にかかって失意のうちに田舎の実家に戻ってきた若い主人公アズベリーの話。

彼は自らの高い知性を自負し、彼の病の理由とその重大な意義を理解しない母親を馬鹿にする。病状の悪化に伴い、自分に迫りくる死を覚悟するが、自分が予期していたような重大な出来事が訪れないことを知って絶望する。そして最後には、軽蔑するブロック医師によって、彼の病気は低温殺菌していない牛乳を飲んだことに起因するもので、決して死に至らない単なるブルセラ菌による波状熱だと判明する。

彼は、天井にある鳥の形をした染みが氷に包まれた聖霊のように容赦なく舞い降りてくるのを見つめながら、自らの無能さと一生付き合いながら生きていかなければならないことに気付く。

絵、本棚、本などが置いてありました。腰を据えてじっくりと研究するのが喜びとなるような、このうえなく魅力的な部屋でした。その後、大学は模様替えをし、その部屋はもうそこにありませんが、その代わり今は、大変立派なフラナリー・オコナーの常設展示と訪問者が利用できる読書室があります。

レジーナからの寄贈品は大変貴重なもので、そのような素晴らしい贈り物を大学にしてくれるとは、なんとも気前のよい人です。そのことは大変感謝されています。

フローレンコート　フラナリーが描いた漫画について教えていただけませんか。彼女は素晴らしいユーモアのセンスがありました。雑誌などに転載された漫画をいくつか見たことがありますが、それらの多くは大学のカフェテリアのために描かれた壁画だったと聞いています。そのことについて、何かコメントはありますか？

テイト　それがカフェテリアであったかどうかは知りませんが、学生たちが食事をする建物の中に描かれていました。私は一度も見たことがありません。私が入学する前にすでになくなっていました。それはカフェテリアの中ではなかったと思います。たぶん、学内新聞部員たちの部室だったのではないでしょうか。

彼女の作品で私が見たことがあるのは、漫画の載っている年報(7)です。それは主に、フラナリーが最上級生だった当時、大学にいた米海軍婦人予備部隊に関するものです。婦人予備部隊のための訓練学校で、フラナリーと思われる人物が木の上に登って、女性たちが道路や街やキャンパスを隊をなして行進するのを見下ろしているという漫画でした。[8] その年報を一部持っていますが、私の宝物の一つとなっています。

フローレンコート　もしもフラナリーが木の上に登って、アンダルシアでこうした行進がずっと行われているのを見下ろしているとしたらどう思いますか？　そのことについて、彼女はどう思うと思いますか？

テイト　ええ、そうですね、彼女は自分の存在を認めてもらうまで二〇〇〇年待ってもいいと言っていましたが、（まだ死後約五〇年しか経っていないのに）今やたくさんの人たちが彼女の真価を認めつつあります。

（7）第二次世界大戦中の一九四二年以降に編成されたＷＡＶＥＳ（Women Appointed for Voluntary Emergency Service）のこと。

（8）この漫画は、ケリー・ジェラルドの編集した *Flannery O'Connor: The Cartoons*（一二九ページ）に "Traffic" というタイトルで収録されているイラストのことである。婦人予備部隊とオコナーの関連については、ジェラルドが同著のなかで "At War with the WAVES"（一二一～一二三ページ）に詳述している。テイトはこの漫画を年報で見たと言っているが、ジェラルドによれば、オコナーのこのイラストが掲載されたのは大学の学生新聞〈コロネイド〉で、この新聞は一九四二年から一九四三年までは毎週発行されていたが、一九四三年の秋から、入学者の減少と戦時の紙不足のために二か月に一回となった（一三五ページ）。

私がフラナリーに関してもっとも記憶に留めているのは、彼女の人となりそのものです。もちろん、彼女の芸術は素晴らしいですし、小説も素晴らしいです。書簡集だってお金では買えないほど貴重なものだと思います。本当に素晴らしい書簡集ですから。

そして、その書簡集を読めば、私たちは誰もが彼女をよく知ることができるようになります。かつて私が感じたことは、フラナリーは世間の人が持っておくべきと思う作品を出版したということと、私たちには彼女の私生活を詮索する権利がないということです。でも今では、彼女の書簡集という知的財産があるので、彼女をもっと知ることができます。そのことをありがたく思っています。

最後の二年間はフラナリーに会いませんでした。私たちは一九六二年にカリフォルニアに引っ越し、わざと彼女には手紙を書きませんでした。彼女の健康状態を知っていましたし、手紙を書けば返事をくれるだろうということは分かっていましたが、そんなことで彼女の体力を消耗させてはいけないと思っていたからです。主人は、彼女にときどきちょっとしたメッセージや彼女が気に入ってくれそうな本か何かの書評を送って、彼女からいくつかの短信を受け取っていましたが、私はしませんでした。

でも、書簡集が出版されて私は、何という思い違いをしていたのかと気付きました。彼女は、文通や日常生活圏外の世界との交流からたくさんの喜びを得ていたのです。ですから、彼女に手紙を書かなかったことを後悔しています。でもそれは、書かないほうが彼女の健康のためにはいいだろうと思って私が意図的に決めたことでした。私は間違いを犯しました。それ以上言うべき言葉はありません。

私たちがミレッジヴィルに戻ったのは一九六四年七月でした。フラナリーには会いませんでした。彼女は病気でした。電話で一、二度話しましたが、会うには至りませんでした。彼女は、今でも私の人生に影響を及ぼし続けている人です。そして私は、今でも人として芸術家として彼女の素晴らしさに心酔しています。

フラナリー・オコナーとクジャク（1962年、アンダルシア農場の車道にて）
（撮影：Joe Mctyre）

ミラー・ウィリアムズ(1)（Miller Williams）

日時：二〇〇六年六月二三日
場所：アーカンソー州フェイエットヴィルのミラー・ウィリアムズの自宅
インタビューアー：ブルース・ジェントリーとアリス・フライマン

ミラー・ウィリアムズは、詩集を含めて多数の本を著している。最新作に、『*Some Jazz a While: Collected Poems*（しばらくジャズを—詩集）』（イリノイ大学出版局）、『*Time and the Tilting World*（時間と傾く世界）』（ルイジアナ州立大学出版局）がある。同出版局からは、『*Making a Poem: Some Thoughts about Poety and the People Who Write It*（詩の作り方—詩と詩を書く人に関する思索）』も出している。

（1）一九三〇年四月八日生まれ。作品の邦訳書は未刊行。

ミラー・ウィリアムズ

ミズーリ大学出版局は、マイケル・バーンズの編集した『*Miller Williams and the Poety of the Particular*（ミラー・ウィリアムズとポエトリー・オブ・ザ・パティキュラー）』という題の、研究者と詩人による一三のエッセイ集を発行した。アーカンソー大学名誉教授で、在職中の一九八〇年にアーカンソー大学出版局を設立し、長年にわたって理事を務めた。一九九七年、ビル・クリントンの二期目の大統領就任式の際に、「Of History and Hope（歴史と希望について）」という詩を朗読している。

ジェントリー　あなたとフラナリー・オコナーはどのような関係だったのでしょうか？

ウィリアムズ　彼女に会ったのは一九五七年で、当時、私はジョージア州メイコンに住んでいました。そのころの私はハーコート・ブレース社の販売代理人でしたが、メイコンのウェスレヤン大学の行事や会合に参加していました。フラナリーがその年、そこで講演をしたのです。私は彼女の話を聴きに行き、何人かの仲間と講師控え室を訪れて彼女に挨拶をしたのですが、少し話しはじめただけで打ち解けました。彼女が私に、今までにミレッジヴィルに来たことがあるかと聞いたので、行ったことはないけれども「近いうちに行きたいと思います」と言ったら、彼女は「それじゃあ、家に立ち寄ってくださいね」と言ったのです。

数週間後に電話をして「来週、ミレッジヴィルに行きます」と言ったら、彼女は「では、昼食後までに来てくださいね」と言うので、私はそうすることにしました。私たちはもっぱらポーチに座り、クジャクを眺めて話しました。私は四歳の娘ルシンダを連れていったのですが、フラナリーは娘がクジャクを追い掛け回しても何も言いませんでした。娘はクジャクを捕まえることはできませんでしたが、追い掛けてはしゃいでいました。

一九六一年まで頻繁に訪れていたのですが、その年にメイコンから引っ越しをしてしまいました（ハーコート・ブレースを退職してウェスレヤン大学で生物学を教えていました）。

私たちはひたすらおしゃべりをしていましたが、互いに意見を言い、互いに取り組んでいることについて話し、互いにそれぞれが書いたものを読み、ルシンダがクジャクを追い掛けるのを眺めて楽しんでいました。私たちはそんな関係でした。

ジェントリー　互いに何を読み合ったのですか？　彼女はあなたの書いたものを読んでいたのですか？

ウィリアムズ　彼女は小説の一部を読み、私は詩を一つ二つ彼女に読んだものです。「これについてどう思う？」と聞いてはまた、どちらかが何かを読む、といった感じでした。最初のうちは、いつも「それはいいね」と言っていました。その後しばらくたってから、「この筋の言い回しがよく分からない」と言うこともありましたが、そういう関係になるまでには二、三年かかりました。でも、私たちはそのように言える関係になったのです。

ジェントリー　彼女の作品について、あなたが彼女に言ったことで何か特別に覚えていることはありますか？

ウィリアムズ　時折、脈絡もなく彼女が途中から話をはじめるので理解できないことがありました。でも、嬉しいことに、とても親切な方法で、彼女の書いたものについて私が質問することを許してくれました。

ジェントリー　ほかにはどんな会話をしましたか。互いに話したことで、ほかに覚えていることはありますか？

ウィリアムズ　私は科学を教えるのがあまり好きではなく、文学について話しているほうがいいという話をしたことを覚えています。生物学の教師なのに、かつてウェスレヤン大学で英文学の講義を頼まれたことがあったからです。彼女は、そのような私の気持ちを理解してくれました。仕事を変えることがあるかもしれないことについては、一度も話したことがありません。実際に仕事が変わったのは、ほとんどフラナリーのおかげなのですが、それから数年後のことでした。

ジェントリー　彼女がきっかけで生物学から手を引いたのですか？

ウィリアムズ　そのとおりです。

ジェントリー　彼女のユーモアのセンスについてはどうですか？　会話に関して何か覚えていませんか？　彼女は、どんな風に会話をしていましたか？

ウィリアムズ　かつて、次のようなことを彼女は言っていました。人物名は忘れてしまったのですが、「私はこの人物を小説には入れざるを得なかったが、自分の家の中には入れたくない」と。思わず、私はニヤッとしてしまいました。娘のルシンダのことで私が面白いと思っている話をすると、決まって彼女も面白いと思ってくれて、楽しそうに話を聞いてくれました。とにかく、私たちはよく笑いました。

ジェントリー　ほかの人が理解していない、あるいは真価が分かっていなかったり、十分に認めていないことで、あなたがフラナリーに関して知っていると思うことは何ですか？

ウィリアムズ　私が知っているのは、ことさら彼女が平凡であることを好んでいたこと、そして、あたかも私の妹であるかのように私の意見を楽しんでいたことです。彼女は、自分を敬うような人たちのそばにいることが嫌いでした。彼女の性《しょう》に合っていなかったのです。彼女にとって大切だったのは、私たちが互いに書いたものについて話し合っている、ただの二人の物書きであるということなのです。

彼女は、詩を多少書いたけれども、私には見せたくないと言っていました。「あなたが私に短篇小説を書いて見せてくれたら、詩を見せてあげるわ」とも言っていました。でも、お分かりのように、こうしたこともすべて彼女のユーモアセンスの表れなのです。

ジェントリー　なぜ、あなたは詩集『しばらくジャズを』をフラナリーに捧げたのですか？

ウィリアムズ　私は多くの人たちからたくさんのことを学んできましたが、フラナリーはまず初めに、私が知っておかねばならないことを教えてくれたからです。彼女は教師のように話して教えてくれただけでなく、実例を示して教えてくれました。

その一つは、取り除いてもほかの単語にダメージを与えないような単語は、書き言葉による芸術作品のなかでは使わないようにしなさいということです。そうした点において、彼女の小説ほど純粋な小説を私は知りません。もしも、彼女の短篇小説の一つからある部分を取り除いたら、必ず誰かしらそれがないことに気付いて違和感を覚えると思います。彼女が述べたように、「すべての単語は居場所を獲得しなければならない」のです。

少なからぬ批評家たちが、私の詩のことで「無駄な単語が一つもない」と言ってくれたことを私は名誉に思っていますが、それは私の名誉ではなく、フラナリーの名誉なのです。彼女はよく私に言ったものです。「どうして、この単語がいるのかしら」とか「この単語はもう使っているじゃない」と。

ジェントリー　一つ一つの単語について、彼女はそのように言っていたのですか？

ウィリアムズ　そうです。フレーズについても言っていました。「それはもう知っているわ」と言ったことがあります。私が書かないでもいいようなことを書いたりすると、「それはもう知っているわ」と言うのです。「でも私は、そのことについてはまだ書いてないですよ」と言ったら、

「いや、あなたがすでに教えてくれたのよ」と言っていました。それと同様に、もしも読者が分かってしまったら、そこで終わりなのです。彼女は、その点についてはとても確固とした態度をもっていました。

彼女が私に教えてくれたもっとも大切な三つのことのうち、一つがそのことでした。二番目は、「作品の最後の行がページの一番下にある場合、次は何が書いてあるのかを知ろうとして、読者にページをめくらせるような表現をしてはいけない」ということです。だから、作品の最後の行は、読者がこれで終わりだと分かるように、はっきりとプロットや謎が解明される箇所にしなくてはいけないということです。私はそのような方法で詩をつくるよう苦心惨憺したので、読者は詩の最後の行を読むと、その詩がこれで終わりだと分かります。

「“A Poem for Emily”（エミリーへの詩）」という私の書いた詩のなかで、もっとも選集に取り入れられることの多い詩は、孫のゆりかごのそばに立っているような気持ちで語った詩です。私がたとえその詩を全部読まなくても、最後の行だけ読めば、それがその詩の最後の行だと分かります。最後の行は、「君が眠る間も、僕はそばに立ち、君のことを慈しんでいた」で終わります。これを読めば、次に何が書いてあるのだろうと思ってページをめくる人はいないでしょう。

フラナリーが生きていて、この詩を読んでくれたなら気に入ってくれたと思います。もちろん、彼女の小説もそのような終わり方をしています。だから、これで終わりだと読者は分かるのです。

私のつくったある詩が「これでおしまい」と書いて終わっているのを読んで、彼女が喜んでくれたことがあります。

私の印象に残っているもう一つのことは、読者を作品のなかの登場人物として巻き込むということです。詩や小説を読みはじめたとき、これは作者のことについてだと思われても、読み終わったときには、「彼女が書いたこの作品は私についてだ」とか「この作品で僕のことを書いている」と読者には思ってほしいということです。

小説や詩の登場人物と同じ気持ちになるように、読者を作品のなかに導いているからそうなるのです。最後の行は、あたかも話しているのが読者であるかのようになり、読者が本当に言っていたかもしれない台詞、発言していたかもしれないような最後の台詞になっているのです。フラナリーは、このことは極めて重要なことであると主張していました。

同じく主張していたのは、言葉の節約、謎が解決したという感覚、読者の関与です。何よりも、この三つのことを穏やかな言い方で固い信念に基づいて彼女は私に主張しました。私の作品について話すとき、本当に関心をもって話してくれたことをうれしく思っています。私の作品を大切に考えてくれていたのでしょう。

彼女は、軽々しく物を言う人ではありませんでした。もちろん、ぞんざいに言葉を言い捨てるようなこともありませんでした。「もしも、フラナリー・オコナーが、それはそれほどまで関心を注ぐ価値があると考えているなら、たぶん私の書いたものはまずまずのもので、可能性があるということだろう」と思いました。

彼女の作品に関する詳細な話は別として、彼女は私に、人というのはその気になれば独学で物事を学ぶことが可能なのだとも言っていました。ご存じのとおり、私はフレッシュマン・イングリッシュの授業を毎週三時間受けただけなんです。

一九四七年、私はアーカンソー州コンウェイ郡にあるヘンドリックスカレッジにいました。(2) 同州のホクシーに生まれ、父はメソジスト派の牧師でした。我が家のようなメソジスト派の牧師一家が、大学のある町に定住するということは一般的ではありませんでした。メソジスト派の牧師というのは巡回説教師なので、三年か四年ごとに引っ越しをします。当時、父は［アーカンソー州ポープ郡］ラッセルヴィルにいましたが、私はヘンドリックスに通っていました。そこで私は、英語と外国語の二つを専攻として登録しました。

ところが、一学期の終わりころ、心理学科長室に呼ばれました。当時、適性テストが新入生全員に対して行われていたのですが、学科長は私に「ウィリアムズさん」と呼び掛けて、次のように言いました――当時、新入生は「さん」付けで呼ばれていました。

（2）ヘンドリックスカレッジは、統一メソジスト派に属する大学。

「ウィリアムズさん、適性テストの結果、あなたには適性がない。とくに、言語面における適性がまったくないということが判明しました。もしも、ご両親に心配をかけたくないなら、今すぐ自然科学に専攻を変えるべきだと思います」

私は権威を敬うような教育を受けていて――私の父はリベラル派の民主党員で、権威を尊重することを信条としていました――年長者を信頼するように教えられていましたので、言われたとおり専攻を生物学に変更し、化学を副専攻とすることにしました。そのころはまだ外国語の授業は受けてしていませんでしたから、私の履修科目は、フレッシュマン・イングリッシュの授業が毎週三時間だけでした。当時、それ以上の履修は必須ではありませんでした。

ヘンドリクスで第二学年を終えたときに、父が［アーカンソー州クレイグヘッド郡］ジョーンズボロに引っ越すことになりました。ジョーンズボロにはアーカンソー州立大学（Arkansas State University）があります。そういうわけで、私はそこへ通って卒業し、その後アーカンソー大学（the University of Arkansas）に入学して修士号を取ったわけです。

最初に私が教鞭をとったのは、ルイジアナ州レイク・チャールズのマクニース州立カレッジです。そこでハンク・ウィリアムズに出会って結婚し、娘のルシンダが生まれました。あちこちへと引っ越しを繰り返し（ミルサップスでも教えていました）、一九五七年にメイコンのウェスレアンに来ました。

文学に関して、手に入るものをすべて読みました。生物学や生化学の教師の机に何とかしがみ続けようとしてきたことは自分でも驚きです。ジャクソンのミルサップスにいたときには、ミシシッピ大学医科大学院の一・二学年の前臨床コースに通っていました。医学研究大学院の前臨床時代に、必ず博士論文提出資格者としての資格が付与されます。私は博士論文以外の単位をすべて取得しているので、父は私のことを「ＡＢＤ」(3)と呼んでいました。

チリで一年、メキシコで一年、ローマで一年過ごしたことが幸いして、学校の授業で外国語の授業は取ったことはないのですが、スペイン語とイタリア語には不自由しなくなりました。私は翻訳プログラムの指導をし、英語英文学を専攻する大学院生を教え、こうした分野でも本を何冊か出版しました。教室で学んだのではなく、独学で習得したのです。

私がこんなことを語るのは、フラナリーが学校での授業というものは作家として成長するうえでほとんど副次的なものにすぎないと感じていたからです。私がこのように医科大学院で学んだり、教師をしたりしながらも、フラナリーのことを思い返していたからこそ、「自分はできるんだ。フラナリーもできた。私にもできる」と言い聞かせて頑張ることができたのです。

私は、ただ漫然と時を過ごしていたわけではありません。それが、フラナリーから学んだもう

---

(3) (All But Dissertation) 博士論文以外の全単位取得者のこと。

一つのことです。そのような次第で、今日の私があるのは、ほかの誰よりもフラナリーのおかげと言えるのです。

ゴードン　先ほどおっしゃっていたフラナリーと詩のことに話を戻しましょう。彼女は自分の書いた詩をあなたに見せたがらなかったと先ほどおっしゃいましたが、彼女の小説が詩に似た特徴をもっているということを、どのような言い方で話したのかを教えてください。

ウィリアムズ　私は、「フラナリー、あなたは自分の作品を短編小説と呼んでいるけれど、僕から言わせたらそれは長い詩だよ」と言いました。すると、よく彼女はニヤッと笑い、ちょっと白目をむいて次のように言いました。

「ミラー、あなたは自分の詩を長い詩と呼んでいるけれども、私に言わせたらそれは短編小説よ」

決して忘れられないのは、彼女が「あのね、私はあなたの詩を使って、それを散文スタイルで書くことができたら、短編小説ができあがると思うわ」と言ったことです。フラナリーは私に問い掛けるような表情で私を見ていましたので、私は「そうだね、フラナリー。僕もあなたの小説をいくつか使って、それらを十分に圧縮すれば詩に変えることができると思うよ」と答えました。すると彼女は、「そうね、そういえば、あなたの詩にはそのくらい長いものがいっぱいあるわね」と言いました。私たちは、こんな感じの会話をしていたのです。

ジェントリー　アンダルシアを訪れたとき、フラナリーの母親をよく見掛けましたか？

ウィリアムズ　あまり見掛けませんでした。彼女の母親はよく正面のポーチに出てきて挨拶をしてくれましたが、そのあとは部屋に戻ってしまいました。フラナリーは部屋に入っていって母親に何かを言ったり、用事をしたりすることがありましたが、すぐまたポーチに戻ってきました。

私たちは、ポーチが誰の居場所なのかは分かっていました。時には、午前中、お茶を飲みながら、フラナリーはほとんどいつもポーチにいました。彼女の母親は私にとても親切にしてくれましたが、ただ「ポーチは私の住む世界じゃないの。私には私の住む世界があるの」といつも言っていました。

ジェントリー　農場での生活について、ほかに何か教えてくれませんか。ポーチで彼女に

アンダルシア農場
（撮影：Robert W. Mann）

会っただけですか？

ウィリアムズ　ポーチで彼女と話をすることが、私にとっては彼女を知る唯一の方法でした。先ほどお話ししたウェスレヤン大学で講演をしに来たとき以外は、一九六一年まで私が住んでいたメイコンに彼女がやって来るということは、私の知るかぎりありませんでした。時には、外に買い物に出掛けていたようですが、私はよく知りません。ポーチは、四六時中、彼女自身が使っていた部屋だったのです。

ジェントリー　家の外、農場の外に出たときのことについて、彼女が話したことはありますか？日中、彼女がどのように動き回っていたか、何かご存じなことはありますか？

ウィリアムズ　彼女は散歩が好きで、何匹かの動物と知り合いだと言っていましたが、誰しもがそのような気持ちになったことがあるのではないでしょうか。彼女は、本当に散歩が好きでした。しかし、私たちが交わした会話は、到底散歩しながらできるような内容ではありませんでした。大変濃密な会話でした。

あるとき、私が訪れたときですが、彼女は家の裏で何かをしていて、母親が彼女を呼ぶ声がしました。そのときが唯一、彼女が玄関に出迎えてくれなかったときでした。

ジェントリー　彼女は家の中で待機して出迎えてくれるつもりでいたのでしょうから、玄関をノックしに行けば、彼女は……。

ウィリアムズ　ええ、彼女は私が来るのを知っていたのですが、家の中に入ったままで、玄関先まで出てきてはくれませんでした。

ジェントリー　彼女の作家としての自信、作家として以外の自信について、ほかに何かお話しいただけますか。フラナリーが自信なさそうにしていたことはありますか？

ウィリアムズ　彼女はときどき、特定の小説に取り組んでいるときに抱いた不満についてよく話していました。あるとき彼女は、「今まで作品に見切りをつけようなんて思ったことないんだけど、今回はそうするよりほかに仕方がないかもしれない」とこぼしていました。でも、実際には見切りをつけることはありませんでした。ここで注目すべきなのは、彼女はすべてを書き終えてからそのように言ったということです。

私が思うに、彼女はすべての作品についてそう言っていたのかもしれません。私は、誰かがほかの人にそう言っているのを聞くことがあります。「今までこんなに……だったことはない」って。このように、本当は五〇回くらい言っているのかもしれません。でも、明らかに二回目にそう言ったらもはや嘘になります。なぜって、今までそんなことはなかったという状態をすでに経験しているのですから。このような表現は、誰もが行き詰った状態から抜けだすときに使う言葉なのです。ですから、彼女の言っていたことが本当かどうかは分かりません。しかし、彼女がそう言っていたのは確かです。

ジェントリー　彼女の人柄を別の言葉で表すとしたら、どういう言葉になりますか？

ウィリアムズ　オープンで、優しくて、感じがよくて、自信にあふれた人です。オープンと私が言うのは、彼女が内気でないということです。優しくて、感じがいいというのは、彼女のいる所では誰も遠慮がちにならないということです。彼女は人を喜んで迎え入れます。家に招くということではなく、彼女のもとに喜んで受け入れてくれるのです。この四つの言葉をまとめれば、私が彼女について感じていることを表したことになります。それで十分表現できていると思います。

ジェントリー　フラナリーの小説を読んでいると、フラナリーの生《なま》の声を聞いているような気がしますか？　それとも、生の声とは違った声のように聞こえますか？

ウィリアムズ　私には、フラナリーの生の声のように聞こえます。でもそれは、彼女が実際に声を出して小説を読むのを聞いたことがあるからかもしれません。彼女は、町や講演会で誰かに会ったことについてときどき私に話してくれることもありますし、もしもその人と過ごした一時間半について話してくれたら、私は短編小説を聞いているような気持ちになるだろうと思います。

彼女の話には、飾り立てられていない簡潔な感覚がありました。たいていの場合、人は話をするとなると話の枝にたくさんの果物をつけたり、花を咲かせたりして仰々しく語るものですが、彼女が話をするときは、すでに四、五回推敲を重ねたような感じで、的を射た要点を正確につかんだ無駄のない話でした。そんなわけで、彼女は話し相手として大変面白い人でした。

ジェントリー　フラナリーと母親との間にはたくさんの緊張感が漂っていたと語る人たちがいますが、そのような様子を見たことはありますか？

ウィリアムズ　二人が気軽に会話をしていたことなんかありましたっけねえ。私がフラナリーの長所だと思っている点は、感じのよさは別として、彼女の母親のもつ長所と同じであるということです。「何かあったらいつでも私に話してね」とは、私にもフラナリーにも言いそうにない母親でした。

でもそれは、二人の間の、一種の契約のようなものだったのでしょう。その契約をできるかぎり良好に履行していたのかもしれません。あなたも、そのような関係が結婚している夫婦の間にあることをご存じでしょう。

ジェントリー　確かに、そうですね。互いの間に距離のある夫婦はたくさんいますね。

ウィリアムズ　彼らは、結婚していると分かっているから、結婚しているように振る舞おうとしているだけで、実際には二人の間には距離があるわけです。でも、それを、どちらかの性格のせいだとするわけにはいかないのです。

ジェントリー　あなたとの友人関係で、フラナリーがもっとも大切にしていたことは何だと思いますか？　あなたが彼女にどんなメリットをもたらしていたのだと思いますか？　あなたの、どういう点を評価していたのでしょうか？

ウィリアムズ　説明をする前にまず言っておくべきことは、彼女の住んでいたような所に住んでいると、芸術的な面においても、知的な面においても、孤独になるということです。私は、文学や人生や芸術について話せるいい話し相手だったと思っています。フラナリーほど芸術的にも知的にも立派である必要はありませんでした。二人の間柄の暗黙のルールを知っていれば十分でした。会話で話題にすべきことを心得ていたので、私は、話題に上る人の作品はほとんどすべて読んでいました。

しかし、もう一つ大切だと思うのは、私たちが互いに異なるジャンルの文学を書いていたということです。もしも、私が小説家だったとしたら、私と話すことは彼女にとってそれほど愉快なことではなかったであろうと思います。また、もしも私が小説家だったなら、私たちがわざわざ比較する必要のなかったことを、あなた方は比較しなければならないからです。事実、もしも私が小説家であったならば、彼女はわざわざ「私たちの作品には、あなたが思う以上にたくさんの共通点があるわね」とは言わなかったでしょう。

私たちのジャンルが異なり、小説家と詩人であるからこそ、「私たちの作品は、あなたの思っているほど違ってはいないわね」と彼女は言うことができたのです。異なるジャンルのものの共通点を見つけるほうが、はるかに面白いからです。

私たちは、あなたが取り上げる以外のことも話題にしました。すべての芸術は、異なるものから命を取り込むと同時に、同じものからも命を取り込みます。いやむしろ、こう言ったら分かるでしょうか。もしも、一方に「彼女が好きだ」と言う人がいて、他方に「彼女は嫌いだ」と言う別の人がいるとしたら、どちらの場合にしろ、その会話を続けたいと思いますか？

でも、もしも誰かが「実は、私は彼女のことが嫌いなのですが愛しているのです」と言ったとしたら、「そのことについてもっと話を聞かせてください」と言いたくなりますよね。そう思うのは、発言や状況が矛盾しているときなのです。たとえば、「彼女は服を着れば着るほど裸になって見える」なんていう話を聞いたら、「ええっ、その女の人の話、もっと知りたいなあ」と思うものです。「とても気持ちいい。もうこれ以上耐えられない」なんていうのも矛盾しているので、もっとそれについて知りたくなるはずです。

彼女の作品を読むと、小説の一つ一つにそのような矛盾、つまり「町で一番遅い男がこの競走に勝つだろう」と言っているような矛盾のあることが分かります。私たちがともにそのような矛盾に魅せられたのは、それを発見し続けたからなのです。

私が詩を書くか、あるいは彼女が小説を書いていたとして、もしうまくいかなかったとしたら、私たちは互いに「私は今回、何の矛盾もなく論理的であった。だから、きっとうまくいかなかったんだ」と言うでしょう。作品がつくりだす意味というのは、「書物の外」にあるものでなければなりません。実際、フラナリーだったら、登場人物について本当に知ってほしいことは書物の外にあると言うでしょう。

登場人物のことを知ろうとして、あなたがどのページを読んでも、それを実際に知れる場所を見つけることはないでしょう。それは書物の外から、人物の行動や対話をすべて理解して得られるものなのです。これは、詩人の精神に極めて近いものです。

ジェントリー　彼女に、何かについて教えた記憶はありますか？

ウィリアムズ　私はブレッド・ローフ作家大会に三、四年続けて参加していましたが、その大会の設立にはロバート・フロストがかかわっていました。彼もまた私に親切にしてくれて、私が作品に対して注意を払ったところに気付いて好評してくれました。

参加していたブレッド・ローフ作家大会で、私は自ら進んで、来年の夏も授業に参加しますと言いました。――彼女が本当に興味を示したのはそうしたこと、つまり、そこで行われていたことや私が会った人（たとえば、ハワード・ネメロフとかジョン・チアーディなど）のことで、私がどれほどそれを気に入ったかということや、そこで語られたことでした。そうした会話は、私たちが守っている形式に気持ちよく当てはまるものでした。

ジェントリー　オコナーのアンダルシアでの生活と作品との間に、どんな特定のつながりがあるとお考えですか？　彼女の生活上の雑事や細かいことで、作品に入り込んだとあなたが気付いたことはありますか？

ウィリアムズ　彼女の作品における一つの特徴が、孤独の瞬間が救いの役割を果たすということでは一貫しています。一般に人は、孤独から逃れようとします。しかし、独りぼっちであるということは、彼女の人生において恐ろしいものの一つであると同時に、彼女の作品における救いの一つでもあるのです。

話が、先ほど話していた矛盾の話題に戻ってきました。これは矛盾なのです。彼女は、孤独であることにまったくうんざりしていました。けれど彼女は、もしもその特別の瞬間を独りぼっちのときにもたなければ、自分が失われてしまうと信じていたのです。彼女はよく登場人物を孤立させていましたが、その孤立している瞬間に、あたかもアンダルシア農場でのことのように、自己認識と生き残りの瞬間が到来するのです。

登場人物を群集のなかで孤独にさせるのもまた、彼女の得意技でした。誰もが、たぶん体験したことがあるでしょう。周りの人は、その人も彼らの仲間の一人と思っているのに、その人は彼らの仲間ではないと感じていることが。

ジェントリー　先ほど、フラナリーがきっかけで生物学の道から手を引いたと言いましたよね。

ウィリアムズ　ルイジアナ州立大学が、一九六一年に創作科で教えることのできる詩人を公募したときに、そのことをフラナリーに話したのです。できたら、そこで教えたいということを彼女に話しました。ただし、私はできれば彼女のもとを去ったり、遠くへ引っ越したくはありませんでした。彼女はルイジアナ州立大学の英文科に手紙を書いて、「あなた方の欲しがっている人は、メイコンのウェスレヤンカレッジで生物学を教えています」と進言してくれたのです。大学当局は信じませんでしたが、（何しろ、オコナーからの手紙ですから）無視することができなかったのです。

それから彼らは私に電話をくれて、詩をいくつか送ってくれないかと依頼してきました。私は当局に、詩を数編、エッセイを二、三編送りました。そうしたら返事が来て、「採用が決定しました」と書かれていました。それを信じたくはありませんでした。フラナリーのもとを去らねばならないことに本当に悩みました。そして本当に、彼女に二度と会うことはありませんでした。

フラナリー・オコナーのおかげで、今現在の地位にいるというのは本当のことであって、別に口から出まかせを言っているわけではありません。

ジェントリー　一九六一年以降も手紙のやり取りをしましたか？

ウィリアムズ　はい。

ジェントリー　引っ越しのあと、二人の親交に変化はありましたか？

ウィリアムズ　いいえ。でも、メイコンに住んでいたときとほとんど同じくらい良好であったというわけではありません。それはつまり、私たち自身が、直接会って話をしてコミュニケーションをするのとは同じように手紙を書けないということです。彼女の手紙はタイプライターで打ったものでした。手書きではなくタイプで打ってあったというのは、ある種、象徴的と言えます。というのも、直接顔を合わせて交わしていた私たちの会話というのは、タイプライターで打った手紙では伝えることのできないものを伝える手書きの手紙のようなものであったわけですから。

フライマン　私のもっている印象では、彼女には温かくて開放的なところがありました。話されたほとんどのことが芸術についてであったとあなたは言いましたが、それはもちろん、お二人が知的なことに関して親しく語り合う仲であったということの証明でしょう。彼女はこれまでに、言葉ではっきりというわけではないにしても、自らの病気に関する思いやアンダルシアに住んでいたことにまつわる感情や思い、または自分の芸術に対する思いを告白するということはありましたか?

ウィリアムズ　アンダルシアに関するかぎりでは、もしもニューオーリンズやシカゴに住んでいれば、物語の登場人物を設定するのがもっと簡単になるのだろうかと私が質問したら、「そのいずれの都市よりも、ここアンダルシアのほうが登場人物になる人がたくさんいます」と彼女は答えました。彼女は、人物設定の方法を知っていたのです。私は、彼女の言わんとしていることが分かりました。その話を、彼女はそれ以上続けることはありませんでした。

病気に関しては、彼女は自分の病気のことについて語っています。事実の問題として、また、まるで物語のなかで人物の状況を説明しているかのように、悲しそうな表情を浮かべることもなく自分の命はそう長くないだろうと言っていました。そして、これは会話の話題にすべき類のものではない、とはっきり述べていました。

最後の質問を嬉しく思います。聞いてくれて、ありがとうございます。彼女の性格や心の中の彼女自身と向き合う態度については、人から聞かれなければ言い表し難いことなのです。

フライマン　どういうことですか？

ウィリアムズ　私は、フラナリー・オコナーが私に知ってもらいたいと思う彼女を知っているにすぎません。でもこれは、誰にでも当てはまることです。たとえば、今そこにお座りになっているあなた、つまり私が目にしているあなたがあなたのすべてというわけではないでしょう。

フライマン　もちろん、そうです。過去の私はもっときれいでしたよ。

ウィリアムズ　それどころか、あなたはもう一人の別の女性でもあると言ってもいいほどの別の側面があるということです。私はもうすぐ七七歳になろうとしているのですが、今よりもっと人の心が理解できればいいのにと思います。人の心を理解することによって、私はいつまでも喜んだり、驚いたり、戸惑ったりし続けることができます。とくに、さまざまな側面をもったフラナリーの心を理解することについて、そう言えます。

私たちのいた場所はただのポーチではなく、舞台であり、そこにはシナリオがあったのだといつも思っています。彼女が私のことを個人的に気に入ってくれたことを知っていますし、私も彼女のことが好きでした。そうでなければ、何度も私に問い返すことはなかったでしょう。

彼女は別に、創作の仕方を教わるために私を必要としていたわけではありません。私たちは会話を楽しみ、滞在を楽しんでいたのです。しかし、私たちの交わりには二人が守っている形式がありました。その形式は心地よいもので、私はその形式があったことに感謝しています。

フライマン　彼女がそうした会話の制限範囲を決めたのですか？

ウィリアムズ　私たちが一緒に決めたのだと思います。お互いにある程度密かに歩み寄って決めたものです。私たちは、形式に従って愉快に過ごしていました。これは彼女に話そうと思ったことではないのですが……私はメイコンから引っ越したあと、すぐに離婚をしました。でも、私の破たんしかけている結婚については、彼女には一切言いませんでした。それは単に、私たちがつくりだした世界には属さない話題であったからです。

【原注】ミラー・ウィリアムズのインタビューは、〈フラナリー・オコナー・レヴュー〉七号（二〇〇九年）：一〇～一七ページに「『私たちの会話は手書きだった』：ミラー・ウィリアムズ、アンダルシア農場のフラナリー・オコナー訪問について語る」と題して掲載された。

アンダルシア農場について

一九三一年から三三年の間に、医師バーナード・クラインはジョージア州ボールドウィン郡北部に五五〇エーカー（約二二二万六〇〇〇平方メートル）の土地を購入した。現在、「アンダルシア」と呼ばれている土地である。

クライン医師は、目・耳・鼻・喉の治療を専門とし、アトランタで開業をしていた。農場を経営するために労働者たちを雇い、毎週末、ミレッジヴィルまでやって来た。一九四〇年代の初めのころ、（異母）妹レジーナ・クライン・オコナーをアトランタに送った。農場の会計帳簿係になるべく、教育を受けさせるためであった。

一九四七年一月、クライン医師は期せずして亡

アンダルシア農場の母屋

くなり、生涯不動産権(1)としての農場を、レジーナ・オコナーと彼女の兄ルイス・クラインに遺した。ルイスは金物商で、アトランタの外まで行商に出掛けることもあった。

遺産を相続して一年後、レジーナ・オコナーとルイス・クラインは農場経営を拡大し、二〇〇エーカー［八〇万九四〇〇平方メートル］の牧場、干し草畑、家畜用の池を造った。地所の残りは、選択的伐採用(2)の森林地帯として保存されることとなった。ルイス・クラインはアトランタで働き続け、ミレッジヴィルに来るのはほとんど週末だっ

(1)　生きている間のみ所有権を認められた不動産。
(2)　森の維持・管理のために大きくなりすぎた木や病気の木などを伐採したり、ある目的のために特定の種類の木だけを伐採すること。

アンダルシア農場の農夫ロバート＆ルイーズ・ヒルの家（左）と納屋（右）

たので、農場経営は主にオコナー夫人に任された。

　彼女のもとには小作人と農場労働者がいた。農場経営は大変うまくいき、レジーナとフラナリー・オコナーは一九五一年の春に農場に引っ越してきた。一九五〇年代に大農場を経営する未亡人として、オコナー夫人は女性実業家として名を上げた。

　ルイス・クラインにはかなりの収入があり、農場の備品・設備の供給に対してかなりの責任を担っていた。一九五〇年代の最晩期に、彼は母屋の北端にいくつかの部屋を増設し、自分用の場所を造って、アトランタから来たときに滞在していた。

　ここに掲載している三枚の写真は、一九五一年にロバート・W・マン（Robert W. Mann）が撮影したものである。

アンダルシア農場の農夫ロバート＆ルイーズ・ヒルの家

フラナリー・オコナー家系図

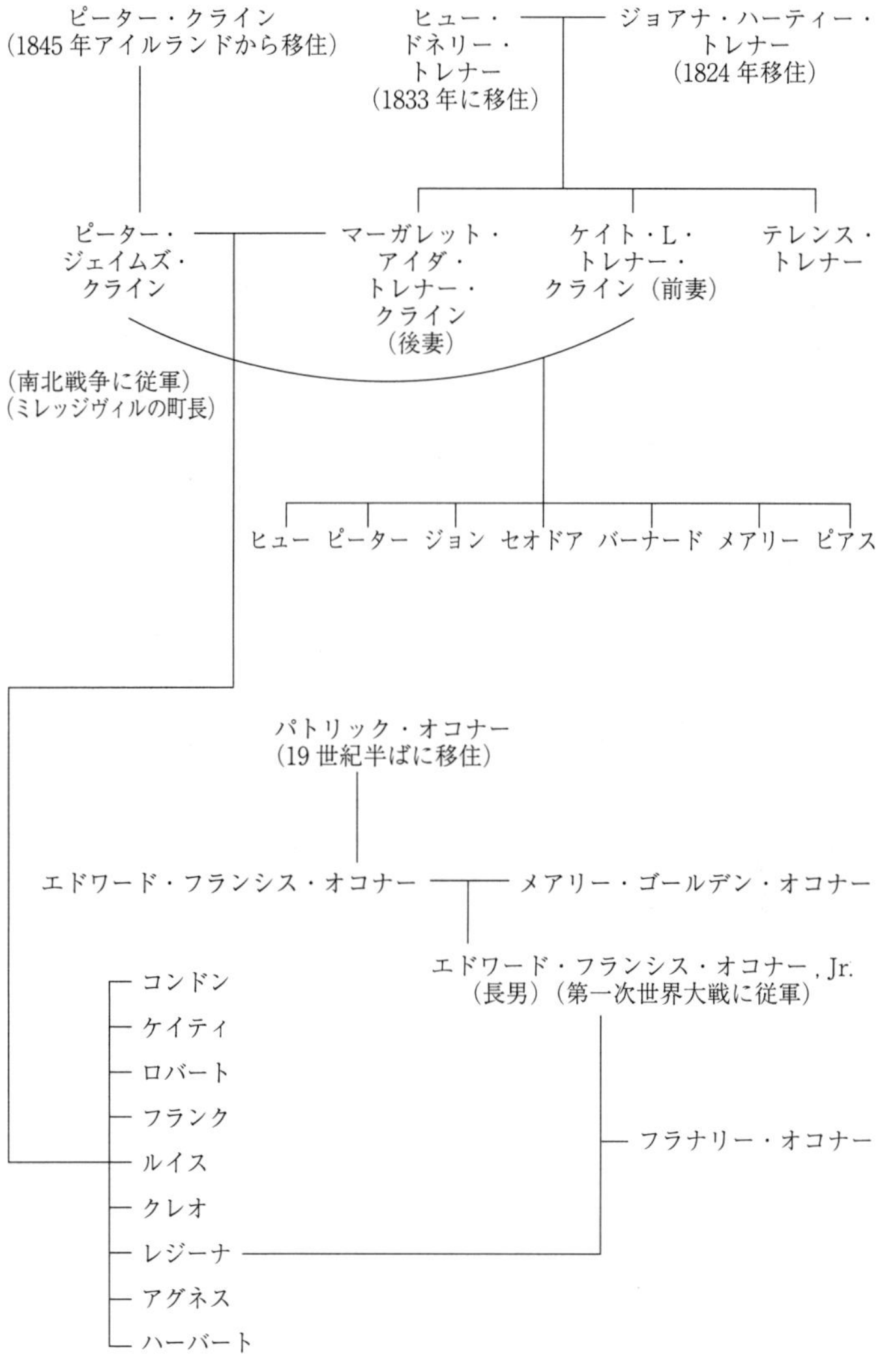

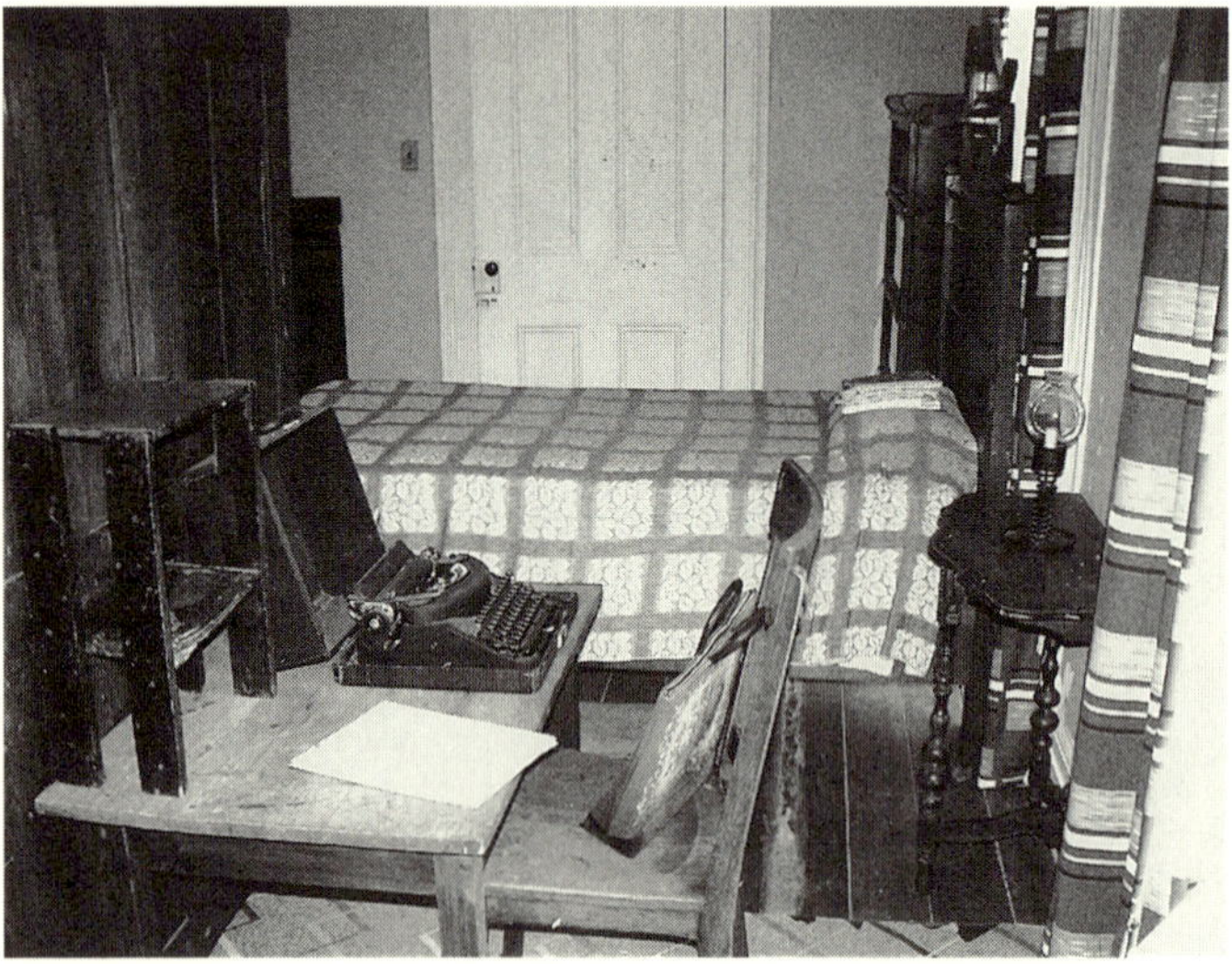

アンダルシア農場・母屋のフラナリー・オコナーの寝室

アルフレッド・コーン(1)（Alfred Corn）

日時：二〇〇六年一〇月九日
場所：ニューヨーク州ハドソンのアルフレッド・コーンの自宅
インタビューアー：フランシス・フローレンコート

アルフレッド・コーンはジョージア州ベインブリッジに生まれ、エモリー大学とコロンビア大学でフランス文学を学んだ。フルブライト奨学金でフランスへ渡航。アメリカ合衆国の全国各地と英国で教え、コロンビア大学、カリフォルニア大学ロサンゼルス校、ニューヨーク市立大学、シンシナティ大学、イェール大学、タルサ大学、オハイオ州立大学、オクラホマ州立大学

（1）一九四三年八月一四日生まれ。作品の邦訳書は未刊行。

アルフレッド・コーン
（撮影：Christopher Kendall）

で詩の創作を教えてきた。

詩集には、『Stake: Selected Poems, 1972-1992（ステイク―選詩集一九七二年～一九九二年）』、『Contradictions（矛盾）』、『The West Door（ウェスト・ドア）』、『Notes from a Child of Paradise（天国の子どもからの手紙）』、『Present（プレゼント）』、『Autobiography（自叙伝）』がある。その他、『The Poem's Heartbeat: A Mannal of Prosody（詩の鼓動――作詩法の手引き）』、『Atlas: Selected Essays, 1989-2007（アトラス――随筆集、一九八九年～二〇〇七年）』、小説『Part of his Story（彼の物語の一部）』を出版。『Incarnation: Contemporary Writers on the New Testament（受肉――現代作家と新約聖書）』の編集者を務めた。

詩で受賞した数多くの賞には、〈ポエトリー〉から授与されたレヴィンソン賞のほか、アメリカ詩人アカデミー、エイミー・クランピット・レジデンシーからの賞と、NEA、グッゲンハイム財団、ロックフェラー研究所、イタリアのベラージオのコンファレンス・センターからの奨学金がある。彼の作品は『The Morrow Anthology of Younger Poets（若きアメリカ詩人の朝の詩選集）』や『The Best American Poetry 1988（ベスト・アメリカン・ポエトリー 一九八八年）』など幅広くアンソロジーにまとめられている。

フローレンコート フラナリーはジョージア生まれで、あなたは生まれも育ちもジョージアですが、エモリー大学に入学する以前に彼女のことを耳にしたことはありましたか？

コーン　いいえ、ありませんでした。高校生のとき、古典を集中的に読んでいましたが、現代の作家は読んでいませんでした。だから、一九六一年に新入生としてエモリー大学に入学して、初めて彼女のことを知ったのです。『烈しく攻める者はこれを奪う』（**コラム3**参照）という彼女の作品を授業の課題として読まされました。本当に、そのとき初めてフラナリー・オコナーを知ったのです。

フローレンコート　初めから彼女の作品に惹かれましたか？

コーン　はい。その点を分析しますと、その理由の一部は、私自身作家になりた

コラム3　**『烈しく攻める者はこれを奪う』のあらすじ**

預言者を自称する狂信的なキリスト教信者の大叔父メイソン・ターウォーターによって森の奥で預言者として教育され、育てられたフランシス・マリオン・ターウォーター少年が、老人の死後、その感化から逃れようとして様々な葛藤と逃走を試みたのちに、預言者としての自覚に目覚めていく物語。

狂信的な老人の対極的人物として、学校教師をしている合理主義的な伯父レイバーが登場し、少年を老人による洗脳から解放しようと努力する。レイバーには知的障害をもつ息子ビショップがいて、ビショップに洗礼を施すよう大伯父から遺言されていたフランシス少年が、この子どもに湖で洗礼を施すと同時に溺死させてしまう。

また、物語の最後では、森に帰ろうとした少年がヒッチハイクしたタクシーの運転手に強姦されるという事件が起こる。

いというひそかな願望を抱いていて、フォークナーの小説を常に愛読していたことがあります。ついには、彼の書いたものをすべて読んだからかなと思います。そうしたら、ここにもう一人別の南部作家がいることに気付いたのです。もしも、こうした大変南部的な著者たちが作家たり得るならば、私もいつか、何とかすれば南部作家になれるかもしれないと思ったのです。

フローレンコート　そして、実際に南部作家になったわけですね。

コーン　それが実際に起こったことです。でも、分かりません。単に北東部に引っ越す前はあまり創作をしていなかったということが理由なのですが、子ども時代の風景と当時を知っている人たちが、私の書いたそれほど多くの作品に登場しているわけではありません。でも私は、自分のことを南部作家であると考えています。さまざまな南部文芸フェスティバル(2)でそのように説明されていようといまいと、私は自らを南部作家であると見なしています。

フローレンコート　彼女の物語に出てくる風景について、あなたとお話したいと思っていました。あなたが南部人として彼女の物語を読むとき、彼女がつくりだす場景や、色づける生き生きとした叙述に対して特別な気持ちを抱くことはありますか？　また、作中の丘陵や田舎に溶け込めますか？

コーン　ええ、とても見慣れたものを読んでいるような感じがします。ですが、ご存じのとおり、ジョージアは大変大きな州です。ミシシッピー州の東にある最大の州で、さまざまな地質、多くの種類の植生があります。私が住んでいたのは南部の最南端で、ほとんどフロリダの州境に近い所でした。それはそれで、唯一独特の風景です。一方、ミレッジヴィルはジョージア州中部の赤土の地域です。中部ジョージアがアパラチア地方のジョージア北部と異なるように、ちょっと違うのです。

でも私は、ジョージア州のことはかなり知っています。州内を相当長期間にわたって旅して回りましたので、自信をもってそう言えます。さらに言うならば、私は自分の育った（ジョージア州東部の）オーガスタから、（北西部の）アトランタや（アトランタ東郊の）ディケーターまで、毎年一回移動し、アトランタにあるエモリー大学を卒業しようとしていたのです。そういうわけで、ジョージア州中部もある程度は知っていたので、彼女の描くジョージアは実に馴染み深いものでした。

ミレッジヴィルの町並み
（1999年７月　撮影：田中浩司）

（2）一九三七年に当時、ルイジアナ州立大学教授だったロバート・ペン・ウォレンらによって設立された文学祭。フラナリー・オコナーも、ここで講演をしたことがあると言われている。この文学祭は今日に至るまで継続されていて、二〇一四年には三月二七～二九日にミシシッピー大学で開催された。

でも、ご存じのとおり、物語の大部分において、それがどこでの出来事かということについてはそれほど具体的に示しているわけではありません。地名そのものがたくさん含まれていません。いくつかの物語にアトランタの地名が出てきますが、(3)ミレッジヴィルの町を挙げている物語は一つもないと思います。正しくはどこでの出来事なのかということについて、彼女はあまりはっきりとは明示していません。しかし、それらは私の心に訴えてくるものがあります。

フローレンコート　一九六二年、あなたがエモリー大学の二年生だったころ、フラナリーが非公式の講演会の来賓講演者としてやって来ましたよね。あなたが〈フラナリー・オコナー・ブレティン〉に書いておられるように(4)聴衆は未熟で無知だったとのことですが、私が推測するに、聴衆たちはフラナリーが取り組んでいることを十分に理解するにはまだ若すぎたということではないでしょうか。でも、彼らが講演会に集まったという事実は、少なくとも彼らが好奇心をもっていて、何とかしてもっと多くのことを知りたいと思っていたということでしょう。

彼女が来る前に、彼女について話題になっていたことなどはありますか？　学生たちの間で、彼女について噂になっていたことはありますか？　また、フラナリー・オコナーとはどんな人か、あらかじめ分かっていた人はいましたか？

コーン　このような質問が出るだろうとは予測していましたが、もう四〇年以上前のことで、記憶もこのような有様ですので、それらに類することで私の記憶に蘇ってくるものは何もありません。先ほど言いましたように、私たちは履修していた授業で彼女の作品を読むように指定されました。思い出すかぎりでは、それは大学のコミュニティー全体に向けて公開された講演会だったと思いますが、私のクラスでは全員参加するように言われました。

確か、野外で行われた講演会で、エモリー大学の中庭だったと思います。明るい春の日差しが降り注ぎ、私たちは折りたたみ椅子に座っていました。しばらくそこに座っていると、誰だったか忘れましたが、ある人がフラナリーを私たちの所へ連れてきました。松葉杖をついて、ゆっくり歩いてきました。白いブラウスに短いスカートをはいていました。ひだのある短いスカートで、青とねずみ色の格子縞で、記憶するかぎりでは、カトリックの女子校生が好むようなスカートでした。メガネもかけていました。長い髪で、ちょうど肩の上までありました。

彼女はしばしば座って私たちに向かって話し、質問を受けました。私が発表した記事では、彼女がウィリアム・フォークナーの影響を受けたかどうかについて私が質問したことを書いています。その質問に対してくれたのが次の返事で、彼女はそれを出版物のなかでも二、三度書いていたと

（3） アトランタの地名が出てくるオコナーの作品には、短篇小説「善人はなかなかいない」「旧敵との出会い」「人造黒人」などがある。

（4） "An Encounter with O'Connor and 'Parker's Back.'" *The Flannery O'Connor Bulletin.* Vol. 24 (1995-96), pp. 104~118.

思います。

「いやいや、彼の影響はまったく受けていません。ディキシー特急列車がやって来るのに、自分の荷馬車を線路の上に留めようなんて思う人はいませんから」と言っていました。(5) 本当に面白い人でした。

でも、ロシアの作家ニコライ・ゴーゴリは、彼女に重要な影響を与えた作家だと言っていました。ドストエフスキーについてもそうだと言っていましたので、ロシア人作家を愛読していたのでしょう。

今年の夏、彼女のことを思い出し、ロシアのセント・ペテルスブルクへ行きました。海軍省庁前に、銅でつくられたゴーゴリの胸像があります。彼はセント・ペテルスブルクの住人だったのです。私はそれを見て、フラナリーに思いを馳せました。

フローレンコート　エモリー大学での歓談時に、これほどまでに彼女のユーモアのセンスがはっきりと現れたのですね。

コーン　そういうことです。ときどき、とても皮肉なことを言う場合もありましたので、大変辛辣な意味合いで言っていたのかもしれません。実際、少し威圧的な口調でしたし。

ご承知のとおり、南部の多くの女性は上品に育つようしつけられています。そのため、本来ならば発言可能な多くのことが制限されることがあります。それで彼女は、そのような制限に抑制されまいと心に決めていたのでしょう。だから、言わねばならないことがあるときは、たとえあまりふさわしくないことだと思われても言っていたのです。彼女は聡明な判断をしては、しばしば遠慮なくそれを言葉に表していたのです。

そういうことを考えると、私が大胆にも彼女に手紙を書いたのはいささか不可解なことでしょう。それでも、私は手紙を書きました。ご存じとは思いますが、彼女はそれほど愛嬌のある人ではありませんでした。でも私は、彼女に手紙を送ったのです。そうしたわけは、手紙を書くというのはある種の匿名性があるからです。アンダルシアまで行って彼女の家のドアをノックする勇気はなかったのですが、手紙なら書くことができたのです。手紙ならば、もしも返事をしたくなければ彼女は書かなくてもいいわけですから。

フローレンコート　そのとおりですね。

コーン　そのようなわけで、私はあるとき彼女に手紙を書いたのです。おそらく五月の初めごろだったかと思います。どうやって住所を知ったのかは覚えていませんが、たぶん「ジョージア州

---

(5)　フラナリーは同じ趣旨のことを、エッセイ「作家と表現―グロテスクなものの諸相」のなかで「われわれの中にフォークナーがいるというそのことだけでも、ある作家が自分でしてよいこと・いけないことを決めるときに大きな影響力を持つのである。特急列車にも比すべき大作家が轟音をたてて邁進してくる同じ線路に立って、驢馬に牽かせた自分の馬車を立ち往生させたいと思う者はいまい」と述べている(『秘義と習俗』四五ページ)。

ミレッジヴィル　フラナリー・オコナー様」と書いたと思います。

彼女は当時、それだけの記載で手紙が配達されるくらい有名人でした。その月の終わりまでに彼女は返事をくれました。すでにお読みかどうか知りませんが、書簡集にその手紙が収録されています[6]。

フローレンコート　もちろん、読みましたよ。

コーン　それは結構なことです。もちろん、私もサリー・フィッツジェラルドの編集した書簡集を全部読みました。私には何の関係もないことですが、たぶん私に宛てられた手紙が、書簡集のなかでもっとも優れた手紙であると思います。

フローレンコート　そのとおり、同感です。とくに、内容の面で優れていますね。

コーン　そうです。

フローレンコート　もしも、あなたが彼女に手紙を書いていなかったらと思うと……。

コーン　あのような内容は誰も知らないままになっていたことでしょう。誰かが、確かサリー・フィッツジェラルドが手紙の写しを保管してあると教えてくれたのです。彼女は、それらが優れた手紙であることを知っていたのです。あるいは、彼女はそれらを写し取るか、別の何かをしておいたのかもしれません。

こうしたことが、彼女の論文のなかに書いてあるのを見つけたのです。でも、私もまた手紙を大切に保管していました。それが特別な価値のあるものだと承知していましたので。
　あるときふと、私はあちこちへ引っ越すことがあるので、手紙を保管していることはいささか危険なことではないかと思いました。そこで、手紙をニューヨーク公立図書館のバーグ・コレクション[7]に寄贈することにしました。でも私は、念のためにそれらのコピーをとっておきました。それは今でも持っています。

フローレンコート　原文の手紙は今も無事に保管されています。

コーン　そのとおり、今でも無事です。手紙を入れた箱を持ってあちこち移動することは少しばかり危険ですから、寄贈してよかったと思っています。

フローレンコート　あなたがフラナリーに手紙を書いた当時、あなたが特別な心配を抱いていた

（6）アルフレッドコーンに宛てられた手紙で『存在することの習慣』に収録されているものには、一九六二年五月三〇日、七月二五日、八月一二日の書簡がある。ここで言及しているのは五月三〇日の書簡のことで、フラナリーは信仰と懐疑の間で悩む大学生のコーンに対して、大学生活を送りながら信仰を維持するためには、どのような態度でさまざまな学問に向き合っていったらよいかを懇切丁寧にアドバイスしている。

（7）正確には、ヘンリー・W&アルバート・A・バーグ英米文学コレクションのこと。一九四〇年に、図書館の管財人であり外科医であったアルバート・A・バーグが兄弟のヘンリー・W・バーグを記念して設立した。現在、英米文学に関する三五〇〇〇冊の出版物と一一万五〇〇〇部の原稿を収蔵している。

こと、つまり、エモリー大学の学部の授業で教えられているたくさんの哲学入門の授業を受けるうちに信仰を失くしてしまうのではないかと心配していたことがはっきりと読み取れます。そこでフラナリーの信仰に心底感銘を受け、あなたは助けを求めるために手紙を書く決意をしたわけですね。そして、あなたの言うとおり、驚いたことに、彼女から返事が来たということですね。
　でも、どのようにして、彼女はあなたを助けたのでしょうか。彼女が何でも知っていたわけではないと思うのですが。

コーン　ええ、当時の私は、信仰、神への信頼、キリスト教と、現代作家の創造力を刺激する状況との間に、ある種両立し難いものがあるという結論に達していたのです。どうしたものか、それらは分離していました。ところが、その一方で、すでに有名になり、明らかに信者で、著作物のあるこの作家が自分の間近にいたのです。キリスト教信仰と現代の状況との間に生じた矛盾のいくつかを、どのように彼女が調和しているのかを知りたいと思いました。とくにそれは、作家に関係のあることですので。
　私には、先ほどの講演を聞いただけで、彼女が大変聡明な人であると分かりました。ですから私は、彼女ならそうした疑問に対してよくあるような敬虔を装った答え方をしないだろうと思ったのです。私のある部分が、この二つのものを何とかつなぎ合わせたいという気持ちを抱いていた言うことができると思います。私は、教わってきた宗教は現代の状況において実際にもちこたえられるものではないと思っていました。それに、先ほど言ったように、私は作家になりたいというひそかな願いを抱いていたからです。

フローレンコート　なぜ、あなたは、自分の信仰が当時送っていた新しい生活とは両立しないと思ったのですか？

コーン　それはですね、ある授業で、信者で重要な現代作家の例はないと実際に教えられていたからです。それは、信者が周りにいないということではありません。実際、信者がいるのは明らかなのですから。そういうことではなく、現代文学に関するかぎり、信仰は重要でも中心的なものでもないということ、そして信仰が偉大な文学を生み出すものではないということなのです。

このような発言を、実際受講している授業で聞いていたのです。確かに、私たちが読んでいた作家たちは信者でない場合がほとんどでした。当時、もしも知識人であるならば、十中八九はサルトルの信奉者で、彼の哲学、実存主義を信奉していました。それが当時の流行でした。神は存在しない、神が存在しないのだから、人生に意味を付与する唯一の方法は、それを世界のなかに見いだし、世界に投影することだという考えに基づく哲学だったのです。人生の意味は、天から私たちに与えられることはないんです。

サルトルの実存主義が、言うなればその時代の知識階級の信仰、たくさんの作家たち、たとえばノーマン・メイラーのような作家たちの信仰のようなものだったのです。また、ある意味ではフランスのカミュもそうです。サルトルもカミュも、当時は礼賛されていた作家でした。ですから キリスト教は、かつては重要だったが、当時ではもう現代の経験には関係のないものと見なされていました。

フローレンコート　本当に、心そこにあらずだったのですね。

コーン　いいえ、私ならそうは言いませんが。

フローレンコート　フラナリーが自分の書いた登場人物に対して、人として特別な感情を抱いていたと感じることはありませんか?

コーン　彼女は、登場人物をつくることに長けていました。当時は分からなかったのですが、何年もたった今、物語には彼女自身の自画像がたくさん描き込まれているのが分かります。彼女が登場人物たちにしばしば大変手厳しいのも、一つにはそうしたわけがあったからです。

登場人物たちをよく読んで観察すると、彼女が不満に思っている自分自身の性格についてたくさん盛り込まれていることが分かります。多くの点で、彼女はもっと感じのいい人になれたらと願っていたのだと思います。

フローレンコート　そうですね。

コーン　でもそれは、彼女の本来の性格とは違います。彼女は辛辣で、人のおろかさをそう簡単に容赦しませんでした。たとえば、極めて単純なことですが、ここ二〇～三〇年以内によく分かったことは、彼女の名前はフラナリー・オコナーではなくてメアリー・フラナリー・オコナーでであり、フラナリー・オコナーは彼女のペンネームであるということです。彼女はファーストネームを削除してペンネームにしたのです。

「森の景色」（**コラム4参照**）の登場人物にメアリー・フォーチュンがいます。メアリーはフラナリーのファーストネームです。メアリー・フォーチュン・ピッツ、これは偶然の一致と呼ぶにはあまりにもできすぎています。「聖霊のやどる宮」（**コラム5参照**）のなかの幼年時代を送る登場人物のなかにも、彼女の片鱗を見ることができると思います。

このように、たくさんの自画像が作品には散らばっています。それは物語のなかに姿を変えて描かれているのです。だから、彼女は（自らの分身とも言うべき）知識人たちに厳しいのです。

フローレンコート　そうですね。

コーン　でも、もちろん、彼女自身は知識人でした。

フローレンコート　でも、彼女の場合、現実との均衡が大変よく取れていたと思います。

コーン　たとえば、生まれながらの名前「ジョイ」を途中で「ハルガ」に変える決断をした「田舎の善人」（一五四ページの**コラム8参照**）に登場する人物には、フラナリー自身の経験がいくらか含まれています。というのも、彼女は（ハルガのように）昔ある男の人と付き合い、何回かデートに出掛けて、裏切られたと感じたことがあったからです。それに、言うまでもなく、ジョ

コラム4　「森の景色」のあらすじ

土地所有者として成功している79歳の祖父マーク・フォーチュンと、うり二つの孫のメアリー・フォーチュン・ピッツを中心に展開する物語。

メアリーを愛する一方でその父ピッツを嫌う祖父は、嫌がらせの意味もあって、半ば意図的にピッツが牛を飼って暮らしていた土地を売って、そこにガソリンスタンドを立てようとする。その土地を開拓すると森の景色が見えなくなってしまうと言って反対する孫娘は、祖父と烈しく対立する。

コラム5　「聖霊のやどる宮」のあらすじ

12歳の少女の家を双子のいとこ（14歳）が訪れる。いとこは修道院のミッションスクールに通っているが、関心のあるのは洋服と男の子のことばかりで、少女は心の中でばかにしている。

2人は修道女から、車の後部座席で男の人に誘惑されそうになったら、「やめて下さい、私は聖霊の宮です」と言いなさいと教えられ、互いを「一の宮」「二の宮」と呼び合っている。

いとこは近所の男の子2人と連れだって縁日に出掛ける。戻ってきたいとこから、少女は縁日の見世物小屋で見た両性具有者の話を聞く。両性具有者は、男女別に仕切られた部屋で自分の体を男女の客に見せながら、「神が私をこのようにおつくりになった。……これが、神が私に望んだ姿である」と語ったという。

その晩、少女は、両性具有者が教会で「私は聖霊の宮である」と言って説教している様子を想像する。翌日、母と一緒に修道院で聖体拝領に参加。すべての人が、神の愛する「聖霊の宮」であることに目が開かれていく。

イ／ハルガは理性的な人で、母親やほかのみんなに対してシニカルで辛辣というよりはつっけんどんです。

　フラナリー自身にそのような面がいくらかあります。それに彼女が自分の行っていることを一〇〇パーセント肯定していたとは思いませんし、カトリック教会から教わっている恩寵や愛という概念に心底共鳴していたわけではありません。ですから、たいていの場合、彼女が知識人たちに対して手厳しい描き方をしているとしたら、それはある程度、彼女が自らを彼らと同一視しているからだということになるのです。

フローレンコート　彼女が、登場人物たちの心に寛容や愛の生育を促すような取り組みをしているということですか？　あたかも、彼らを通じて彼女自身が慈愛にあふれた人物に成長することができるかのように。

コーン　ええ、登場人物たちは、たいていの場合、当然の報いを最後に受けます。それも、時にはかなり深刻な報いとなります。一例を挙げると、「長引く悪寒」［六九ページの**コラム2**参照］の男性登場人物であるアズベリーなどです。

　ご承知のとおり、彼は家から飛びだし、やがて大変重い病気になって家に戻ってきます。どのようにして病気になったのでしょうか？　母がみんなにしてはいけないと言っていたことをしたからです。絞り立てで、殺菌する前の牛乳を飲んで発熱したのです。なぜ、そんなことを彼は繰り返ししていたのでしょう？　農場労働者たちが黒人だったからです。彼はコップを取って絞り立ての牛乳を入れ、自分はここの黒人労働者たちとまったく分け隔てのない人間であることを示そうとして、その牛乳を飲み、このような重い病気になったのです。

彼はそこで、存命中に、司祭に会いたいと考えます。しかし、その司祭はイエズス会士でなければならない。というのも、イエズス会士は普通の司祭たちよりも教育があって、より教養があると彼は考えていたからです。そんなわけでイエズス会の司祭が来ると、彼はジェイムズ・ジョイスの著作について知っているだろうと期待しますが、司祭はそれが誰のことなのか皆目分かりませんでした。

その人物に対する風刺がたくさん込められています。もちろん、フラナリー・オコナーはジェイムズ・ジョイスが誰であるかを確実に知っています。しかし、彼女にとっては、こういうことを知っていること、そして文学の伝統に習熟しているというだけでは十分ではないのです。ですから、彼女はいつもこのことを明らかにしようとします。つまり、信仰をもたないで本を読むのでは不十分だ、とでもいうようなことを。

フローレンコート　あなたの手紙に返事をする際に書いた彼女の提言の一つに、テイヤール・ド・シャルダンを読んではどうかというのがありましたね。

コーン　はい。

フローレンコート　あなたは、それをお読みになったわけですね。そのことを振り返ってみて、なぜ彼女はそのように言ったのだと思いますか？

コーン　以前の私は、それを時代遅れな問題、または例の人類の進化論の問題かと思っていました。しかし、当然の成り行きで、その問題が再びにわかに現代性を帯びてきました。創世記による天地創造の説明と歴史、古生物学や地質学の立場からの創造に関する説明との間の対立が。しかし、テイヤール・ド・シャルダン自身は科学者であり、古代遺跡の発掘作業に従事していた人です。彼は人類の初期形態である北京原人を発見した発掘作業にも携わっています。ですから、彼女の言っていたことは、ここに科学的な知識をもっているにもかかわらず神を信じている人がいますよ、ということなのです。だからきっと、その人こそはあなたの読むべき人だということなのでしょう。

そして、彼の神学は動植物の世界が信仰そのものへと進化し、宗教の進展に至るというメタファーの形を取っています。彼はキリスト教が全体的に発展することを一種の進化の過程と見ていますが、それは関心を向けないではおれない考えです。私は、それが大変興味深いものであると思っています。彼の著作が今でも読まれているかどうかは知りませんが、あなたはご存じですか？

フローレンコート　彼は今でも読まれていると思います。彼が扱っている主題は大変魅力的なものだと私は思っています。

コーン　そうですね。

フローレンコート　あなたが〈フラナリー・オコナー・ブレティン〉に書いた同じ論文のなかで、あなたはもう一つやっかいな問題、自由意志の問題を取り上げました。学部時代の授業で自由意志の存在を信じることによって論理的な一貫性が失われるだろうと教わってきて、あなたはもしも自由意志がないなら、我々がした選択に対して、どうして（死後の世界で神に）裁かれるのだろうかと考えたのですよね？

聖パウロは、陶器師と陶器の関係を引き合いに出し、陶器が陶器師に対してどうしてこのようにつくったのかと文句を言う権利がないのと同様に、人間も自分の運命について文句を言う権利はないと述べています。(8) あなたは『烈しく攻める者はこれを奪う』におけるレイバーとターウォーターの自由意志について疑念を表明されていますが、それは物語が進むにつれて、彼らが本当に自由意志をもっているのかどうか疑わしいと思っているということです。

それに対してフラナリーは、「これらの人物に自由意志がもしないとしたなら、それは、彼らには葛藤がないということになってしまう」と言って応答しました。実際、登場人物は二人とも、今四六時中自分自身の心の中で衝動と衝動が戦い続けているわけですから。その件については、今では以前に比べて納得しているのでしょうか。当時のフラナリーのその反応について、どのような感想をもちましたか？　また、現在ではどう思っていますか？

コーン　おっしゃるとおり、この問題は私たちが意見をやり取りしたなかでもっとも困難な問題でした。問題があまりにも入り組んでいて、哲学や神学が何世紀にもわたって討論してきた、意識の性質に関する問題だからです。私たちには、誰しも自分が自由であるという感覚があり、しかもそれを意識していることは間違いないのです。

たとえば、今日は外へ行くか、今日は家にいることにするか、仕事をすることにするか、のんびりと過ごすことにするかを決めるのは私たちで、そのどれに決めようと自由であるという感覚をもっています。それは意識の性質に関連して生みだされる幻想なのだ、と言う哲学者もいるでしょう。当時、この問題を解決できなかったように、現在もこの問題をはっきりと解決することはできないでしょう。

でも私は、その問題を考えるうえで、「ローマ人への手紙」の九章の、先ほどの一節を使う聖書の伝統とキリスト教神学とをどうしても関連づけたかったのです。聖パウロが、われわれ人間は陶器師のつくった土の陶器と同じであり、われわれの造り主には、もしそうしたいのであるな

（8）「陶器を作る者は、同じ土のかたまりから、尊いことに用いる器でも、また、つまらないことに用いる器でも作る権利を持っていないのでしょうか」（『聖書　新改訳（日本聖書刊行会）』「ローマ人への手紙」九：二一）

らば、自分がつくったもののいくつかを壊す権利があると言ったのだそうです。大変恐るべきことです。

フラナリーも手紙に書いていますが、たぶんそれは（造物主の意志というよりはむしろ）この地上での生活に関係のあることなのです。聖パウロの言葉を文字どおり受け止めるならば、ある人は天国に、ある人は地獄に行くようあらかじめ定められているのだと、私はもともと思っていました。しかし彼女は、「いやそれは違う。それは地上での生活と関係するもので、全能者の意志に従いながら安楽で快適な生活を与えられる人もいるが、そうでない人もいるのだ」と言いました。

人生には単に運不運があるというだけではなく、道徳の問題と幾分重なる問題があるということだと思います。その問題を性の次元に移して考えるならば、最新の研究では同性愛というのは生まれつきであり、後天的なものでも選び取ったものでもないとなっていますが、伝統的なキリスト教の教えでは同性愛は罪であると教えています。

ですから、そのころは、彼女の作品を再びもちだすなんて思いもよりませんでした。「聖霊のやどる宮」という物語のことですが、その作品では、ご記憶にあるかと思いますが、二人のいとこが農産物や家畜品評会に出掛けます。そして、品評会のなかで彼女らが見たのは、考えるのもおぞましいのですが、男性器と女性器の両方をもつ人のショーだったのです。そしてその人は、見物客たちに向かって「神が私をこのようにお創りになられた……」と言います。まだ若い女の子であるもう一人の登場人物は、実際にその品評会には行かないのですが、年上のいとこ二人から話を聞きます。その話は、彼女に恐ろしいほどの影響力を与えているように思えます。

このような特殊な生理機能を神から与えられている人は、自らそれを選んだわけではないのであって、その人は単に神がつくり損なった陶器の一つなのかもしれないと言うのなら、性的嗜好というのは、そのように天与のものなのだと言うことができると思います。

私とフラナリーは、この問題を手紙のなかで表立って取り上げたことはありませんが、私は気付いていました。そして、そのことに気付いていたのは私だけではないと思います。と言いますのも、ほかの人に宛てた手紙のなかで彼女は、『烈しく攻める者はこれを奪う』の登場人物であるレイバーとターウォーターは、純粋に家族的とは言えない（あやしい）関係だと主張する人の考えをあざ笑っているからです。

しかし、一九六〇年代初期に、こうした問題は表立って議論されませんでした。私の知っている範囲では少なくともそうでした。その問題が浮上することは一度もありませんでした。この問題がもしもこうした言い方で投げ掛けられたら、彼女が何と言っただろうかは私には分かりません。そのころはまだバチカン第二公会議(9)前の時期で、ローマカトリック教会が聖書と経外伝説の解釈をかなり自由に許しはじめたばかりのときです。

バチカン第二公会議よりあとの時代だったら事態は違っていたかもしれませんが、それは私には何とも分からないことです。でも彼女が、信仰の深い部分において保守的な考えを厳格に守っていた人だということは、私にも感覚的に分かっていました。信仰が、彼女自身の生活にどのように適用されたのか私には分かりません。それを明らかにすることは、私以上に彼女のことを知っている伝記作者の役目でしょう。

フローレンコート　彼女の言っていたことは、自由意志には限界があるということなのだと思います。それに対して私の見方は、陶器というものは、陶器の素材が何であるかということに応じて、陶器師のみがつくることができるというものです。だから、それぞれの人は異なるのです。

コーン　彼女はよく、神秘という範疇に言及していました。それを巧みな言い逃れだと言いたいなら言ってもかまいませんが、こうした問題は大変捉えにくいものなので、私たちはよく行き詰ってしまうのです。その問題を解決するために適用すべき単純な公式はないように思います。だから、おそらく「神秘」というのがもっとも適切な答えと言えます。

フローレンコート　フラナリーはあなたに非決定論を擁護する手紙を書いて、たとえ決定論に反する教えをするための教会がないとしても、小説を二つ書いたからこれで大丈夫だろうと述べています。(10) 彼女は、自分たちが小説を書けば書くほど、世の中の人たちが決定論に依存する傾向はなくなるだろうと語っています。

あなたは今、一人の詩人として、彼女が言っていることに本質的に賛同する傾向があるのでしょうか? 私には、あなたが作家としての立場を意識的に自分の判断で選び取っているように思えますが。

コーン 私の印象では、確かにそういうことを彼女は言っているのだと思います。私は自分が他所からの力で操られている人形であるとは思っていませんが、哲学者や科学者たちのなかには、「そのとおり、それはあなたの見た幻です。あなたは、理解可能な自由という幻を見ているのです。でも実際それは、(あなたの自由意志によるのではなくて)物体的・科学的な反応によってすべて操られているのであって、あなたがたとえどのような自由を幻として見ようとも、一つの結果があるだけなのです」と言う人もいるかもしれません。ですから、その主張に反対するに足るだけの十分な理由を私はもっていません。

(9) 一九六二〜一九六五年にかけてローマ教皇ヨハネ二三世のもとで開催され、後継者パウロ六世によって遂行された。教会の現代化を主題として議論がなされ、現代に至るまでカトリック教会に大きな影響を及ぼしている。フラナリーはバチカン公会議の開催中に亡くなったので、その影響は少ないと思われるが、フラナリーの信奉してきたカトリック教会は公会議を経て大きく改革された。

(10) 人間の意志を含めた万物・諸事は、神や運命や自然法則などによって必然的に決定されているとする考え方。非決定論はその反対で、人間の自由意志や偶然による変化を認め、神の摂理や自然による必然的決定を認めないという考え方。

フローレンコート　確かなことは言えないということですね。

コーン　量子力学で言われていることですが、量子力学でも期待値という確率を提供できるにすぎないのです。原子内部の次元においても、絶対に予測が可能というわけではないのです。

フローレンコート　再び話をあなたが〈ブレティン〉にお書きになった記事に戻しますが、あなたはフラナリーが道徳的選択と、それを小説に表現する方法にこのうえないほど関心を示していると書いていました。彼女は創作に集中すると、作中の出来事以外に向ける注意力やエネルギーがなくなってしまうほどでした。

あなたは、「パーカーの背中」（**コラム6参照**）を彼女のもっとも優れた作品の一つとお考えですね。すでに知見を示してくださっているのか

コラム6　「パーカーの背中」のあらすじ

なぜ、自分が不細工な妻サラ・ルツと結婚し、その後も結婚生活を続けているのかについて理解できないパーカーは、見本市で全身に刺青を入れた男を見て感激した日以来、機会あるごとに身体に刺青を入れることが生きがいとなった。

厳格なキリスト教徒である妻は、パーカーがタバコを吸うことも、酒を飲むことも、刺青を入れることも許さない。しかし、とうとう刺青を入れる場所が自分の目では直接見ることのできない背中だけになった時、妻を驚かせようとしてビザンチンのキリストの刺青を入れた。ところが、パーカーは妻に「偶像崇拝だ」と言ってののしられ、箒で叩かれ、背中が傷だらけになって木の下に崩れ折れてしまう。

もしれませんが、パーカーが駆り立てられるように刺青《いれずみ》を増やしていく様子が、キリストが我々の魂に照射され、自然のままのものが聖なるものへと変えられていくことに匹敵しているという考えに関して、あなたはどのような知見をおもちですか。これは一種の受肉のようなもの、ある意味、パーカーの魂の形成を描いているのでしょうか？

コーン　刺青というものが、自分の関心を惹き付けるものを図案にしたものであることは明らかです。たとえば、前腕にオートバイの刺青を入れているとしたら、それはオートバイが好きだからということです。パーカーが最後にやったこと、つまり唯一残った身体の箇所である背中にしたことは、イエスの顔の刺青を入れることでした。だから「パーカーの背中」というタイトルになっているわけですが、あまりにも突然、彼は最終的に一つの刺青にとらわれた状態になっています。

もちろん、一種魅力的なものでしょうが、刺青が今日ほど一般に普及している時代ではありません。当時は、刺青を入れるなんて中流階級のやるべきことではありませんでした。ご存じのように、今では誰もがやっているようですが。

フローレンコート　そうですね。

コーン　ただし、私を除いてです。私は刺青をしていません。

フローレンコート　あなたが話してくださったのは、フラナリーの作品が実際はいかに複雑であるかということ、そして、彼女が創作を通じていったい何をしようとしていたのかということをほかの人たちに理解させるために、あなたが実際いかに尽力したかということです。

コーン　フラナリーに会ったり、少なくとも彼女の話を聞いたり、手紙の交換をしたことに関して私が書いた論文には、「パーカーの背中」という題の彼女の作品に関する議論を載せています。それが一番複雑な作品だと思っているわけではありませんが、その物語には大変多くの主題と側面が含まれているので、作品を分析するために四、五ページほど書くことができました。

それよりもっと複雑な作品がほかにもあります。ですから、彼女はひと筋縄ではいかない作家と言えます。彼女はある種の単純さをもった人物、たいていの場合は教養のない人たちについて書いているということはできますが、作品そのものは決して単純ではありません。

パーカーがたくさんの刺青《いれずみ》をしていたというのも、彼の単純な性格の一部の現れですが、宗教的体験を経ることによって生じるある種の刻印というものがあるのは明らかです。ユダヤ教の神学者ヘシェルがイメージと土について、私たちは土であり、神のイメージが私たちには刻印されているのだと語り、創世記に記述されている神による最初の創造について繰り返し述べています。パーカーは刻印という言葉を文字どおりに解釈して背中にイエスの顔を彫る必要があったわけですが、私はそれだけが神の刻印の受け取り方ではないと思います。

たとえば、モーセがシナイ山から下りてきたとき、彼の顔が神々しい光を放っていたと書かれていますが、[11] それは刺青ではありません。そのように、ある種の光が存在するということ、刺青とは別のものがあるということ、つまり、人間の顔の表情もそのような刻印として描くことが可能であるということを示しています。

フローレンコート　刻印には、人間的なものと神的なものという二つの側面があるということですね。

コーン　そうです。

フローレンコート　「パーカーの背中」を読むと「天国の犬」[12] を思い出すなどということはありませんか？

コーン　両者の比較、人を追い掛けてくる天国の犬については考えたことがありませんが、ある登場人物が信仰から逃れようとしても信仰のほうが彼を放っておかないという場面設定は、オコナーが興味をもちそうです。ですから、それは単に「パーカーの背中」においてだけでなく、彼女の作品全般とも関連していると思います。

フローレンコート　ところで、フラナリーは「耳の遠い者には、大声で呼び掛け、ほとんど目の

(11)　『聖書　新改訳』「出エジプト記」三四：二九—三五。
(12)　一八九三年、イギリスの詩人フランシス・トンプソン（一八五九〜一九〇七）の詩。

見えぬ者には、図を示すとき、大きく、ぎくりとさせるような形に描かねばならぬ」[13]と言い、作中ではこれを暴力として描くことで実践しました。フラナリーの作品における暴力は、彼女の生存当時の人たちにはグロテスクで現実離れしており、一般の人たちが経験したことのないようなものであると思われていたのですが、テロや殺人、自殺などありとあらゆる暴力が現実に行われている現代世界においては、グロテスクというものがむしろ現実のものとなってきました。フラナリーは、このことを予見していたと思いますか？

コーン　それは分かりません。そうですね、実際のところ、よくよく考えてみると、当時は実にたくさんの暴力というものがありました。フラナリーとほぼ同時代の作品にトルーマン・カポーティの『冷血』があります。この作品は、農夫とその家族の殺人事件に関するものです。あるいは、一九二〇年代まで遡って考えてみるならば、レオポルドとローブが犯した殺人事件がありま す[14]。それから国際レベルですと、ナチスが行ったホロコーストやソヴィエトのロシアでのスターリンによる粛清もありました。つまり、当時であっても、おぞましい暴力が繰り返し行われていたと自覚することはできたはずなのです。

こうしたすべてのことを理解するために、彼女が預言者であらねばならなかったとは思いません。同時代の歴史のなかに、自らの作品の内容の先例を探し求めた可能性もありますから。

フローレンコート　サリー・フィッツジェラルドがかつて私に、フラナリーは特別な人になるよう運命づけられているのだ、彼女は文筆業におけるこのような特別の任務のために選ばれているのだと思う、と言ったことがあります。あなたもそうだと思いますか？

コーン　そうですね、彼女には自由意志があると思いますので、もしも彼女が希望していなければ、選ばれる必要はなかったと思います。でも彼女は、自分の才能を自覚していましたので、何か価値のあることを行いたいと思っていたとは思います。予定説[15]だの運命だのは関係してないと思います。それは彼女が能力を自覚したからであり、自身で決定したことなのです。

フローレンコート　まさに、それが私の言いたかったことです。フラナリーがあなたをアンダルシアに招待したとき、何かの事情であなたはそこに行けませんでした。きっと残念に思っているでしょうが、もしもフラナリーが今も生きていて、あなたがアンダルシアに行くとしたら、どういうことを話題にしたいですか？

コーン　行けなかった事情というのは、一九六四年夏に南フランスで行われた夏期言語プログラ

(13)『秘義と習俗』三三ページ。

(14)一九二四年五月二一日、紅顔の美少年で、金持ちの息子だった一八歳のリチャード・ローブと大学の法学部に学ぶ秀才だった一九歳のネーサン・レオポルドが完全犯罪を目論んで犯した殺人事件。

(15)個々の人間が救われるか滅びるかどうかということや、人間の自由な意志や行為を含めたすべての出来事は、神によってあらかじめ定められているとする説。アウグスチヌスなどが主張した。

ムでの発表が決まったからなのです。滅多にない機会でした。というのも、参加費としての奨学金まで与えられたのでフランスに行ってしまったのです。

彼女からの招待に対して、適切な事後の対処をしませんでした。戻ってきてからでも返事はできると考えていたのですが、何と、私が八月初旬にフランスに行っている間に彼女は亡くなってしまったのです。しかも、帰国するまでその知らせを耳にすることがなかったのです。フランスの新聞には載っていませんでしたし、私の読んだどの新聞にも載っていませんでした。ですから、亡くなったことを知らなかったのです。

大変後悔しました。「ああ、こんなことなら出発する前に会いに行くべきだった」と思いました。でもそのころは、学校のほうが学期末を迎える時期で、予定をやり繰りする余裕がまったくなかったのです。本当に悔やまれます。しかし、お分かりいただけると思いますが、実際会いに行ったとしても、それほどたやすく話を交わすことはできなかっただろうと思います。何しろ、私は未熟でしたし、当時はまだ若かったのですから。きっと何も言わずに、黙って座っているだけだったと思います。

大人となった今、会いに行けたらいいなと思います。もちろん、今となっては亡くなった当時の彼女よりも私のほうがずっと年上ですから、私のほうが年長の作家ということになりますね。もう、私は大人なのですから、今ならうまくやっていけるだろうと思います。

フローレンコート　ええ、あなたならきっとうまくできたと思いますよ。

コーン　私たちは、生まれも育ちもジョージアという共通の背景をもっていただけではなく、二人とも文学をこよなく愛していましたので、話すことはたくさんあったと思います。信仰とキリスト教などさまざまな問題について、当時よりも今のほうが彼女とうまく話し合うことができると思います。それには、天国で彼女と会って話をする日を待たねばなりません。

フラナリー・オコナー（1962年、アンダルシア農場・母屋の奥の部屋にて）
（撮影：Joe Mctyre）

マリオン・モンゴメリー（1）（Marion Montgomery）

日時：二〇〇九年一〇月二日
場所：ジョージア州クロフォードのマリオン・モンゴメリーの自宅
インタビューアー：クレイグ・アマソン

マリオン・モンゴメリーは、ジョージア大学の英語英文学教授だった。二〇〇一年にジョージアの文学遺産への貢献を讃えられ、スタンレー・W・リンドバーグ賞を受賞。二〇〇三年には大学連合研究所より、一般教育における学問への際立った功績を讃えるゲルハート・ニーメイヤー賞を受賞。

マリオン・モンゴメリー

（1）モンゴメリーは、一九二五年四月一六日生まれ。このインタビューの年の九月に出版した *With Walker Percy at the Tupperware Party: In Company with Flannery O'Connor, T. S. Eliot, and Others* (St Augustine Pr. Inc.) が最後の著書となり、二〇一一年一一月二三日に自宅で亡くなった。

『*The Wandering of Desire*（欲望の彷徨）』、『*Darrell*（ダレル）』、『*Fugitive*（逃亡者）』を執筆したほか、詩集に『*Dry Lightning*（乾季の稲妻）』、『*Stones from the Rubble*（瓦礫から拾った石）』、『*The Gull and Other Georgia Scenes*（カモメ、その他ジョージアの風景）』がある。近年、モンゴメリーの出版物のほとんどは文学批評で、批評三部作シリーズ『*The Prophetic Poet and the Spirit of the Age*（預言者的詩人と時代精神）』の第一巻『*Why Flannery O'Connor Stayed Home*（なぜ、フラナリー・オコナーは家にいたのか）』と『*Hillbilly Thomist:Flannery O'Connor, St. Thomas and the Limits of Art*（南部未開地のトマス主義者——フラナリー・オコナーと聖トマス、および芸術の限界）』がある。

アマソン　あなたとフラナリーとの関係はどのようなものだったのですか?

モンゴメリー　妻のドットと私が結婚したとき、ジョージア大学の専門課程の教授陣でつくる小さな読書会に加わりました。私たちはその読書会を「聖トマス・アクィナスとラビット・ハンター[2]の会」と呼んでいました。

覚えておいていただきたいのは、私たちは実際にときどきウサギ狩りをし、いわば野外でウサギのフライを食べるというちょっとした会食を行っていたことです。それはともかくとして、私たちはここで、この小さな本を読んでいました。この本からはじめたわけですが、だいぶあとになってから、フラナリーが同じ作品を読んでいることに気付きました。

私の本には、最初のページから最後のページまでかなりたくさん下線を引いてあります。『*Introduction to St. Thomas Aquinas*（聖トマス・アクィナス入門）』というタイトルで、『*Summa Theologica*（神学大系）』の一部です。ミレッジヴィルまで出掛けて、自分の本を彼女の本と比較したことがあります。彼女が下線を引いた文章のいくつかが私の下線を引いた箇所と同じだと気が付き、非常に興味深かったです。

ところで、初め私たちがやっていたことは、週に一度、それぞれの家族が記事を一つずつ持ってきて、責任をもってそれを発表して論じるということでした。長期間継続していたのですが、あるとき、メンバーの一人であるコン・ウェストという当時理事兼務の教授で、最後は学部長などをやっていたシェークスピアやミルトンを研究していた人の奥さんが、ある雑誌でフラナリー・オコナーという人の書いたこの物語を見たことがあり、フラナリーの名前を挙げたのです。

（2）*The Prophetic Poet and the Spirit of the Age* シリーズの第二巻は *Why Poe Drank Liquor*（一九八三年）、第三巻は *Why Hawthorne Was Melancholy*（一九八四年）で、いずれもモンゴメリーによる批評作品である。当三部作に関して、The Imaginative Conservative という次のサイトに "Marion Montgomery: Prophet Philosopher" と題する書評が載っている。http://www.theimaginativeconservative.org/2013/06/marion-montgomery-prophet-philosopher-montgomery.html

コンは、すでにフラナリーと文通をしていました。

ともかく、私たちは彼女と少しばかり連絡をとるようになり、ついには思い切って彼女のもとへ駆け付けることにしたのです。一九五〇年代後半のことでした。友達になったのはそのころからです。彼女はアイオワ大学に行き、私も彼女がそこを卒業してから数年後に通うようになりましたので、多少なりとつながりがありました。(3)

アマソン　あなたがアイオワ大学に在籍していたころ、大学でのフラナリーの評判はどのようなものでしたか?

モンゴメリー　彼女は、依然として有名でした。在学中に彼女の修士論文を調べ、そこに収録されている物語を読んだことを覚えています。多くの人が、彼女の残した影響をまだ意識していました。当時、すでに『賢い血』〔五一ページの**コラム1**参照〕も出版されていましたし、そのことに気が付かないでいることはほとんど不可能でした。

ポール・エングルが彼女の論文の指導教官でした。彼女が彼に宛てて書いた献辞を覚えています。彼の助けがなければ、これらの物語は日の目を見ることはなかっただろう、というような趣旨のことが書かれていました。そこには、誰かの走り書きも書かれていました。それが誰かのいたずら書きなどではなくて、フラナリーによる書き込みであってほしいと思っていますが、定かではありません。

アマソン　フラナリー・オコナーに初めて会ったときのことを話してください。いつ、どこで会ったとか、会ったときの彼女に対してどんな印象を抱いたかなどについてお願いします。

モンゴメリー　私が彼女のいる所に初めて姿を現したのは、メイコンのウェルレアン・カレッジに講演会を聴きに行ったときのことです。彼女とキャサリン・アン・ポータと、確かユードラ・ウェルティやそのほかの人たちが講演をすることになっていました。フラナリーがグロテスクについてちょっとした話をしたのはそのときだったと思います。

当時、私は彼女のところまで行って自己紹介はしませんでした。そんなことをする権利があるようには思えませんでした。でも私は、終日そこで過ごしていたことを今でも覚えています。これが、彼女と初めて個人的に会ったときです。でも、彼女とお近づきになったのは、私が『欲望の彷徨』[4]を書き終えてからでした。自分でもよくできた作品だと思っているのですが、彼女も一読して気に入ってくれました。そのときからのお付き合いです。

（3）　モンゴメリーがアイオワ大学に在籍していたのは一九五六～一九五八年。フラナリーが在籍していたのは一九四六年～一九四七年。

（4）　一九六二年の作品。モンゴメリーの作品はすべて二〇世紀のジョージアを舞台にしたもので、旧南部と新南部の葛藤に焦点を当てて描いている。この本のタイトルは、"Better [is] the sight of the eyes than the wandering of the desire: this [is] also vanity and vexation of spirit. という欽定訳聖書の「伝道者の書」六：九に由来する。

アマソン　フラナリーに会ったときのあなたは、人生のどの地点にいたのでしょうか？

モンゴメリー　折に触れて言っていることですが、彼女は私より約二週間年上[5]のこともあり、それ以来ずっと彼女に追いつこうと努力し続けています。今でも私たちは、追いつき追い越せの関係です。最近分かってきたことですが、私たちは互いに、同時に成長していたのです。

アマソン　フラナリーがユーモアのセンスで知られていることはご承知のとおりですが、彼女とした会話や、あなたが、あるいはほかの人が彼女とともに過ごしたときにおいて、彼女のユーモアのセンスが伝わってくるような場面を思い出すことはできますか？

モンゴメリー　彼女がちょっと顔の表情をゆがめたことや、ほかの人から聞いた逸話などを思い出します。よく覚えているのは、彼女が母の日に、レジーナにプレゼントとして贈ったロバについて話したことです。

　妻のドットと私は、子どもたちを集めて、みんなで彼女に会いに行きました。そのとき、子どもは四人いたと記憶しています。いろんな所をクジャクが駆け回り、子どもたちを含む全員が正面のポーチに腰掛けておしゃべりをして、実に楽しい経験でした。私たちは、文学についてはあまり語ることはありませんでした。ただ、目の前の、今現在のことに関心を注いで楽しんでいただけです。

アマソン　アンダルシアの思い出をお話しいただけますか。あなたが目にした何か特別なもの、お子さんたちが楽しんでいたことなどについて記憶はありますか？

モンゴメリー　ジョージア州によくあるタイプの農場でした。レジーナはフラナリーの体調管理で忙しくしていましたが、私たちはそのことにはあまり立ち入ることはしませんでした。

アンダルシアに到着したのは正午をちょうどすぎたころで、数時間ほど過ごしたと思います。その後、彼女に会うのはときどきとなり、何度か文通もしました。書類を調べていたら、レジーナからの短い手紙を見つけました。フラナリーの死後、彼女とも少しばかり文通をしていました。フラナリーの資料をジョージア大学に寄贈すべきだと私が思っているかどうかについて

（5）　フラナリーの誕生日は一九二五年三月二五日、モンゴメリーは同年年四月一六日生まれなので、「フラナリーのほうが約三週間年上」というほうがより正確。

アンダルシア農場
（1999年７月　撮影：田中浩司）

知りたがっていました。私は「レジーナ、それはやめたほうがいい。彼らがそれを大事に扱えるなら寄贈すべきだとは思うけどね……」と返事をしました。

そんなことを言った私を地元の人たちが果たして許してくれたものかどうか、私には分かりません。でも、それが適切な処置だったと思っています。私の返事が果たして彼女に影響を与えたのかどうかは知りませんが、彼女が尋ねてきたので、私はそう答えたまでです。

アマソン　あなたとレジーナが正面のポーチで話し合いをしたかどうか、思い出せますか？

モンゴメリー　私たちはポーチに出ているロッキングチェアに座っていましたが、ある程度時間がたった時点で家の中に入り、その後、私一人で庭を歩いて回りました。納屋だの、鳥小屋だの、そうした離れ家を見てみたかったからです。

アマソン　あなたが行ったころの農場には活気がありましたか？

モンゴメリー　農場にいたのは私たちだけでした。レジーナはとても忙しそうにしていましたが、来客のチェックをする以外、何をしていたのかはよく知りません。彼女は、客のチェックをすることに長けていたと思います。このときが、個人的に初めて案内されたときです。すでに何度か連絡は取り合っていましたが。

我が家の長女（プリスキラ）がフラナリーとの会話を楽しんでいたのを覚えています。いつも晴れやかで、文学の好きな子どもでした。プリスキラはのちにフラナリーから手紙をもらい、失くしてしまいました。その手紙を紛失してしまったことをここ何年間ずっと嘆いていました。
アマソン　フラナリーの性格について、心に残っていることをお話しいただけませんか。
モンゴメリー　私が『欲望の彷徨』を出版したとき、メイコン作家クラブに招かれました。会では、フラナリーが私の紹介をしてくれました。彼女からもらったすごい手紙を持っていますが、そこには、「（紹介するにあたっては）あなたについての詳細な情報が欲しい。あなたに前科があるか、麻薬かその類でもやっていたならば役に立つかもしれないわ」[6]と書いてありました。そこで私は、彼女に（自分の経歴について詳しく書いた）長い手紙を書きました。（しかし、実際にしてくれた）紹介は、彼女らしく、大変簡潔で思いやりに満ちたものでした。
アマソン　フラナリーは、自分の作品の重要性や、それが将来重要なものになるだろうということを分かっていたと思いますか？
モンゴメリー　彼女がどれだけそのようなことを気にしていたかは分かりませんが、彼女は自分

（6）　一九六二年二月一六日の書簡。実際には、「彼等を卒倒させるような話し甲斐のある情報があったら教えてくれませんか。ジョージア州のアプソン郡で生まれたとかそういうこと以外の面白い話のことです。法律関係の問題を起こしたことはありますか？　私も何か前科のつくようなすごいことが本当にできればと思うことがあります。もちろん、自分の才能を無駄遣いするようなことはしたくはありませんが」と書かれている。（*The Habit of Being* 四六五〜四六六ページ。田中訳）

に与えられている才能に対して大変強い責任感をもって作品に取り組んでいました。その結果としてできた自分の作品を悪魔がどう利用しようが、そんなことは気にしていませんでした。才能に対する責任感こそ、彼女が作品を書き続けていくための主たる原動力なのだと思います。

彼女は自分の才能を神の目の高さにまでもち上げて、自分が見たとおりのままを、見えるかぎりはっきりと物語を書いているのです。自分の責務は人類を救うことではなくて、自然の法則によって彼女のものとなっている自らの才能をメアリー・フラナリー・オコナーとして伸ばすことである、ということを決して忘れなかったのです。

アマソン　フラナリーの、ほかの作家との交流について何か思い起こすことはありますか？

モンゴメリー　いいえ。でも、ジェイムズ・ディッキーについて、手紙で一つ二つ話した記憶があります。ディッキーはそのころ、世間に名前が知られるようになっていた作家でした。ある手紙のなかで、彼の自由主義の立場はいかにも独り善がりであるというような主旨のことをフラナリーが書いていたのを覚えています(7)。

アマソン　カーソン・マッカラーズについてあなたに何か言ったり、あなた宛ての手紙に書いてあったことはありますか？

モンゴメリー　ええ、〈ジョージア・レヴュー〉に掲載された論文に、南部小説における侵犯の意味に関して書きましたが、論文のなかで私は、彼女の作品とニューヨーク近郊に移住した異郷で生活をする南部人としてのカーソン・マッカラーズとトルーマン・カポーティの作品の区別を論じました。彼女はその論文に関心をもってくれたようで、「いつか三人一緒に（学会）プログラムに載せてもらって（シンポジウムでもしなければ）いけないわね」と言っていたのを覚えています。それは実現しませんでしたが、実行していたら面白かっただろうと思います。

そして彼女は、私に対してもっとグロテスクの本質について調べることを望んでいました。自分でも調べてみたいと思っていましたので私は調べましたが、彼女はとくに正式に調べたりはしませんでした。ただ、グロテスクに関して立派な小説を書いただけです。

アマソン　あなたにとって、フラナリー・オコナーの文学の一番の魅力は何ですか?

モンゴメリー　人間の本質に対する明敏な洞察力です。現実的であり、感傷的でも批判的でもない眼識です。彼女は、ヘイズ・モーツにも、ミスフィットにも、イーノックの気持ちも理解できない

（7）書簡集『存在することの習慣』には、ジェームズ・ディッキーについて言及してある手紙として、一九五八年三月一一日付のロバート・フィッツジェラルドとその夫人サリー宛の手紙と、同年七月二七日付のジョン・ホークス宛ての手紙が収録されているが、そのいずれもこの話題については触れていない。また、モンゴメリー宛の手紙でディッキーについて言及している手紙は収録されていない。ホークス宛ての手紙のなかでフラナリーは、ディックスのことを「友人」と呼んでいる（横山貞子編訳『存在することの習慣』筑摩書房、二〇〇七年、一六三～一六五、一七七～一七八ページ）。

ていたと思いますし、自分自身からの連想でイーノックという人物をつくりあげたのかもしれません。それは、フォークナーももっていた才能であると思います。両者ともに、人間の状況を同時に痛ましいものとしても、滑稽なものとしても見ることのできる天性の才能をもっています。そのような人間に対する見方というのは、大変古くからの伝統的なものです。かのパスカルでさえもそのように人間を見ていましたし、そのことについて、なにがしか語っています。

私は「善人はなかなかいない」（**コラム7**参照）における機知を高く評価しています。ミスフィットが自ら悪を死守するは彼女の機知によるものです。モダニズムによってもはや善など存在しないものとされてしまいましたが、ミスフィットの死守する悪さえなきものにされそうだから、ミスフィットに悪を死守させているのです。モダニストたちに悪を奪われてはならないのです。そういう意味で、少なくともミスフィットだけは悪にしがみついていなければならないのです。それこそが、彼女の物語の核心部分にある、人間の本質とその堕落に対する機知に富んだユーモラスで明敏な認識なのです。

アマソン　しばしばアンダルシアを訪れる人に対して、カトリックがフラナリーの作品の中心にあって、多くの点において、そこがほかの南部作家とフラナリーの違いだと私たちはよく説明していますが、その点については同じ意見でしょうか？

モンゴメリー　そうですね。その点において彼女は何人かの南部作家とは異なっていますが、その点において同じなのはウォーカー・パーシーでしょう。二人は実際、ともに大変似通ったトマス主義的な物の見方をしています。ただし、フラナリーと違って、そのような見方に辿り着くまでにパーシーは大変苦労していると思います。それはあたかも、フラナリーは生まれつきトマス主義を知っていたかのような感じです。その点について言えば、子どものときにすでに老境の域に入っていたのではないかと思います。

私がよく思い起こすのは、彼女の作品の主人公の一人であるターウォーター老人です。彼は、彼女に言わせれば天然のカトリックだと思います。フラナリーの関心を惹き付けたのは、人としての私たちの本質を支配する「自然法」に傾く傾向です(8)。彼女は、その傾向を自ら扱うプロテスタントの登場人物のなかにも見ていました。だからこそ、彼女はそうした自然法に傾く人物たち、たとえばヘイズ・モーツやターウォーター

コラム7　「善人はなかなかいない」のあらすじ

老婆とその息子家族がジョージアからフロリダにドライブに出掛け、事故を起こした時に通りすがりに助けに来てくれた人を老婆が脱獄囚のミスフィットであると認識したために、一家全員が銃殺されるはめになった物語。

必死に命乞いをする老婆は、銃殺される直前に「あんたは、私の子どもみたいなものじゃないの」という言葉を発する。「悪いことをするしか楽しみはない」と言っていたミスフィットは、老婆銃殺後、「何も楽しいことなどない」と言って、完全な虚無状態に陥ってしまう。

老人に親近感を感じたのです。そういう意味でターウォーター老人は、とくにフラナリーのお気に入りの人物と言えます。

アマソン　フラナリーに関して、ほとんどの人の理解が不十分と思われることで、あなたが理解しているのはどういう点ですか？

モンゴメリー　その点についていては、少しばかり話をさせてください。私は新入生の優等生クラスを教えていて、いつも『*Three by Flannery O'Connor*（フラナリー・オコナー三部作）』(9)を教材として使っていました。学生たちには、レポートを書かせていました。今でもよく覚えているのは、フラナリーの生誕地であるサヴァンナ出身のとても頭のよいユダヤ人の学生ですが、彼は『賢い血』［五一ページの**コラム1**参照］は馬鹿げている、そんな人間なんかいるわけない、と考えていました。当然、私たちは、そのことについてあれこれと有意義な話し合いをしました。

私は朝七時ごろに出勤し、仕事をはじめるようにしていたのですが、ある朝出勤すると、この学生がもう学校に来ていて、ウロウロしながら私の来るのを待ち構えていました。彼はアトランタに行ったら、アトランタの路上で女版のアーサ・ホークスのような人物に出くわしたのだそうです。綱で子どもを引き連れている女性を目の当たりにして、学生はやっと『賢い血』に描かれているような人間がいることを確信したというのです。

私たちがフラナリーから影響を受けるのは、大分時間がたってから、実はフラナリーから打撃

郵便はがき

料金受取人払郵便

新宿北局承認

3890

差出有効期間
平成28年8月
31日まで

有効期限が
切れましたら
切手をはって
お出し下さい

169-8790

260

東京都新宿区西早稲田
3—16—28

株式会社 **新評論**
SBC（新評論ブッククラブ）事業部 行

お名前	年齢	SBC 会員番号 L 番
ご住所 〒 − TEL		
ご職業 E-maill		
●本書をお求めの書店名（またはよく行く書店名） 書店名		
●新刊案内のご希望 □ ある □ ない		

SBC（新評論ブッククラブ）のご案内
会員は送料無料！各種特典あり！詳細は裏面に

SBC（新評論ブッククラブ）
入会申込書

※✓印をお付け下さい。
→ SBCに 入会する□

読者アンケートハガキ

●このたびは新評論の出版物をお買い上げ頂き、ありがとうございました。今後の編集の参考にするために、以下の設問にお答えいただければ幸いです。ご協力を宜しくお願い致します。

本のタイトル

●この本をお読みになったご意見・ご感想、小社の出版物に対するご意見をお聞かせ下さい
（小社、PR誌「新評論」およびホームページに掲載させて頂く場合もございます。予めご了承ください）

●購入申込書（小社刊行物のご注文にご利用下さい。その際書店名を必ずご記入下さい）

書名　冊

書名　冊

●ご指定の書店名

書店名　都道府県　市区郡町

をくらっていたんだと気付くというような感じの場合が多いです。どういうわけか、フラナリーが読者にまとわりつくのです。一旦「善人はなかなかいない」を読んでしまったら、長期間読者にまとわりつき、読者の心を浸食し続けるのです。

アマソン　アンダルシア財団で働いた経験から分かったことは、フラナリー・オコナーはかつてないほどに社会的に意味のあるものになっていて、多くの点でかつてないほど評判になっているということです。その点についてはどう説明されますか？

モンゴメリー　そうですね、その理由の一部は、今の時代の人たちが、モダニズムが中身のないものであることに気付きはじめたということでしょう。フラナリーは、とっくにそのことに気付いていたわけです。彼女は、モダニズムが啓蒙主義、つまり一八世紀の合理主義から発展して生じたものと考えていて、ときどきそのことについて話しました。私は、その起源は、もっと過去に遡ったところにあるのではないかと考えています。

T・S・エリオットの説いた「感性の分離」[10]、すなわち、思考と感情が乖離したことが鍵にな

（8）人はその本質において「自然法」という形で「永遠法」を分有するというトマス主義の考えについて言及し、ターウォーター老人も生まれながらに「自然法」をもっているのだという観点から彼の言動を見ている。

（9）『賢い血』『烈しく攻むる者はこれを奪う』『すべて上昇するものは一点に集まる』が収録されている本。シグネット・クラッシックス社から一九八六年に出版された。

ってモダニズムが成長し、ウォーカー・パーシーの言葉を借りれば、私たちが「宇宙で迷子」になってしまうようなところにまで私たちを連れてきてしまったのではないかと思います。

政治学哲学者のエリック・フェーゲリンが「モダニズム的グノーシス派」と呼ぶ人たちは(11)、(「感性の分離」の)論理と欠陥を熱心に研究し、(思考から乖離してしまった)人々の感情の操作方法をたちどころに覚え、権力を掌握したのです。フラナリーは、感情を伴った思考へ立ち返る方法を探しだそうとする感性の分離した登場人物に強い愛着を示しており、「田舎の善人」(**コラム8**参照)のなかで、そのような人物を大いに楽しみながら描いたことはご承知のとおりです。

コラム 8 「田舎の善人」のあらすじ

主人公のジョイは、昔、狩猟時の事故で片足を失って義足をはめている。まったくもって女の子らしくない人物で、哲学博士号をもち、自分の理性のみを信じ、無神論者を気取っている。ジョイは、親からもらった名前を、この世で思いつく限り最も醜い名前として思いつた「ハルガ」に変えてしまう。

男と付き合ったことがないハルガは、自宅にやって来た聖書売りの青年マンリーに誘惑され、農場の納屋で密会する。愛しているなら義足の継ぎ目をみせてほしい、義足を着脱するところを見せてほしい、今度は自分にそれをやらせてほしいと迫られ、遂には義足を持ち逃げされてしまう。

ハルガは無力状態で納屋に一人取り残されてしまう。

『大理石の牧神』で、ナサニエル・ホーソンは同じ問題の解決を独力で試みています。彼は数人の若いピューリタンの芸術家志望者をローマに連れていきます。彼らはそこで異教とトマス主義的神学との関係で葛藤し、どうしたらこの二つが統合できるかについて悩みます。もちろん、ホーソンが最終的に両者をすっかり統合することができたというわけではないのですが、両者を統合したところにある何かに気付いていることは間違いありません。そしてそれは、ついに彼の愛娘の身の上に起こったことのなかで明らかになります。

彼の娘は修道女になったのです。彼女は「絶えざる御助けの聖母・無料ガン療養所」の創設者[12]です。フラナリーもその施設を知っていました。フラナリーは（自身がカトリックなのに）かなり早い時期から（ピューリタンの）ホーソンと波長が合っていたのです。

アマソン　あなたが長年授業でフラナリー・オコナーを教えてきて、学生たちのフラナリーに対

---

(10)　T・S・エリオットは、「形而上詩人」（一九二一年）のなかで「感性の分離」を説き、その責任をジョン・ミルトンとドライデンに追及した。

(11)　世界の無秩序を非凡な洞察によって超克できると信じ、その信念を実現するために、政治の力によって、ある種の「地上の楽園」を創造しようとすることを特徴とする。ナチスや共産主義がその代表である、とヴェーゲリンは考える。詳しくは、次のサイト“Eric Voegelin on Modern Gnosticism”が参考になる。http://rorate-caeli.blogspot.com/2006/01/eric-voegelin-on-modern-gnosticism.html

する反応に何か変化がありますか？

モンゴメリー　私の場合、一人の特定の学生の反応に変化があれば気付くと思います。あなたのご質問は、たぶん社会全般の動きが学生たちに影響を与えることを示しているのだと思います。私が覚えているのは、さまざまな学生とのやり取りとか、アトランタに行って目が開かれ、月曜日の朝七時にホールをウロウロしながら私を待っていた先ほどの学生のように、突然、目に光が差し込みはじめたときに学生に生じる変化などです。それは、教師をしていてよく目にすることです。こういうことは、若い人たちにフラナリーを教えている多くの人たちが経験していることではないかと思います。

「ええ、ここで起こっていることは何なの？　何が起こっているの？　物語のなかで何が起こっているの？」という問いからはじまって、学生たちがその次に考えはじめることは、「この物語を読んだことで、いったい自分に何が起こっているだろうか？　今、何かが起こっていることは分かる。何であるかはよく分からないけれども……」ということです。

アマソン　フラナリーは、もし自分自身の作品と生活についてじっくり考えたとしたら、アンダルシアについて語るだけでなく、自分の最良の作品もアンダルシアで完成したのだと語るでしょう。そこでより円熟した作家に成長したので最良の作品をそこで生み出すことができたのだろうという議論も可能だと思いますが、それ以外に何か気が付くことはありますか？

モンゴメリー　彼女は故郷を去ってアイオワに出ていたときも、彼女はアンダルシア独特の雰囲気をもって出掛けたと思います。彼女はアイオワで、自分と世界観の異なる、かなり変わった面白い人たちに出会いました。

そして、ヤッドに行ったときとフィッツジェラルド夫妻と暮らしていたときに、彼女はさまざまな人と会ったことがきっかけで、アンダルシア近郊で受け継いだ文化的な残余遺産にますます自身を同調させるようになったのです。ですから、遂に病気がもとで帰省せねばならなくなったときに、かなり高い確率で、全身性エリトマトーデスをある種の恩寵の業と考えたか、あるいはウォーカー・パーシーが自分を故郷に連れ戻し、遂にはルイジアナにまで移住せしめた結核を恩寵の業と見た場合と同じような思いを抱いたのだろうと思います。

アマソン　ほかに付け加えるご意見はありますか？

---

(12)　ホーソンの娘ローズ（別名マザー・メアリー・アルフォンサ）は、一九〇〇年一二月にThe Dominican Sisters of Hawthorne（ドミニコ派ホーソン女子修道会）を結成し、St. Rose's Free Home for Incurable Cancer（聖ローズ・不治癌患者のための無料療養所）を設立。どこからも寄付を受けず、無料で貧しいたちの診療にあたった。施設は現在、Our Lady of Perpetual Help Home（絶えざる御助けの聖母の家）の名前で活動を続けている。モンゴメリーの語る施設名は正式名称ではない。詳しくは、The Dominican Sisters of Hawthorne のサイトと、Our Lady of Perpetual Help Home のサイトを参照のこと。http://www.hawthorne-dominicans.org/s303.htm http://olphhome.org/wordpress/

モンゴメリー　私は彼女の相当数の作品において、フラナリーのものの見方と彼女の芸術をできるかぎり注意深く研究しました。たとえば、エリオットやパーシーやホーソンなど、ほかの作家を南部の田舎のトマス主義者の視点という一般的な文脈のなかで観察することによって彼女の見方と芸術を支えてきました。南部の田舎のトマス主義的な視点とは、私たちが目覚めて、自分自身はこの人であってあの人ではないということを発見しはじめると遭遇する現実のようなものです。

フラナリーが推進し、支持しているのは、その種のゆるやかな発見です。彼女は決して読者に教訓を垂れようとはしません。ただ自分の目で見、見えたものを読者に提示し、それが読者の人生に影響を与えるかどうかは作品に任せているのです。ですから、彼女は読者に対して責任はありません。彼女に責任があるのは、自身の芸術と物事の真実に対してだけです。そのようにして、天から与えられた自分の使命を世間に発表しているのです。自分の天職を神に捧げる、それが彼女の行っていたことです。それゆえ、私たちみんなにとって貴重な才能となるのです。

アンダルシア農場のクジャク
（撮影：Alexandria Daniecki）

161　セシル・ドーキンズ（Cecil Dawkins）

セシル・ドーキンズ（1）（Cecil Dawkins）

日時：二〇〇九年八月二六日
場所：ニューメキシコ州タオスセシルのドーキンズの自宅
インタビューアー：フランシス・フローレンコート

セシル・ドーキンズは、一九二七年にアラバマ州バーミンガムに生まれ、現在ニューメキシコに在住している。アラバマ大学で学士を、スタンフォード大学で修士号の学位を取得した。短編小説集『*The Quiet Enemy*（静かな敵）』、フラナリー・オコナーの物語をもとにした『*The Displaced Person*（強制追放者）』という演劇、そして小説には『*Charleyhorse*

（1）ドーキンズの作品の邦訳書はいずれも未刊行。詳しくは、次のサイトを参照のこと。http://taos.org/women/community-profiles?/item/212/Two-Classics-Cecil-Dawkins-and-Cynthia-Homire

セシル・ドーキンズ
（撮影：Megan Bowers Avina）

（こむら返り）』、『*The Live Goat*（生ける山羊）』（ハーパー＝サクストン賞受賞）があるほか、ミステリー小説に『*The Santa Fe Rembrandt*（サンタフェ・レンブラント）』、『*Clay Dancers*（土の踊り子たち）』、『*Rare Earth*（レア・アース）』、『*Turtle Truths*（亀の真相）』がある。また、回想録『*A Woman of the Century,Frances Minerva Nunnery*（世紀の女――フランシス・ミネルヴァ・ナナリー）』を出版している。

ドーキンズの作品は〈ジョージア・レヴュー〉、〈*The Paris Review*（パリ・レヴュー）〉、〈*Southwest Review*（サウスウエスト・レヴュー）〉、〈*The Sewanee Review*（セワニー・レヴュー）〉、〈*Redbook*（レッドブック）〉、〈*McCall's*（マッコールズ）〉、〈*Saturday Evening Post*（サタデー・イーブニング・ポスト）〉、マーサ・フォーリー編集の『*Best American Short Stories Series*（アメリカ・ベスト短編小説シリーズ）』に掲載されている。

スティーブン・カレッジ、サラ・ローレンス・カレッジ、ハワイ大学で教鞭をとったことがある。グッゲンハイム財団と国立芸術財団（ＮＥＡ）の奨学金のほか、スタンフォード作家奨学金をもらったことがある。

フローレンコート　一九五七年の春にフラナリーの短編小説集を読んで、作品から衝撃を受け、その日の夜フラナリーに手紙を書かれたことがきっかけでフラナリーとの文通がはじまって、亡くなるまで続いたそうですね。

ドーキンズ　そうです。その手紙がフラナリーに書いた私の自己紹介です。それは、一九五七年春のある晩のこと、私が友達のベティ・リトルトンと暮らしていた農場での食事会に、ミズーリ大学の若い教授が夫婦で来た日のことです。私がスティーブン・カレッジで教えていたころの話ですが、彼はミズーリ大学でベティの博士論文の指導教授をしていました。彼はペーパーバックをキッチン・テーブルの上にポンと投げだして、「ぜひ、この本を読んでみてください」と私に言ったのです。

彼らが一一時ごろに帰ってから、その本を手に取りました。それまでに聞いたことのない作家が書いた短編小説集でした。寝る前に一つだけ読んでみようと思ったのですが、午前二時ごろにその本を全部読み終えてしまいました。その本のタイトルは『善人はなかなかいない及びその他の物語』〔一三ページの注4参照〕でした。

作品に大変心を打たれたので、黄色のリーガル・パッド（法律用箋）を取りだして、著者宛てに、大変素晴らしい作品に感銘を受けた旨、手紙を書きました。本のジャケットには、著者はジョージア州ミレッジヴィルに住んでいると書いてありましたが、詳しい住所は載っていませんでした。

翌朝、学校に出掛ける途中に投函しました。書いた宛名は「ジョージア州ミレッジヴィル　フラナリー・オコナー様」だけです。ちょうど壜の中に手紙を入れて、それが岸に上がることを期待せずに海に放り投げるのと同じようなものです。ところが何と、フラナリーは返事をくれたのです。それから文通がはじまりました。

文通がはじまったとき、私は三〇歳になる二、三か月前で、フラナリーは三二歳でした。しばらくたったあるとき、自分も実は作家なんだと彼女にやっとのことで打ち明けました。私は子どものときから小説をずっと書き続けていましたが、教師になってから五年の間に何とか書いたのは三本だけでした。「“The Mourner”（哀悼者）」、「“Eminent Domain”（土地収用権）」、「“Hummers in the Larkspur”（ヒエンソウの中のハチドリ）」です。それはのちに、定期刊行雑誌にまとめられて刊行されました。

この三作品を代理人のエリザベス・マッキーに送ったのですが、やはりすぐに返却してほしいと頼みました。当時、自己不信に陥っていた時期だったのです。そのころは気付かなかったのですが、フラナリーと私はエリザベス・マッキーを共通の代理人としていました。

創作の授業があまりに多くの若い才能を押し潰していると思わないかとの質問を受けて、フラナリーが、まだ十分に潰し足りないと皮肉たっぷりの答えをしたのは、みなさんご存じかと思います。[2]

フローレンコート　あなたも、今までにライターズ・ワークショップに出席したことがありますか？

ドーキンズ　私はスタンフォード大学でシュテグナーのセミナーに出席したことがありますが、同時期にフラナリーは、アイオワ大学でポール・エングルの小説家養成のためのワークショップに参加していました。シュテグナーもエングルも、全米でもっともよく知られている先生でした。

フローレンコート　そうしたワークショップは役に立ちましたか？

ドーキンズ　小説の書き方については、大して教えてくれなかったと思います。でも、あらゆる種類の芸術家たちが、ともすれば孤立しがちなこの広い国にあって、ワークショップでは同じ関心をもった仲間たちに会えますし、そこでする仕事の話というものは有益なものです。アラバマから来た私にとって、ワークショップはそんな感じの所でしたので、ジョージアの小さな町から来たフラナリーにとっても同じような印象だったでしょう。

フローレンコート　あなたはフラナリーの作品のなかに宗教的な色合いを感じ取られたように見受けられますが、この指摘は正しいでしょうか？

ドーキンズ　初めての手紙をフラナリーに書いたとき、深読みのしすぎだと思われるといけないと思って、聞くのをためらっていた質問がありました。そこで私は、学生からの質問ということ

（2）　南部作家大会における「小説の本質と目的」での発言。『秘義と習俗』（八〇ページ）に掲載。

にして、作品には宗教的な意味合いが含まれていないのかどうかと尋ねました。

フラナリーがカトリック教徒であることは今ではすっかり知られているし、それに関してさまざまな本や論文が次から次へと出版されるようになって何年もたちますが、一九五七年当時は、彼女はまだそれほど世間に知られていませんでしたし、私もその夜に彼女のような作家がいることを知ったばかりでしたので。

フラナリーから届いた返事には、「ええ、作品には宗教的な要素が入っていますよ」と書かれてありました。彼女の言うには、カトリック教会の教義を文字どおり受け止めており、それが原因となって、彼女の言う「可能なかぎりの恒久的な属性」が作品に生じているということでした。

私は当時、そのことに賛同できませんでしたが、それは今も同じです。私の考えでは、作品に恒久的な価値があるのは、読者がとくに宗教的・倫理的な信条をもっていなくても作品を理解することができるからだと思います。

フローレンコート　フラナリーを作家として偉大にしているものは何だと思いますか？

ドーキンズ　フラナリーを偉大にしているのは、彼女のカトリック信仰ではありません。凡庸な作家にすぎない敬虔なカトリック作家などこの世にごまんといますから。物語に恒久的な価値があるのは、それがきちんとした文学だからです。

フローレンコート　あなたの言う文学の定義とは何でしょうか？

ドーキンズ　一つの著作物を文学たらしめるものが何であるのかについて答えるのは容易なことではありません。しかし、それは以前ポルノとは何であるかということについて語った上院議員の発言と同じで、「定義するのは難しいが、見れば分かる」のです。

フラナリーの作品に関して言うならば、それは、的確な耳をもって聞き取られた会話であり、活き活きとした登場人物であり、無駄のない巧みな筆遣いで描かれた情景であり、完璧なテンポの動きです。彼女の物語は、常に、前方に少し傾斜するように展開していき、読者も作品の展開に乗せられて運ばれていきます。彼女は、それを実に見事にやり遂げています。

まあ、以上は思いつくまま手当たり次第に述べただけのことですから、彼女の作品が文学であると言える理由はほかにもたくさんあると思います。

私にくれたある手紙のなかで彼女は、「もしも、自分の作品について誰かが何かを書いてくれるなら、文学として書いてくれればいいのに」と願っていました。しかし、たいていの文学の教師にとっては、小説や短編を心理学や社会学、哲学や病理学、宗教学や政治学などのいずれかの「学」として教えるほうがはるかに容易だと思っており、決して文学として教えることはしません。その理由は、かなり大変なことだからです。

彼女はカトリックについていろいろ発言したり書いたりしているにもかかわらず、作品の基礎はキリスト教以外のいかなる宗教にも由来しないと言っていました。彼女を農場に訪れたとき、彼女がカトリック作家であることについて私が何か言ったのですが、直ちに私の間違いを訂正し、「私はカトリック作家ではなくてキリスト教作家です」と強調していました。

　私がナチスの指導者アドルフ・アイヒマンの裁判記録に関するハンナ・アーレントの『イェルサレムのアイヒマン――悪の陳腐さについての報告』[3]という本を読んだとき、そのタイトルは、フラナリーの物語に何とぴったりかと思いました。のちに彼女から聞きましたが、彼女はすでにその本を読んでいて、ハンナ・アーレントの仕事を高く評価していました。[4]

　我々南部作家の作品は、しばしばゴシックというレッテルが貼られることがあります。フラナリーの作品でさえ「ゴシック小説」[5]と呼ばれてきました。それはそれとして、アラバマ大学の知り合いでミレッジヴィルに住んでいる人がいるとフラナリーに手紙を書いたとき、その人は長年付き合いのある友達である、という返事をくれました。そんなわけで、私たちはともに南部作家であり、共通の知り合いがいるという背景があったのです。

　数年後、フラナリーが通っていたジョージア大学に招聘されて、一年間創作セミナーを教えることになった私に大学は冠講座を用意してくれました。たしか、創作科では「キャラウェイ／オコナー講座」[6]と呼ばれていた授業です。その講座を初めて担当する教師として、私を招いてくれたのです。

　美しい古い家と美しい大きな木々が立ち並ぶ通りに私が引っ越してきて数週間後、通りの向かいにある家が、（私たち二人の知り合いの）若い女性がかつて母親と猫と一緒に暮らしていた家であることを知りました。その家には猫がたくさんいたので、母も娘も（本来、犬や猫の首にかけるべき）蚤よけ用の首輪を両足にしていたそうです。フラナリーは南部を（勝手に）つくりあげている（と言われることがありますが、決してそういう）わけではなくて、（このような事実を）記録として書き留めただけなのです。

フローレンコート　フラナリーへの手紙のなかで、あなたが扱っていた話題にはどのようなものがありますか？

ドーキンズ　創作や仕事の習慣（私の場合は習慣がないこと）や宗教について互いに手紙でやり取りをしていたことに加えて、農場での日常の暮らしぶりや、飼っているアヒルやクジャクやガチョウ、そして新しく買った雄牛について彼女は手紙で教えてくれました。

（3）大久保和郎訳、みすず書房、一九六九年。

（4）一九六三年九月一六日付のドーキンズ宛ての書簡で、フラナリーは「今『イェルサレムのアイヒマン』を読んでいます。私の『なんとも素晴らしい本』のリストに加えるべき本です。これを書いた老女アーレントに心底敬服します」（田中訳）と書いている。

（5）グロテスク・怪奇・恐怖・陰惨を強調するような小説のこと。

（6）ドーキンズは一九九六～一九九七年、キャラウエイ／オコナー講座教授としてジョージア大学に招聘された。

フローレンコート　その新しい雄牛の名前を覚えていますか？

ドーキンズ　名前は知りませんが、その牛に私を紹介してくれたのは確かです。私は、自分の農場のこと、育てているシェットランド産の小馬のこと、ミミズのことを手紙に書きました。実は私は、昔ながらの暴風雨避難用地下室(7)の横穴式になっている入り口の所でミミズを育てていたのです。そうした地下室というのは、中西部のその地域ではなくてはならないものでしたが、その入り口付近には土がいっぱいあって、そこでミミズを飼っていました。本当は釣りの餌にするためなのですが、生ゴミを食い尽くしてくれるので大変便利だったのです。

私が友人からもらった古着を引き裂いてトマトの枝を縛っておいたら（元々、そのためにもらったのですが）、遊びに来たその友人の子どもたちが、「あっ、これお父さんのパジャマとお母さんの古いエプロンだ」と言って指差したというトマト畑でのエピソードを彼女に書いたこともあります。私が農場購入の手付金として、なけなしのお金を支払ったあと、その夏の生活をしのぐためにトマトを栽培して、地元の市場に販売していたころの話です。

フローレンコート　初めてフラナリーに会ったときのことを覚えていますか？

ドーキンズ　ようやくフラナリーに会ったとき、私の目には弱々しい感じに映りました。キャサリン・アン・ポーターがフラナリーに会ったとき、「美しい人に見えた」と言っていましたが、私にはそんな風に見えませんでした。弱って見えたのは、たぶん病気のせいだと思いますが、全身性エリトマトーデスのせいで、衰弱していく骨を守るために体重を減らし続けていたのかもしれません。だから、痩せて弱々しく見えてたのでしょう。[8] 彼女の作品のもつ力強さとは極めて対照的な印象でした。

フローレンコート 彼女に会った多くの人たちが、「目がきれいだった」という印象を語っていますが……。

ドーキンズ 彼女の目は、人間の弱さをユーモラスに、なおかつはっきりと捉えて見ることができました。彼女には、大変魅力的なオーラ、おそらくは全人格、ありのままの彼女自身から醸しだされてくるオーラがありました。これまでに出会ったなかで、もっとも素晴らしい人の一人だと思います。

寛大で、面白くて、親切で、自作についてもほかの人の作品についても手厳しくて、何かにつけて人を笑わせようとする人でした。労せずクリスチャンでいられる人で、自分自身の作品をはっきり評価できる人でもありました。ある手紙のなかで、自分は長編小説よりも短編小説のほうが得意であると言っていました。

（7） 竜巻や暴風雨がよく発生するアメリカ中西部や南東部によく見られる。外観については左記リンクの写真を参照。http://image.search.yahoo.co.jp/search?ei=UTF-8&fr=top_ga1_sa&p=storm+cellar

（8） 実際は、この病気の治療薬ステロイドのせいであるというほうが正しい。

大変間違ったフラナリー観が彼女に一度も会ったことのない人たち（ほとんどの場合、彼女と彼女の描く人物たちを混同している人たち）からいくつも生じてきているので、言っておいたほうがいいと思うのですが、彼女は物静かで、決して短気ではなく、自分の描く人物についてもほかのことについてもユーモアにあふれた人でした。

フローレンコート　彼女の写真を持っていますか？

ドーキンズ　写真は私の机の上に置いてあります。「この人は誰？」と聞かれると、答える前に、写真に写っている少女が何歳ぐらいに見えるかと聞きます。たいていの人は、「だいたい一七歳くらいかな」と答えます。それは、フラナリーが初聖体を受けたときの写真なのですが、たぶん七歳ごろの写真だったと思います。

当時の彼女はとてもかわいくて、私のお気に入りの写真なのですが、その部屋のどこにいても、彼女の目がずっと私のあとを追い掛けてくるような感じがします。彼女は年齢以上の知恵と精神的な落ち着きをもった少女だったのです。

フローレンコート　あなたはカトリックとして育ったとうかがっていますが、あなたのカトリックに関する理解は変わりましたか？

ドーキンズ　私のカトリックに対する「誤解」については、手紙で彼女にさんざん言われました。私はフラナリーに関心を抱いていましたので、彼女がカトリック教会について語るすべての内容に興味を抱いて耳を傾けました。

私の幼いころの経験について、いくつか彼女に話しています。並木のある住宅街の道沿いにある私の知っている公立学校に二年間歩いて通っていたのですが、突然、カトリックの子どもたちはカトリックの学校へ行かねばならないということになりました。妹といとこと一緒に登校することになり、家と学校の往復を車で送ってもらうことになりました。誰かが都合をつけて送迎に来てくれるまで、待たねばならないこともときどきありました。

この学校は製鉄工場の側にあり、工場から飛んでくる煤《すす》で汚れていました。通りの向かいにある店は空き店舗で、図書室にはいつも鍵がかかっていて、各教室に二学年ずつの生徒が一緒にいました。子どもたちみんなが恐れている、赤毛のアイルランド人の司祭がいたこともよく覚えています。

公立高校に入学すると、カトリックの学生たちは「毎週訓育」と呼ばれる退屈な集会に出席せねばなりませんでした。かつて、本当のことを見つけだそうとして進化論について教会の考えを尋ねたところ、「あなたの語っていることは異端だ」と言われました。

「おろかな司祭たちのせいで悪夢に悩まされ、取り扱いに注意しなければいけない知性の領域で厳しい試練を受けていたような印象をあなたから受けます」とフラナリーは言っていましたが、そのとおりでした。私にとっての本当の教会を見いだせるかどうかは、（司祭ではなく）私次第であると彼女は考えていたのです。

フローレンコート　農場を訪れたときの様子を思い出すことはできますか？　風景とか、眺めとか？　レジーナに関して思い起こすことのできるエピソードなどありますか？　実際、私の理解では、もちろん私自身の目で確認したことですが、彼女はとても素晴らしいもてなしをしてくれる人でした。農場にやって来るすべての来客を本当に喜んで迎え入れ、フラナリーを訪れて来る訪問者たちの滞在をより充実したものにしてくれました。そうしたことについて思い出せることが何かありませんか？

ドーキンズ　はい、あります。農場を訪れたときのことを、ちょうど話そうと思っていたところです。町の郊外の、ちょっと上った所にある素敵な場所でした。私が数年後に戻ってきたときに、フラナリーの飼っていたクジャクの最後の一羽が幹線道路の向こう側のホリデイ・インの芝生に住み着いていましたが、当時、そこは辺鄙《へんぴ》な田舎でした。

午前中、フラナリーは二時間机に向かうことを固守していましたので、彼女の母親と私はその二時間の間、町へ出掛けることにしました。フラナリーは、「仕事はいつも一人きりの部屋でしなくてはいけません。もしも、部屋が二つしかない家に住んでいるのだったら、ほかの人たちはみんな、あなたの使わないほうの部屋に入れてしまいなさい」と私に言いました。

フローレンコート　（レジーナの実家である）クライン家を訪れたときのことについて話してい

ただけませんか。

ドーキンズ　レジーナの姉（レジーナが「シスター」と呼んでいる人）に会ったのは、かの由緒ある素敵なクライン家でした。その家には、フラナリーが安全に上ることのできない急な階段があり、そのせいでレジーナが彼女をつれて農場に引っ越したのです。レジーナが郵便局に行ったり買い物をしている間、私は町を探検するように歩いて回りました。

　農場に戻ってから分かったことですが、レジーナが町に出掛けていたことで、とてもたくさんの情報がフラナリーに伝わっていました。レジーナがテーブルの上座に座り、その左側にフラナリーが、右側に私がフラナリーと顔を合わせる形で座りました。レジーナはとてもよくしゃべる人で、その朝町で見たことや聞いたこと、町でそのときに行われていたありとあらゆることを話しました。フラナリーは、私と同様、きっとその話を聞き逃すまいと耳を傾けていたのでしょう。

　二つの窓に挟まれた正面の壁には、キジと一緒に描かれているフラナリーの自画像が掛っていました。レジーナが昼食をつくり、フラナリーが皿を洗い、私が皿を拭きまし

クライン・オコナー・フローレンコート邸
（1999年７月　撮影：田中浩司）

た。レジーナは、新しく購入した冷蔵庫を見せてくれました。私たちは創作によって得られる収入について話をしましたが、収入はごくわずかなもので、それがためにフラナリーは、全国のさまざまな大学から来る朗読会や講演会の依頼を受け続けていたのです。

フラナリーの部屋を見学したこともあります〔一三八ページの写真参照〕。元居間だったと思われるような部屋で、フラナリーの机があって、机の背後に窓があり、ドアを開けた正面にシングルベッドが置いてあり、そのドアから出たところがレジーナの部屋でした。そのほかにしたことは、外の芝生に腰を下ろしたことです。

フローレンコート　（芝生に座って）何を話したのですか？

ドーキンズ　ほかの作家の話をしました。好きな作家と嫌いな作家について話しました。ユードラ・ウェルティの物語は私たちのお気に入りで、『*Why I Live at the P. O.*（私が郵便局に住むわけ）』と『*Petrified Man*（石になった男）』などについて話しました。のちにユードラに実際に会うと、フラナリーはすっかりユードラのことを気に入りました。

フラナリーは、肘の上の上腕部まであるアルミ製の松葉杖をつきながら、私に農場の案内をしてくれました。池、難民用の家、雌牛用の牧場、家畜小屋に案内してくれて、家畜小屋で小型ロバのイーキノックスに会いました。二階にある二つの寝室の一つに泊ったのですが、夜、屋根の上で「ヘルプ！」と叫ぶキジの悲鳴で目を覚ましました。本当に、そう叫んでいるように聞こえりませんか？
フローレンコート　フラナリーは、松葉杖で歩き回ることについて不平をこぼしていたことはあ

たのです。

ドーキンズ　何についても不平を言ったことはありませんでしたが、（病気悪化の原因となるので）日光に当たらないようにスモーク窓のついた車を買った、と言っていたことがあります。自動車の教習のことを話してくれたこともありますが、教習を嫌っていました。「試験には合格したけれど、たぶん、もう二度と運転はしない」と言っていました。

全身性エリトマトーデスのせいで、（外出の際は日よけのために）大きな帽子をかぶり、腕のほうまで手袋をはめなければなりませんでした。日光に当たると病気が悪化するという危険があったからです。あと、創作による収入が少ないことについて愚痴をこぼしていたほかは、何についても彼女の不平を聞いたことはありません。

フラナリーが作家として、また人として、私にどれほど重要な存在であったかについてはどんなに強調してもしすぎることはありません。フラナリーが自分の作品をキャロライン・ゴードンに送っていたように、フラナリーに私の作品を送りはじめると（なぜそうしたのかというと、別の作家に自分の作品を見てもらうのは必ず役に立つことだからと言っていたのは彼女だし、フラナリー・オコナーに読んでもらえるというこのうえない幸運に恵まれたからです）、彼女が気に

入った作品に対しては、毎回こんなことを言うのは気が引けるけどと言いながら、「この作品が今までで一番いいわ」と言ってくれました。私は、この言葉を聞くのが嬉しくて仕方がありませんでした。

フローレンコート　フラナリーは、作家としてどのようにあなたの役に立ちましたか?

ドーキンズ　彼女は私に、実に具体的な批評をしてくれました。もっとも有益な性質のもので、しかもすべて的を射た批評と言えば、そのほとんどが言葉に関するものでした。私が一つか二つの語句に対して詩的な表現を使っていたか、もしくは彼女が適切でないと思う語句を使っていたのでしょう。二回、私が忘れていた南部に関するさまざまな現実を想起させて注意をしてくれました。私はそのころまでに七、八年間ほど南部を離れていましたので、いろいろなことをすっかり忘れてしまっていたのです。

彼女は、私が教師をしながら書いた三つの物語のなかで「哀悼者」を一番気に入ってくれました。短編集のタイトルとなっている「静かな敵」という物語も気に入ってくれましたが、この本のタイトルがあまりよくないと思っていたようです。どちらかというと、もう一つの短篇「"No One the Loser"（敗者はいない）」のほうがいいと思っているようでした。

フラナリーの言うことをちゃんと聞いていたならば、その物語のタイトルと短編集のタイトルを「静かな敵」ではなくて「敗者はいない」にしていたと思います。私は、「敗者はいない」はその物語のタイトルとしてはいいが、短編集のタイトルとしては「静かな敵」のほうがふさわしいと思っています。

私の本のタイトルについて、彼女が気に入ってくれたことは一度もありません。私はタイトルをつけるのが恐ろしく下手なのです。彼女が一番気に入ってくれた物語は「"Benny Ricco's Search for Truth"（ベニー・リッコの真理の探究）」でした。

それはそれとして、フラナリーが私のためにしてくれたことで一番素晴らしかったことは、私を作家として認めてくれたことです。私が世間に認められた最初のきっかけは、現在「スタンフォード大学シュテグナー・ライティング特別奨学金」と呼ばれている奨学金を得たことです。しかしそれは、フラナリーが私に作家としての職業を選ぶように言ってくれたことに比べたら大して重要なことではありません。

彼女が私の教師時代の三作品を絶賛してくれたおかげで、私は頑張って書き続けることができました。遂にはそのほかの作品もすべて書き上げることができ、作品集が完成したのです。出版した最初の二作品は〈パリ・レヴュー〉に掲載されました。

フローレンコート　フラナリーに送った手紙のなかで、オコナーの短編小説「障害者優先」（**コラム9**参照[9]）の登場人物シェパードはフロイトを表しているのではないかと思うとおっしゃっていましたが、現在、そのことに関して何かご意見はありますか？

ドーキンズ　ええ、私がそう言ったことで、フラナリーは少なからず気分を害してしまいました。フラナリーの作品のなかで、この作品だけは成功作とは思えませんでした。彼女も同意見で、この物語が成功とは言えないと認めていましたが、その原因として、彼女がシェパードを好きになれないからだと言っていました。でも、私に言わせたら、それは理由の一部でしかありません。

それがうまくいかなかったのは、彼女が言いたいこと述べるためにその作品を書いたからだと思います。この理想主義的な慈善家シェパードという人物を設定したのは、彼が象徴するものを破壊するためであったと思います。シェパードは

コラム9　「障害者優先」のあらすじ

土曜日に少年院で相談員として無償で働くシェパードは、人の更生を助けることが人生最大の美徳であると信じ、足の悪い不良少年ルーファス・ジョンソンを自宅に迎え入れる。

シェパードは、母を失って悲嘆にくれる幼い息子ノートンに心を寄せることもなく、「お母さんはもう死んで存在しないんだ」と冷たく突き放す。一方ノートンは、ルーファスから「お母さんは天国にいる。死んだらまた会える」と聞かされて以来、天体望遠鏡から夜空の星を眺めるようになった。

ある日、事件を起こして警察に捕まったルーファスとの会話を通じて、自分がこれまで息子に対する以上に彼のために尽くしていたことがまったく無駄だったと知ったシェパードは、息子をないがしろにしてきた自分にはっと気付き、突然、息子への愛に目覚めるが、すでに時は遅かった。

不良少年ルーファスの救済者を気取るわけですが、救済に失敗して、自分の息子の命を失ってしまいます。ルーファスが最後の場面で、自分を救うことができるのは慈善家ではなくてイエスだけだと言っていますが、フラナリーはそのことが言いたくてこの物語を書いたのだと私は思ったのです。

問題は、当時議論の的となっていたことですが、人間の成長における生まれか育ちかの問題で、人間の成長において重要なのは一体どちらなのかといったことです。私が、シェパードはフロイトを表しているのではないかと言ったのは、フロイトがその議論において育ちを重視する立場を代表していたように、一般に人がどのような人間になるかというのは、大部分が幼少期にどんな経験をしたかによって決まるのではないかということを言いたかったからです。

でもフラナリーは、私の言ったことを文字どおりに受け取り、バカげたことを小説でやろうとしていると私が思っているのかもしれないと勘違いして、当惑したのです。そして、言うまでもないことですが、私は気落ちしてしまいました。彼女の書いた作品がバカげていると私が考えているのだとフラナリーに思われたらどうしよう……と不安になったのです。

とにかく、彼女はその後の手紙のなかで、この困難な問題をはっきりと決着させるような考え

（9）　一九六二年九月六日付の書簡に、この指摘に対するオコナーの返事が記されている。

を書いてきました。彼女の言っていることは、人間の道徳的向上の可能性は自分自身の工夫次第だという考えは一八世紀の啓蒙時代に到来したものだが、南部ではいまだに、人間の道徳的向上は神の恩寵によってのみ成し遂げられると信じているということです。彼女がこの点を主張することもまた、二つ目の小説『烈しく攻める者これを奪う』〔一〇七ページの**コラム3**参照〕を失敗作にしている原因だと思いました。

もちろん私は、生まれか育ちのどちらが議論に勝とうと構いませんでした。たぶん、両方とも少しずつ関係あるのだと思っていました。実際、ルーファスは、生まれと育ちの両方の点で貧乏くじを引いたのだと思っています。

フローレンコート　文通をしなかった時期はありましたか？

ドーキンズ　ええ、のちにフラナリーは、何通かの手紙で私から便りが来なかったことについて書いていますが、そのなかで私を心配してくれていました。彼女自身が病気であったことを考えると、立場が逆転しているようで皮肉なものです。当時の私にいったい何が起こっていたのかと言いますと、抜けだすことができないと思われるようなひどい抑鬱状態に落ち込んでいたのです。ですから私は、手紙すら書くことができなかったのです。

いったい自分がどうしてしまったのか、自分でも[10]分かりませんでしたが、こんな状態がたぶん一年半以上は続いたと思います。彼女が私に、ヤッドへ行ってみたらとすすめてくれたのは、ちょうどそのころでした。彼女もヤッドにいたことがあるので、私もそこに行ってみようかと考えたことがありました。それで、ついに私もヤッドへ行ったのです。

フローレンコート　フラナリーがヤッドにいたときの知り合いは、あなたが行ったときにもいましたか？

ドーキンズ　あとになってから分かったことですが、フラナリーがシャノン夫妻のことを言っていました。彼らはヤッドにずっといて、そこに住んでいたのかもしれませんが、引退しました。もちろん、フラナリーは、私が知っているヤッドの理事エリザベス・エイムスのことを知っていました。エリザベスはとてもいい人でした。

ある人たちが考えているように、ええ、確かにエリザベスが作家や画家たちにどんなにか厳しい人であったかなど、初めのころはいろいろ噂話がたくさんありましたが、私がいたころはもうそのような人には思えませんでした。彼女は少し耳が遠くなっていたので、それで何となく厳しそうな顔つきの人だと思われていたのかもしれません。でも、私は彼女のことが大好きで、私た

(10)　ヤッドは、一九〇〇年スペンサー・トラスクと詩人であるその妻カトリーナによって創設された芸術家が創作活動に専念するためのコロニー。ニューヨーク、サラトガ・スプリングスにある。オコナーもここに、一九四八年五・六月と同年九月から翌年二月まで滞在していた。ヤッドについては次の Yaddo のサイトを参照のこと。http://yaddo.org/yaddo/history.shtml

ちは仲良しでした。

まあ、ともかくフラナリーは、ニューヨーク州東部のスケネクタディにいる友達のことを話していましたが、その人に私のことを話してくれたのです。のちに、その人は〈*The Saturday Review*（サタデー・レヴュー）〉に寄稿していたグランヴィル・ヒックスのことであると分かりました。彼がヤッドに来たとき、私をスケネクタディにある自宅に連れていってくれてご馳走してくれました。とても素敵な夜でした。

その晩、一緒に食事の席についた人が、フラナリーが私のことであれこれと気をもんでいると教えてくれました。私は心が震え、感激し、こんな私のことで気をもむなんて申し訳ないと思いました。何しろ、彼女には長らく手紙を書いていなかったのです。

フローレンコート　初めて芝居を書こうと思ったのはいつですか？

ドーキンズ　数か月後、ニューヨークに行ったのですが、彼女の物語のいくつかをもとにして演劇を制作したらどうかと、ある日曜の午後、突然、ニューヨーク州南東部の住宅地スカーズデールの友達の家で思いついたのです。私は大変興奮してすぐにニューヨークに戻り、フラナリーにそのことを手紙に書いたはずです。彼女は、「それは素晴らしい考えだと思うから、ぜひ頑張ってやってみて」と言ってくれましたので、書き上げたのです。

劇を書いている間、私はフリーランスの文筆業で生計を立てていましたが、フラナリーと私は細かい事柄、主に酪農に関する質問に関して手紙のやり取りをしていました。アンダルシアでは、当時すでに肉牛を育てていましたが、それ以前は乳牛用の牧場で、「強制追放者」［**コラム10参照**］に出てくる酪農場という芝居の筋ができあがったのです。

彼女が手紙で入院することになったと教えてくれたとき、私はこれまで彼女が何年もの間、全身性エリトマトーデスを薬で制御してきたことを知りましたが、当時、彼女の骨にまで影響を与えていたステロイドの破壊的な副作用については知りませんでした。

私は入院中の彼女に、（ジョセフ・ヘラーの）『キャッチ二二』と、グレイス・ペイリーの『人生のちょっとした煩い』を送りました。彼女はアトランタの病院に一か月入院して、輸血を数回し、出版予定の短編集『*Everything That Rises Must Converge*（すべて上昇するものは一点に集まる）』(11)の計画について知らせてくれました。彼女はその短編集について、まだいろいろなことを決めている最中でした。

人からは回復すると思われているが、自分としては何事があっても覚悟ができていると彼女は

---

(11)　オコナーの死の翌年一九六五年に出版された短篇小説集で、この本のタイトルとなった物語「すべて上昇するものは一点に集まる」のほか、「グリーンリーフ」「森の景色」「長引く悪寒」「家庭のやすらぎ」「障害者優先」「啓示」「パーカーの背中」「よみがえりの日」が収録されている。一八九ページで、フラナリーが亡くなる直前まで思いを寄せていた「間もなく出版される予定だった短編集」というのは、この本のこと。

漏らしていました。それは、私に対する警告のように響きました。彼女には心の準備ができていても、私にはできていませんでしたから。

レジーナから、フラナリーが亡くなったという電報を受け取ったときも、それを受け止めることができませんでした。彼女はまだ三九歳で、病気とはいえいつも元気で、活発で、農場、訪問客、創作に関することは何でも夢中になってやっていましたから。（訃報を受け取った）私は公園まで出掛けていって、長時間歩いたように記憶しています。

フローレンコート　その芝居の仕事は続けたのですか？

コラム10 「強制追放者」のあらすじ

1940年代第２次世界大戦後のアンダルシア農場を舞台にした物語。農場経営者のマッキンタイヤ夫人は、カトリックの神父の紹介で、ポーランドからの難民ガイザック一家を働き手として迎え入れる。ガイザック一家が有能な働き手であるため、自分の地位があやうくなると危惧した白人の労働者ショートレー夫人は彼らを追い出そうと考えるが、自分たちがクビになることを知り、自ら家族を連れて出ていこうとする。が、ショートレー夫人は農場を出たその日に脳卒中で死ぬ。

マッキンタイヤ夫人は、その後ガイザック氏がポーランドに残っている12歳のいとこを呼んで農場の黒人と結婚させようとたくらんでいることを知って驚き、彼らをクビにしようと考えるが、解雇通知をしようと思ったその日に彼は農場でトラクターに轢かれて死んでしまう。労働者達は次々農場を去り、マッキンタイヤ夫人は一人農場に取り残される。

ドーキンズ　芝居を書きあげたら、フラナリーと一緒にそれを訂正編集するためにミレッジヴィルに行こうと計画していたのですが、その芝居はもうそれっきりにしてしまいました。ところが、それから約一年後、ウィン・ハンドマンというニューヨークにある文学作品を上演する劇場アメリカン・プレイスのプロデューサーから電話がかかってきて、[12]「書いたまま放置している芝居があるそうだね」と言われたのです。当時、私は（ニューヨーク市ブロンクス区の町）リバーデールのハドソン川の真上に住んでいました。クロイスター美術館[13]へ歩いていこうと思えば行ける距離でした。

私は、芝居はまだ完成していないと彼に説明しましたが、見せてほしいと頼まれたので、引っ張りだしてきて訂正編集をし、何とか完成させました。彼にそれを見せたら、俳優たちによる演出方法を何箇所か調整してくれたのですが、私は最後までその様子をじっと見ていました。

カットにカットを重ねて気が付いたことは、演劇という設定されたなかで俳優が話したり舞台

---

(12)　正しくは、アメリカン・プレイス・シアター。一九六三年、ウィン・ハンドマンによってニューヨークに設立された。住所：One East 53rd Street, 8th Floor, New York, NY 10022 電話：81(212)594-4482。詳細は、次のThe American Place Theater: Literature to Life のサイトを参照のこと。http://www.americanplacetheatre.org/

(13)　ニューヨーク市マンハッタンにある美術館で、ハドソン川を見下ろす丘の上にある。詳しくは、次の The Metropolitan Museum of Art のサイトを参照のこと。http://www.metmuseum.org/visit/visit-the-cloisters

を動き回ったりするうえで必要なことは、人物の提示や状況の説明よりも小説や物語であるということでした。

優れた俳優たちとエド・パローネという立派な監督のおかげで、文字どおり優れた演劇となりました。フラナリーは、その劇を北部人たちの手に任せるのは気が進まないと言っていましたが、北部人たちが立派な仕事をしてくれたのです。でも、数年後にアトランタで上演されたときの演出はあまりよいものではありませんでした。

フローレンコート　なぜ、アトランタでの演出はだめだったのですか？

ドーキンズ　主演俳優がトップギアではじめて、終始一貫ギアを変えることがなかったのです。舞台装置もだめで、本来引っ込めるべきものが引き立ったままでした。リハーサルが不十分であることも明らかでした。ニューヨークでは、五週間にわたって九時から五時までリハーサルを行いましたし、その前に同じだけの時間をかけて配役を決めていました。サリー・フィッツジェラルドがアトランタ上演の際、その監督を私に推薦してくれたのですが、アトランタでの上演を見て詫びていました。

フラナリーがいないことをこれからもずっと寂しく思います。彼女はもうすべき仕事をして亡くなったのだから、と言う人たちもいますが、誰も分かって言っているわけではありません。彼女は亡くなるとき、間もなく出版される予定だった短編集［一八五ページの注11参照］に思いを寄せていましたし、構想中のそのほかのいくつかの物語のことも話していたのですから、すべき仕事をすべて終えて亡くなったとは必ずしも言えないのです。

フローレンコート　それらがどんな話だったか覚えていますか？

ドーキンズ　覚えていればよかったのですが、あいにくと忘れてしまいました。手紙を読み返してみれば少しは思い出すかもしれませんが、とくに具体的な作品名をつけていたかどうかは確かではありません。

彼女はかつて私に、「ディクシー特急列車」が走っている線路は避けなければならないと言っていました［一一三ページの注5参照］。「ディクシー特急列車」とは、もちろんフォークナーのことです。フォークナーはあらゆることにグシャグシャと顔をつっこんだと思いますが、いまだに多くのことを「食わずに」残しています。実に、フラナリーが「その残りを食った」というわけです。

フラナリーは、全盛期のチェーホフと同じくらい偉大な南部作家でした。彼女のやり方はかぎられたものだったとしても、とても深く探求する方法を取りました。机の上の彼女の写真と、私のあとについて回る彼女の目を私はとても大切にしています。彼女が私の一部始終を見守っていて、決してそのことを私に忘れさせまいとしているのでは、と考えるのが好きなのです。

フローレンコート　フラナリーは、自分の書く小説のすべてが実際に恩寵に関することであると書いていましたが、先ほど少し触れた「障害者優先」を取り上げて話していただけませんか。あの話では、いずれか特定の人物に恩寵が注がれたとお考えですか？

小説の登場人物たちが恩寵を受けるのは、あることが彼らの人生に実際に起こってからであると言う人たちもいますが、その「あること」というのは、彼らにショックを与えることによって、自分は一人ではやっていけないんだという悟りへ至らせるような出来事のことです。

ドーキンズ　ええ、そうです。フラナリーは物語の最後の場面でシェパードを救いますが、そのとき彼は、すべての注意をルーファスを救うことばかりに注いで、自分自身の幼い子どもを無視してないがしろにしてきたことに気付きます。自分の子どもよりルーファスのほうが知能指数が高いから救うことができるとシェパードが考えていたのは、ほとんど彼にとっての自尊心のようなものでした。そうして、最後にやっと自分のしてきたことに気が付いたのです。そしてその悟りが、「善人はなかなかいない」［一五一ページの**コラム7**参照］の老婆の場合のように、ある種の恩寵になっていくのだと私は想像しています。

それはそれとして、フラナリーはルーファスに「イエス以外誰も俺を救うことはできないんだ」と言わせることで、恩寵に関する自分の意見を述べているのだと思います。そして、その作品の欠陥は、彼を救うのは神の恩寵でなければならない、それは社会学や公衆衛生の改善や学校教育の改善などではあり得ないと彼女が論じていること、あるいは作品にそう語らせようとしていることだと私は確信しています。フラナリーは、大学で社会学を勉強しなかったのでしょうか？

フローレンコート　勉強しました。彼女は社会科学を専攻していましたから。ただし、彼女がそれをどれだけ重視していたのかは分かりません。

ドーキンズ　フラナリーは、社会学を信用していなかったのだと思います、人格の発達には生まれと育ちの両方が必要だと言うなら、私はきっと賛同しただろうと思います。

　そして、先ほど言いましたように、小説が論争の的になった場合は別として、私はそのテーマに惹かれることはありませんでした。フラナリーが、何か自分の主張のようなことを登場人物から自然に発生させることをしないで、自らそれを押しつけてしまったのではないかと私が感じている唯一の小説です。

　シェパードはあまりに愚かな人物だと私は思っていたのですが、フラナリーもシェパードは好きではないと言っていました。そのことが、何よりも作品の実体を露呈しています。彼女は、そのほかの登場人物は好きだと言っていました。だから、やはり彼女は自分の主張を通すためにルーファスをつくったのだと思います。

フローレンコート　フラナリーは、あなたや、またたぶん誰に対しても、真の信仰が何であるかは信仰を求める人によって異なるという主張をしていたと思いますが、それについて何か意見はありますか？

ドーキンズ　はい。私は彼女に、子どものときにひどい目にあった話、先ほど言ったカトリックの学校に通っていたときの話をしました。修道女たちのことは好きだったのですが……ええ、私のお気に入りの修道女が一人いました。先ほども言ったとおり、各教室に二学年分の生徒が入っていましたので、その修道女は二年間私の担任でした。当時、私が進級したら、彼女も一つ上の学年の担任をすることになっていました。私は彼女のことが大好きで、私にとっては大切な存在でした。堅信礼の際、私は洗礼名として、この若い修道女の名前を選んだくらいです。

フラナリーは、私に神学に関する本を読むようにすすめてくれました。そのうちのいくつかはフランス語とドイツ語のものでした。私は二五歳ごろまで教会に通っていましたが、子どものころの体験のせいで、もううんざりとした気分になっていたのです。もちろん、教会に戻るとしたらカトリック教会に戻るとは思いますが。

フラナリーが言っていたのですが、カトリック教会は私の血のなかに流れ、おそらくは、私の創作活動のための基盤を提供しています。彼女の言うとおり、私には書く使命があるようです。本当にそうであることを願いますが、正直なところどうだか分かりません。

フローレンコート　ある手紙のなかで、あなたがプレゼントしたきれいなステンドグラスのクジャクのことに彼女は触れています。とても大切にしているのがよく分かります。あなたがしばらくの間教えていたスティーブンズ・カレッジのラッセル・グリーンがつくったとのことですが、どんなクジャクだったか説明していただけますか。

ドーキンズ　どんなものだったかを説明することはできません。ただ覚えているのは、高さが約三〇センチかもう少し高いくらいで、美しいステンドグラスの作品であったということです。ラッセルはスティーブンズ・カレッジの学科長でした。彼と彼の奥さんのミリアムは、私のよき友人でした。ミリアムがフラナリーの作品を絶賛して彼女に手紙を書いたら、フラナリーがミリアムにクジャクの羽根を送ってくれたことがありました。

ステンドグラスに描かれている二匹の魚も欲しいかと聞いたところ、欲しいというので差し上げました。その魚をつくったのもラッセルです。とても気に入っていました。ウィスコンシンに来てから私は、彼女によくチーズを送っていました。彼女が言うには、ミレッジヴィルではチェダーチーズしか手に入らないということで、私の送るチーズを楽しみにしていました。

お返しに、彼女のほうは私にペカンの実を木から採って送ってくれました。こちらでもペカンの実は買うことができますが、決して採れたてものではありません。彼女がチーズを喜んで食べてくれたように、彼女が送ってくれた新鮮なペカンの実を私は喜んで食べていました。

フローレンコート　セシルさん、話をあなたの演劇に戻しますが、演劇の題名を教えてくれましたっけ？

ドーキンズ　その劇の名前は『強制追放者』です。素敵な俳優たちが出演しました。出演者のなかには、フラナリーの作品をもう少し和らげてほしいと頼む人もいました。でも、ともに素晴らしい俳優だったロバート・アール・ジョーンズとウッディ・キング・ジュニアの二人の黒人俳優は、毎日、私を昼食に連れていき、「感じたことを、ありのままに言ってください。本当のことをそのまま言ってください」と言っていましたが、私は何も言いませんでした。フラナリーなら言っていたかもしれませんが……。

上演がはじまって最初の数分以内に観客が笑わなかったら、その夜はまずだめだということを私は承知していました。観客と俳優というのは、とにもかくにも互いにやり取りをするものですから。ある日の晩、俳優のジョージ・シーガルがコートを腕にかけたまま、奥さんと劇場に入ってきました。二人は列を横に移動して座席に着かないうちにどっと笑いだし、その後、観客全体が笑いました。

ご存じのとおり、南部では公民権活動の時代で、三人の若い公民権運動の活動家が殺害され、アースダムのなかに埋められるという事件⒁もありました。南部物の演劇にとって決してよい時代ではありませんでした。しかし、当時大変影響力をもっていた批評家のハロルド・クラーマンが述べていたことで、これは引用なのですが、「私はこれまで気に入っていた多くの芝居よりも『強制追放者』に多大な関心を抱いた。ハロルド・ピンターやサミュエル・ベケットの芝居は必ずしも人に好かれるものではないが、我々がもっとも注目に値する芝居である」と書いていました。

とてもいいコメントです。

それから、素敵な書評もたくさんありました。ニューヨークの批評家のことを生ぬるいといって手厳しく批判している書評もありました。ニューヨークが公民権を重視する州であったことなど、さまざまな事情があったのだと思います。まあ、ともかく素晴らしい上演でした。

フローレンコート　フラナリーがそれを観ることができなかったのは残念です。でも、願わくば、私たちの手でそれをいつか再演できたらと思っています。農場を訪れて以降、フラナリーに会いましたか？

ドーキンズ　かつて彼女は、ミズーリ大学を訪れる予定にしていました。ウィリアム・ピーデンに招待されたのです。私たちはそこで会い、そのあと一緒に過ごす予定にしていたのですが、彼女はローズへの旅行で体力を消耗し、疲労困憊という状態であったため、（私たちとの会合を）キャンセルして帰宅せざるを得なかったのです。

（14）三人のアメリカ公民権運動家ジェームズ・アール・チェイニー（James Earl Chaney）、アンドリュー・グッドマン（Andrew Goodman）、ミカエル・シュヴェルナー（Michael Schwerner）がミシシッピー州フィラデルフィアで一九六四年六月二一日から二二日にかけての夜に銃殺され、四四日後、近くのアースダムで遺体が発見された事件。犯人はクー・クラックス・クランとネブラスカ郡の保安官、フィラデルフィアの警官だった。「ミシシッピー・バーニング」と呼ばれたこの事件は、一九八八年にアメリカで映画化され、翌年日本でも上映された。

彼女が小旅行をしたときを狙って、私たちは彼女を訪問する機会をうかがっていました。あるとき、彼女が女子修道院へ、確かセントルイスにある修道院だったと思いますが、講演に行く予定だったときのことのです。彼女に言われて修道女に手紙を書き、私も修道院に行ってもいいかと尋ねたのですが、修道女から来た返事には、「申し訳ありませんが、当修道院は非公開となっております」とのことでした。というわけで再びチャンスを逃し、そこでも彼女に会い損ねました。

会ったのは、彼女がシカゴ大学で公開朗読をしたときです。天候のせいで飛行機がシカゴまで飛ぶことができず、

コラム11 「人造黒人」のあらすじ

ジョージア州の片田舎に住む老人ヘッドと孫のネルソンが、大都会アトランタに旅に出る。アトランタが自分の故郷であると得意になっていながら、電車で白人と黒人の見分けもできないネルソンにひと泡吹かせてやろうとヘッドは企む。

アトランタの黒人街で道に迷った二人は道を探す。歩き疲れてネルソンが寝てしまうと、彼に教訓を与えるいい機会とばかりに、ヘッドは路地に隠れた。眼を覚まして、慌てふためき駆け回ったネルソンはうっかり黒人女性にぶつかり、怪我をさせてしまう。ヘッドは現場に姿を現したが、賠償を恐れ、自分と瓜二つのネルソンのことを知らないと否定し、ネルソンと周囲の人達を唖然とさせる。

信頼関係を失った二人が歩き続けるうちに、白人街のある屋敷の庭に飾ってある黒人の人形を見かける。その人形を通じて、二人に不思議な形で和解と赦しがもたらされる。

彼女にとっては過酷な旅となりました。冬のことで、彼女は途中からバスに乗ってシカゴまで行くという、何とも厳しい旅でした。飛行機から乗り換えてバスに乗り、旅をするというのは……。でも、彼女はやって来て、その晩、「人造黒人」（**コラム11**参照）を朗読しました。たぶん、自分の作品のなかでもお気に入りのものだったと思います。

彼女がそれを音読するのを聴けるという、とても貴重な体験をしました。あんなに苦労して長旅をして来たのに、聴衆は一一人だけでした。もちろん、今だったらきっと聴衆で満員になっていることでしょう。その夜は、わずかな聴衆に対して素晴らしい朗読をしてくれたのです。

ともかく私たちは、翌朝、長めの朝食を一緒にとりました。私は農場へ戻りたいといつも願っていたのですが、いつも文無し状態でした。私はミズーリやウィスコンシンやニューヨークにいたのですが、その間故郷に戻ることはありませんでした。

農場に戻らなかったことを、将来ずっと後悔することになるでしょう。彼女は私を繰り返し招待し、レジーナは、フラナリーと私が互いにお気に入りの仲良しであることを知っていて、「どうぞ戻ってらして」と言ってくれていたのですから。

アンダルシア農場の納屋
（撮影：Alexandria Daniecki）

ロバート・ジルー(1)（Robert Giroux）

日時：二〇〇七年一月二四日
場所：ニュージャージー州ティントン・フォールズシーブルク・ヴィレッジのロバート・ジルー宅
インタビュアー：フランシス・フローレンコート

ロバート・ジルーは、アメリカでもっとも偉大な働きをした編集者の一人であり、五〇年の経歴をもち、「ファラー・シュトラウス＆ジルー」という名で知られるようになった出版社に勤めていた。フラナリーの小説二作および短編集の両方、そして『*A Memoir of Mary Ann*（メアリー・アンの回想録）』の編集をした。また、フラナリーの書簡集『存在することの習慣』を

(1) ジルーは一九一四年四月八日生まれ。インタビューから一年八か月後の二〇〇八年九月五日に亡くなっている。ジルーの作品の邦訳書はいずれも未刊行。

ロバート・ジルー
（撮影：Arthur Wang）

発行するために、サリー・フィッツジェラルドの編集者としても働いている。

彼が編集を担当した有名な作家のなかには、T・S・エリオット、デレック・ウォルコット、I・B・シンガー、ナディン・ゴーディマー、シェイマス・ヒーニー、アレクサンドル・ソルジェニーツィン、ウィリアム・ゴールディングなどのノーベル賞受賞者、さらにはエリザベス・ビショップ、ロバート・ローウェル、トマス・マートン、キャサリン・アン・ポーター、ウォーカー・パーシー、バーナード・マラマッドらがいる。

著書には『*A Deed of Death: The Story Behind the Unsolved Murder of Hollywood Director William Desmond Taylor*（死の勲功―ハリウッド映画監督ウィリアム・デズモンド・テイラー未解決殺人事件の背後）』と『*The Book Known as Q: A Consideration of Shakespeare's Sonnets*（Q（四折版）として知られる本―シェークスピアのソネット集に関する一考察）』がある。

フローレンコート　フラナリーとの初めての出会いについてですが、そのときの印象について教えていただけますか。

ジルー　はい。彼女に会ったのはニューヨーク市のハーコート・ブレース社の私のオフィスでした。彼女は、私がかつて詩集を出版したことのある詩人ロバート・ローウェルに引率されてそこにやって来ました。ちなみに、私は彼女の代理人であるエリザベス・マッキーのことをとてもよく知っていました。有名な代理人で、素晴らしい人です。いずれにしろ、ローウェルがある日、フラナリーを連れて私のオフィスにやって来たのです。

ローウェルは、彼女とは以前から面識があり、当時彼女は、フィッツジェラルド夫妻と一緒に暮らしていました。フィッツジェラルド夫妻の家はコネチカット州にあって、フラナリーはそこで生活をしていたのです。彼らはとてもよい関係でした。彼女は彼らのことが好きで、彼らも彼女のことが好きでした。その時点では、まだ彼女は小説を書いている最中で完成はしていなかったと記憶しています。ご存じかと思いますが、彼女はその前の出版社とトラブルを起こしていました。

それはそれとして、会ってみると、彼女は自分の望むことを正確に把握しているという意味で大変興味深い人でした。常に正直な人だということが分かりましたが、それは彼女の性質の一部でしかありませんでした。少なくとも私には、彼女に会って話しただけで、それが分かったような気がします。またそれは、彼女に会って話せばほとんどの人が感じることでしょう。つまり、話した途端、本当にそれが事実であると理解できるということです。

それはそうと、彼女がひと筋縄ではいかない人であるということも一目で分かりました。おいそれとは、インタビューできる相手ではありませんでした。彼女は大変優秀な人でしたが、その一つの理由としては、生まれつき素晴らしい頭脳と気質に大変恵まれていたということが挙げられます。もちろん、彼女の南部なまりの話し方にニューヨークの人たちは戸惑いを覚えたようですが、私が彼女を理解するうえでとくに困ることはありませんでした。彼女の言葉が理解できなかったポール・エングルのようなことは決してありませんでした[2]。

きっと誰しも、彼女が話すのを聞いたら、英語ではなく外国語か何かを話していると勘違いすると思います。でも、彼女の言葉はとても分かりやすいと私には思えました。彼女を理解するうえにおいて困ったことはありません。でもそれは、私がキャサリン・アン・ポーターのようなたくさんの南部作家と知り合いで、南部なまりの英語を聞きなれていたからかもしれません。ウォーカー・パーシーとは、友達として仲良くしていましたし、そのほかにもたくさんの南部作家を知っていました。

彼女がほかの出版社に対して抱いた不満のすべてを詳しく話しても仕方がないことですが、『賢い血』［五一ページの**コラム1**参照］が彼らのメガネにかなわなかったことは明らかです。彼女は、ガール・スカウトのように大変馬鹿にされて、彼らにあしらわれたと感じていました。彼らはいたって愚かだったと思いますし、彼女の作品を出版する会社としては不適切だったと思います。

彼女の作品を引き受けるのかどうかと尋ねられましたので、「ええ、もちろん、ぜひとも引き受けさせていただきます。彼女は申し分ない人ですし、私たちはうまが合っていますので」と答えました。こうして、私たちの関係がはじまったのです。そのときのローウェルはそこに座っていました。いろいろな人たちに関する意見を一つ二つ言ったほかは、口を挟まなかったと思います。つまり、面接に対して口出しはしなかったのです。素晴らしい礼節の持ち主でした。

　話し合った内容についてはあまり覚えていませんが、すぐに分かったことは、彼女がいまだにラインハートとの契約状態にあるということです。思い返せば、その時点で、この人は作家、本物の作家であり、俳優でもなければ作家のふりをしている人でもないということを即座に感じ取りました。つまり、知り合いになるだけの価値がある作家であり、興味をそそられる人物であると思ったわけです。

　でも残念ながら、彼女はこちらとの契約に応じるわけにはいきませんでした。彼女はラインハートと出版契約を結んでいる『賢い血』を書き終えてしまおうとしていることが私には分かっていますので、それは明らかなことでした。彼女は話し方は穏やかで、とても聡明で、出版業と業界のメカニズムについても想像以上によく知っていたし、ご存じのように、難しい問題をいくつ

（2）アイオワ大学のライターズ・ワークショップの創設責任者だったポール・エングルは、初めて訪ねてきたフラナリー・オコナーと面会したとき、フラナリーの南部なまりのある英語を理解できず、紙をわたして、話していることを紙に書いてもらったという。（Brad Gooch, *Flannery: A Life of Flannery O'Connor.* New York: Little, Brown and Company, 2009. p.117）

か抱えていたわけです。

彼女とは、とても気軽に話をすることができました。人の話を理解するのみならず、出版業界の背後の事情もどういうわけか知っていました。彼女はエリザベス・マッキーから聞いたことをベースにして、自らの視点に基づいて話していました。マッキーが彼女の代理人となったことが、その小説を書きはじめるきっかけになったのでしょう。

彼女は長い間、その小説に取り組んでいました。でも、その時点では、決まっていた出版社から離れるだけの決意はしていませんでした。軽いおしゃべりをしている最中に彼女が言ったのは、その出版社から離れることはできないと思う、ということでした。そして私は、「なぜ、その出版社をやめることができないと思うのですか？　自分がしたいことが何なのかということについて、自分で決断すればいいのです」と言いました。そして、彼女は決断をしました。その場で彼女が決意し、そして私が彼女の担当編集者になったのです。

彼女はローウェルと大変近い間柄だったのです。彼女が私のオフィスにやって来るなんて思ってもいませんでした。のちに彼女が言っていたことですが、（私の所に来るにあたっては）とても緊張していたそうです。それに、ローウェルは気軽に話せるような人ではありませんでした。

このようにして、私たちの関係ははじまりました。電光石火で、彼女は私のもとに身を寄せる決意をしたのです。私は歓喜しました。これこそが、彼女に会おうと思った一番の理由ですから。

このような心情は、双方ともすぐに理解しました。
とても楽しいひと時となり、私たちはおしゃべりをしているうちに、彼女が私の友人を何人も知っていることが分かりました。ロバート・ローウェルと結婚したジーン・スタッフォードやピーター・テイラー夫妻など、当然のごとく彼女は南部の人たちを知っていました。そして私はローウェルを知っていましたし、キャサリン・アン・ポーターもまた、当時知っている南部作家の一人でした。
とはいえ私は、フラナリーから感銘を受けたということを除いて、交わした会話の多くを覚えているわけではありません。

フローレンコート　クリス・オヘア［詳細不明］にインタビューをされたときに、あなたはフラナリーが「独自の才能の持ち主であることがすぐに分かった」と言ったり、「彼女は天才だ」と言ったりしていますね。

ジルー　それほどの洞察力があったということでしょうかね。

フローレンコート　その独自の才能とはどのようなものであったと思いますか。それを本当に見極めることができたのですか、それとも、それは特定することのできない一種の神秘性のようなものだったのでしょうか？

ジルー　いや、それは要するに能力のことです。よい作家、つまり成功する人というのは、自分のしたいことが分かっているものです。彼らは、あれやこれやと関係のない決断に惑わされたり、好奇心を抱いたりすることはありません。目標の定まった人生を送っているのです。

彼女には、そのような資質がありました。あなたも知っておられるように、彼女は仕事をはじめたら完成するまでやり続けます。それは能力、私が彼女にまったく期待もしていなかった能力なのです。なぜ、私が彼女にそのような期待をしていなかったのか分かりませんが、当時、私がそんなことを言ったのは、たぶん相当なハッタリだったと思います。よくあることですから。

私の考えていることを理解したその時点だったか、そのすぐあとに、彼女は「ラインハートをやめたわ。もう自由の身です」と言ったのです。そこで私は、「あなたのほうから進んで私たちの所へ来てくれるといいのだが」と言いましたら、彼女は「ええ、ローウェル氏もあなたが喜んで私を迎えてくれるでしょうと言っています」と答えてくれましたので、「もちろん、大歓迎です」と返事をしました。私たちの関係がはじまった瞬間です。

フローレンコート　彼女は、あなたに厚い信頼を寄せていたのですね。

ジルー　そうですね、ローウェルにも信頼を寄せていました。彼は誠実な人でしたから。私は、彼女が並はずれた人であるという確信をもっていました。編集者たるもの、この作家からありきたりの作品を期待してはいけません。彼女はほかの作家とは違って、お分かりのとおり、彼女なりのオリジナリティがあるのです。しかも、大変高いレベルのものが。

彼女が出版社を替えてくれて本当に嬉しかったです。出版社を替えるということが、いいことなのかどうか私にはよく分かりませんが。

フローレンコート　あなたを見つけることができて、彼女は運がよかったと思います。

ジルー　私は、彼女がこれまで仕事をしてきた多くの編集者とはまったく異なった存在であったと自覚しています。

フローレンコート　彼女は、あなたが自分の作品を本当に理解していると実感していたのでしょうか？

ジルー　ええ、そうだと思います。私は、彼女の仕事を理解していました。

フローレンコート　だから、彼女はあなたを信頼していたのですね。実際、どの作品を短編集に入れるべきかと尋ねるようなときは耳を傾けていました。

ジルー　話し合いの席で彼女は、自分にはアドバイスを受け入れる余地があると言っていました。「あなたの出すどんな提案でも、私はじっくり何度も考えて決断したいということだけは、お伝えしておきたいと思います」と彼女が言うので、「それでは、あなたにこうしてほしいと思うことをそのまま提案するようにします」と私は言いました。

フローレンコート　彼女にとって、あなたは大きな支えとなっていたのですね。しかも、長年にわたって。具体的に、どのような点であなたが彼女の役に立ったのかについて話していただけますか。

ジルー　とくに、カトリックのことに関して、私は彼女の役に立ったと思います。彼女はすぐに、自分の宗教が何であるか、また自分の経歴がどんなものであるかをはっきりと教えてくれました。もちろん、私はすでに知っていましたが、「私は、あなたに関してはすでにたくさんのことを知っています。原稿を読みましたから」と言いました。彼女はまだその本〔『賢い血』〕を書き終えていませんでしたが、私たちはうまくやっていけると私には分かったのです。

それから、彼女は想像以上に知的で洗練された人でした。当時の私にはそれが何であるかは分かりませんでしたが、彼女には深みを感じさせるものがありました。

フローレンコート　その深みから彼女の才能が成長していったのですね。それは霊的な深みだったのでしょうね。

ジルー　真の才能は成長することが必要で、そして才能に手をかけてあげることが必要です。でも、まず最初に必要なのは書く才能です。彼女は大変表現力が豊かで、私からすると分かりやすい文体を書く作家でした。

フローレンコート　それはそれとして、彼女は真剣に創作活動をしていました。

ジルー　おっしゃるとおりです。真剣に作品に取り組む、それは何にも増して明らかな人でした。

フローレンコート　彼女はあなたに宛てた手紙のなかで、「私は四〇～五〇ページ書いたその小説の原稿を持っています」と書いていています。『烈しく攻める者はこれを奪う』［一〇七ページの**コラム3**参照］のことだったと思います。「でもそれには、まだかなりの時間をかけようと思っています。何とかそれを成功させるためには、祈りと断食を必要とします。祈るほうはなんとかやっていますが、断食のほうはかなりいいかげんです(3)」とも書いてありました。ですから、彼女はその作品にたくさんの祈りを込めて書いたと思います。

フローレンコート　ええ、きっとそうだと思います。

フローレンコート　彼女のもっている自信に驚く人がいますが、その点についてあなたはどう思いますか？

ジルー　確かに、彼女は私が担当していたどの作家よりもたくさんの自信をもっていたと思います。彼女は自分が作家になるということを自覚していましたし、それが彼女の運命であり、天職だったのです。彼女の決心はすでに固まっていたのです。

フローレンコート　もしも覚えていたら、アンダルシアを訪問したときのことについて話していただけますか。

ジルー　それは、とてもくつろぎのひと時でした。何しろ、本当に居心地よく過ごすことができ

（3）　一九五三年六月一四日付の書簡。*The Habit of Being*（五九ページ）に収録されている（訳・田中）。

たんです。彼女らのおかげで、大変和やかな気分になりました。ごたぶんにもれずレジーナはとても面白い人で、なおかつ、何かにつけて好奇心の旺盛な人でした。

レジーナは、片時もフラナリーから離れることはありませんでした。それで、私は羽を伸ばしていました。大好きな彼女らとは、とても気楽に付き合えますし、素敵な時間を過ごすことができます。率直に言って、彼女らは、とても面白い人であると同時に互いにまったく違う性格だと思います。

そのことが分かっていたからこそ言えるのですが——誰でも分かることかもしれませんが——彼女のお母さんはすでに作中人物として登場していました。これはすべての作家、もちろん、いかなるよい作家にも当てはまり

アンダルシア農場の母屋（1962年）
（撮影：Joe McTyre）

ますが、作家たちは自分の知っている日常を作品の題材に使っているのです。

フローレンコート　アンダルシアでは楽しいひと時を過ごされたようですね。

ジルー　ええ、とても和やかなひと時でした。泊まることになるなんて、思ってもいませんでした。アトランタにいるとき、「そうだ、ここにいる間にフラナリーに電話してみよう。たぶん会えないだろうけれど」などと思っていたのですが、フラナリーが一晩泊まりにいらっしゃいと招待してくれたので、すぐに向かったのです。

私は喜びました。とても嬉しかったです。もちろん、束の間の滞在であることは承知していました。わずか一晩泊まっただけだと記憶しています。滞在したのは、たぶん二日間だったと思います。翌日も、私はそこにいましたので。

フラナリーが、「知っているかもしれないけど、ここからわずか二、三マイルの所にトラピスト修道院[4]を建てているのよ」と言うので、私は「何ですって⁉」と言いました。もちろん、ト

（4）Our Lady of the Holy Spirit Monastery（聖霊の聖母男子修道院）のこと。一九四四年三月二一日に設立された。現在、ジョージア州コンヤーズの観光名所の一つで、年間平均七万人の観光客が訪れる。観光客を収容するために、修道士たちは二〇一一年四月にビジターセンターを建てた。現地のおよびネット上の土産物店も充実しているが、海外からは買うことはできない。住所：2625 Highway 212 SW, Conyers, GA 30388　次のサイト参照のこと。http://www.holyspiritmonasterygifts.com/

ラピスト修道院が建築中だなんて知りませんでした。そこで私はさっそく出掛け、なんとか順調にたどり着いて、ついに新しい修道院の院長である司祭に会いました。ケンタッキーにある修道院よりもはるかに現代的な造りでした。(5)

フローレンコート　レジーナの（異母）姉メアリー・クラインに会ったことはありますか？　彼女は、その町に暮らしている主婦でした。

ジルー　はい、確かにメアリーは町に住んでいました。私たちに昼食を出してくれたように思います。あるいは、夕食だったかもしれません。私がアンダルシアに到着したまさにその日、最初の日のことでした。

私は、午後二時ごろに到着しました。そのあとニューヨークに行くつもりでした。国内をあちこち回るという出張の終わりごろです。毎年恒例の編集旅行だったのですが、アンダルシアに是非一泊していくようにとすすめられ、泊まることになったのです。

ミレッジヴィルの家で私たちは昼食をとりました。格式ばった昼食で大変驚きました。家そのものが素敵だったことは言うまでもありません。彼女らは何でも忌憚なく話し、率直で、生活に関するどんな話題についても、どんな側面についても何の遠慮もなく話しました。

彼女らは、出版に関してもたくさんの質問をしました。私にとって、とても付き合いやすい人たちでした。レジーナは娘とは全然違うタイプの人でした。レジーナには作家の気質、私がよく

「作家の気質」と呼んでいたものはありませんでしたが、フラナリーにはその気質がかなりうかがえました。

　昼食は、今述べたように、実に格式ばったものでした。給仕してくれる男性が一人いて、小さな白い手袋をしていました。すべてが格式ばっていたのです。そういう雰囲気のなかにいることで、私は楽しい気分になると同時に得意な気持ちになり、気をよくしました。どう考えても、彼女らが私と過ごすこの時を大切な機会と見なしてくれていたからです。昼食を通じて、このように私に伝わってきたのです。

　出掛ける前に、もしも誰かが「出掛ける先の食事はとても格式のあるもので、黒の蝶ネクタイの着用が必要なランチですよ」と教えたとしたら、「馬鹿なことを言わないでくださいよ。こっちはただのつまらない年寄りにすぎないのだから」と言っていたことでしょう。

（5）一八四八年に創れたゲッセマネ僧院のこと。観光名所の一つにもなっている。次のサイトが参考のこと。住所：3624 Monks Rd. Trappist, KY 40051-6152　http://www.trappists.org/our-monasteries/gethsemani-abbey

ミレッジヴィルの町並み
（1999年7月　撮影：田中浩司）

フローレンコート　その日のことは、神の采配だったのではないでしょうか。

ジルー　ええ、そうだと思います。絶対にそうです。これは神の摂理でした。すべてのことがそうでした。

フローレンコート　アンダルシアで過ごしたときのことを教えてください。

ジルー　彼女は私を連れて農場を案内してくれました。すべてのクジャクに会っています。クジャクが夜寝るときは、地面からジャンプして木の幹に飛び乗って、屋根に上がらねばならないということを説明してくれました。クジャクたちのための小さな梯子があり、夕暮れになると屋根に上って寝る態勢に入っていました。

私は、クジャクが大変虚栄心の強い動物であることを知りませんでした。写真を撮ろうと思ってカメラを向けると、実に彼らは、一番カメラ写りのいい場所を求めて歩き回ったのです。

フローレンコート　あなたが編集旅行で全国各地を回っていたとき、トマス・マートンにも会いましたよね。

ジルー　私たちは同じ学校、コロンビア大学の出身です。実は、その旅行で彼に会ったばかりだったのです。彼は、「フラナリーに会ったらわたしてほしい」と言って、ちょっとした本を用意しました。私が彼女に会いに行くところだと言ったからです。「おお、フラナリー・オコナーに会いに行くのか？　すごいなあ！」とも言っていました。

フローレンコート　彼らは、いわば同じ源泉からエネルギーをくみあげて仕事をしていたとお考えですか？

ジルー　ええ、そうだと思います。宗教的な源泉ですね。彼らは本当に宗教的な人たちですから。もちろん、マートンも一緒にいて飽きない人でした。実際にあったことですが、私が彼と一緒にいたとき、見知らぬ若い男性が我々の間に入ってきて、「トマス・マートンにはどこで会えるかご存じですか？」と聞きました。するとマートンは、「おや、まあ、マートンに会うことはできませんよ」と答えたのです。もちろん、自分の正体を明かさないようにしてですが。

フローレンコート　フラナリーの作品のなかには、いかなる愛も見ることができないと主張している人たちがいることについてどのように思いますか？

ジルー　いや、彼女の作品の多くには愛と絆が描かれていました。事実、母と娘も大変強い絆で結ばれていました。

彼女の作品の質は徐々に向上していきました。作家として勤勉に働いていましたし、創作に実にたくさんの時間を費やしていました。よく、「ときどき徹夜をした」と話してくれたこともありました。寝ることに無頓着になるということは、作家として大変よい兆しの現れとなります。もっとも、一番大切なのはその作品ですが。

フローレンコート　フラナリーは謙虚な人だったと言えますか？

ジルー　いいえ、私は「謙虚な」という形容詞は使おうとは思いません。彼女は大変教養があるので、謙虚であることが重要であるということをよく知っていましたが、それを実践するのは容易なことではないと気付いていました。彼女のお母さんにとっては簡単でしたが……。

彼女とお母さんは、ご存じのように、ともにまったく別の性格の人でした。彼女らは思ったとおりのまま話していました。誰しもが思ったままを話しているということは、たいていの人は謙虚ではないということです。

フローレンコート　彼女は、登場人物たちに対する愛情をもっていたと思いますか？

ジルー　ほとんどの場合に当てはまる法則ですが、愛情がなければ人物の創造に成功することはないのです。作品の多くの場面に存在しているのは、いいですか、敵愾心という一種の愛なのです。彼女はそのような愛の持ち主でした。それに加えて、よき礼儀作法も身に着けていましたが、それはすべての場面に当てはまるというわけではありません。

フローレンコート　彼女は常に、登場人物たちに威厳を与える書き方をしていたとは思いませんか？

ジルー　ああ、そうですね。

フローレンコート　最悪の人物たちにも？

ジルー　ご存じのとおり、（「善人はなかなかいない」のミスフィットのような）殺人者にさえも。

フローレンコート　彼は、大変気高い独特な特徴をもっていました。
ジルー　というより、際立った人物でした。
フローレンコート　彼女のユーモアのセンスについてはいかがですか？
ジルー　そうですね、驚くべきほどユーモアのセンスがありました。当然のことながら、小説家になる以前の風刺漫画家としての経歴もまたそのことを示しています。ユーモア作家であったと言ってもよいかもしれません。ユーモアのセンス、しかも私が素晴らしいと思っているそのユーモアのセンスは、彼女の才能の一部だったのです。
それは、はっきりと分かることです。誇張ではなく、現に存在するものです。それをどのようにしたら正確に表現できるかについては分かりませんでしたが、作家は読者よりもたくさんのことを知っていなければなりませんし、いずれそのたくさんのことを隠さなければならないのです。そうでなければ、極めて退屈な作品になってしまう可能性があります。
フローレンコート　フラナリーの作品における悪魔に関して少しお話できますか？　作品中、悪魔が活躍しているのはお分かりですよね。
ジルー　ええ、もちろん分かっています。作品の一つ一つで活躍していると言っていいでしょう。読者はそのことを正確に把握し、人生のそのような局面、人生の否定的な局面に対応すべきであると、彼女ははっきり主張しています。

フローレンコート　そして、それと同時に、彼女はそれとは正反対のこと、神の恩寵の介入があることについても信じていました。

ジルー　そうですね、それははっきりしています。哲学的に言えば、彼女は一〇〇パーセントカトリックでした。実に徹頭徹尾、ご承知のとおり、彼女は恩寵が介入するために用いられる経路としての役割を果たしていたのです。揚げ句の果て、その経路の外に出てサタンのもとへ行かねばなりませんでした。彼女が恩寵招来のためにあてにしているあの人たちのもとへ。(6)

フローレンコート　作品における救済のことについてお尋ねしたいのですが、すべての登場人物には救済の機会が開かれていたと思われますが、いかがですか？

ジルー　そのとおりです。

（6）　たとえば、「善人はなかなかいない」の老婆を殺した脱獄囚ミスフィットや、『烈しく攻むる者はこれを奪う』の主人公フランシス・マリオン・ターウォーターを強姦したタクシー運転手などを指す。

アンダルシア農場・母屋付近の花壇とベンチ
（撮影：Alexandria Daniecki）

シスター・ロレッタ・コスタ(1)（Sister Loretta Costa）

日時：二〇〇八年一〇月二一日
場所：アンダルシア
インタビューアー：フランシス・フローレンコート

シスター・ロレッタ・コスタは、一九二三年にジョージア州アテネで生まれ、四年間だけサレジオ山学院(2)の学生としてジョージア州メイコンにいた以外は、一六年間を故郷で過ごした。ミネソタ州セン

シスター・ロレッタ・コスタ

（1）次のSisters of St. Joseph of Carondeletのサイトには、“A Friendship Between the Lines”というタイトルでジェニー・ベアトリーチェによるコスタのインタビューが掲載されている。http://www.csjsl.org/news/a-friendship-between-the-lines.php

（2）サレジオ山学院（Mount de Sales Academy）は大学進学を目指す私立の中等学校。https://www.mountdesales.net/参照。

ト・ポールのセント・キャサリン大学を卒業後、セント・ルイス大学で社会学の高級学位(3)を取得し、セント・ジョセフ修道会の管理者として二七年間、管区評議員として七年間務めた。
ジョージア州オーガスタの修道会に一七歳で入り、ケイト・フラナリー・セムズが修道女たちに寄贈した「シャトー・ルヴァート」と呼ばれる家に住んだ。二〇一一年、シスター・ロレッタは献身七一周年を迎えた。フラナリーとの新たな交友関係がはじまったのは、オコナーが作家としての地位を確立したのち、シスター・ロレッタがミレッジヴィルに新設された聖心学校で教職に就いたときだった。

フローレンコート　ご自身に関するお話と、初めてフラナリーに会うことになった経緯について話してくださいますか。

コスタ　フラナリーに会ったとき、私たちはともに小学生でした。私はメイコンのサレジオ山学院の全寮制の寄宿学校にいて、フラナリーのいとこのベティ・クラインもそこの生徒でした。
オコナー夫妻がよくフラナリーを連れて、日曜日にベティ・クラインの所に遊びに来ていたのですが、あるとき、ベティがいとこに会いに来ないかと私を招待してくれたのです。そのいとこが将来かの有名な作家フラナリー・オコナーになるとは、夢にも思いませんでした。フラナリーと私は同じ年齢で、会ったのはたぶん第七学年か八学年のころだったと思います。ミレッジヴィルはメイコンからおよそ三〇マイル［四八キロメートル］ですから、オコナー家は、たぶん月に一度くらいの割合でベティの所に遊びに来ていたのだと思います。

私は現在セント・ジョセフの修道女ですが、修道女になってからだいぶ時がたちます。

フローレンコート　フラナリーを訪ねたときのことを話していただけますか。彼女の言動、持ち物、大切にしていると思われる物などから判断して、彼女の人柄が分かりますか？

コッタ　アンダルシアは、とてもすてきな旧南部様式の家(4)でした。彼女とレジーナは、それをとても誇りとしていましたし、また誇りをもって当然だったと思います。私はフラナリーのお父さんとは面識がありませんでした。人づてに知っているだけです。

ところで、私がミレッジヴィルの小人数の学校で二年間教えていたとき、フラナリーと彼女の飼っているクジャクに会うために、子どもたちをアンダルシアまで実地見学に連れていきました。そのとき、フラナリーと私は家の中に入っていき、子どもたちは外で遊んでいました。

フラナリーと母のレジーナが大変質素に暮らしていることは、誰の目にも明らかでした。彼女らはラジオを持っていましたが、フラナリーがすぐに教えてくれたことは、ニュースとその他重

（3）　修士号や博士号のこと。

（4）「旧南部様式の家」がどのような家であるかを知るには、下記のサイトが参考になる。http://image.search.yahoo.co.jp/search?ei=UTF-8&fr=top_ga1_sa&p=old+southern+home

要な情報を得るために使っているということでした。ラジオはたわいのない娯楽番組を聞くためではなく、彼女らにとっては重要な情報源だったのです。

電話も確かにありましたが、レジーナはかかってくる電話をいつも選り分けてフラナリーに取り次いでいました。レジーナ以外、誰も電話に出ることはありませんでした。フラナリーの寝室は大変簡素なもので、きちんとした家具が備え付けられていました。と言いますか、飾り気のない家具が備え付けられていました。また、いつも手動のタイプライターで原稿を打っていました。

今振り返ると、全身性エリトマトーデスが進行し、両手が麻痺とまではいかなくても弱ってくるにつれて、彼女にとって仕事をするということはとても骨の折れることだったと思います。しかし、これが彼女の選んだ道であり、それこそ彼女の望んでいたことだったのです。一台のタイプライターが、今でも彼女の寝室に置かれています［一〇四ページの写真参照］。

彼女らの生活様式は単純なものでした。日曜日には教会に行き、木曜日はレジーナがその週に必要な買い物をし、フラナリーは音楽のレッスンを受けていました。彼女は、私がピアノを教えた最後の生徒です。私の指示に従い、彼女があらかじめ練習してきた箇所の指導を終えると、いつも決まって彼女の家を訪問する時間をもてたので、とても楽しかったです。私が記憶しており、大切にしている当時の思い出です。

フローレンコート　あなたがサヴァンナで修道女になりたてだったころ、カズン・ケイティに会われたようですね。しかも、カズン・ケイティが修道院を訪問して来たということですが、そのことについて話していただけますか。

コスタ　いやしくも、ひとかどの人ならどんな人だってカズン・ケイティ、一名「カディン・ケイティ」（親戚からはそう呼ばれてた）を知っていました。彼女はまさしく絶世の美女でした。

サヴァンナに行く前からミス・ケイティの話は聞いていました。麗しい話です。シスターズ・オブ・セントジョセフはフロリダからジョージアにやって来て、最初はサヴァンナに居住しましたが、南北戦争で孤児になった黒人の子どもたちに勉強を教えていたため、都市の神父たちには受け入れてもらえませんでした。それからワシントンに引っ越して、少女たちのために全寮制の寄宿学校と少年たちのために孤児院を開設しました。全寮制の女子寄宿学校でひどい火災に遭い、最終的にはオーガスタに引っ越しました。

彼女らに援助を申し出る弁護士に出会ったことはまったくの不運でした。弁護士が差し伸べた援助の方法がまったくもって間違っていたのです。彼のせいで、修道女たちはあらゆる種類の借金を背負うことになりました。そして修道女たちは、文字どおり、その家から追いだされてしまったのです。

ミス・ケイティ・セムズ［ケイト・フラナリー・セムズのこと］には、その地域に住むシスター・ガブリエル・ハインズという叔母がいました。シスター・ガブリエルはミス・ケイティ・セムズに財政援助を願い出ました。ミス・ケイティ・セムズはその依頼に応じて、オーガスタに美しい屋敷を購入してくれました。彼女が購入した当時、「シャトー・ルヴァート」と呼ばれていた家です。その後、「マウント・セント・ジョセフ」という名前に変わっています。[5]

私たちが住んでいた所は、ジョージア州にあるシスターズ・オブ・セント・ジョセフ修道会の地方本部で、中・高等学校の教員と小学校の教員がそこに住んでいました。そこはまた、見習い修道女のいる所でもあり、一九三九年に私が修道会に入ったときもそこで訓練を受けました。

マウント・セント・ジョセフの正面を入ってまず視界に飛び込んでくるのは、建物の寄贈者であるケイティ・セムズの美しい写真でした。その下には銘板があって、「ガブリエル・ハインズの姪ミス・ケイティ・セムズが、修道女たちに住む場所を与えるためにこの修道院を購入してくれた」と書かれていました。ミス・ケイティとのつながりは、このようにしてできました。

サヴァンナに行ったとき、修道女たちの何人かが、私がミス・ケイティを知っているということにひどく驚いていました。「実は、私は壁にかかっていた彼女の写真を見て知っているだけです」と私は言いました。

それはそれとして、ミス・ケイティは、シスターズ・オブ・セント・ジョセフを愛していました。年に二回、クリスマスとイースターにカディン・ケイティは修道院を訪れ、いつもこの素敵なバスケットにいっぱいのキャンディーを持ってきてくれました。キャンディーなど、ミス・ケイティが来なかったら絶対に食べることはありませんでした。

私が見習い修道女のころ、よくミス・ケイティを訪ねました。彼女を最後に世話をしたミス・ベシー・ハインズは、私がジョージア州アテネで育ち盛りの子どもだったころに知り合った女性です。ミス・ベシーはミス・ケイティの甥だか従兄弟と結婚し、サヴァンナでミス・ケイティを最後に看護してくれた人でした。カディン・ケイティが亡くなったとき、私はサヴァンナにいました。大聖堂での葬儀では、彼女の一生が輝かしく褒め称えられました。

フローレンコート　シスター、修道院を訪れたときのことについてですが、彼女が放っていたという気高いオーラについて話していただけますか。すべてのシスターたちが虜《とりこ》になってしまったと言われるオーラについて。

コスタ　ええ、まず何よりも、ミス・ケイティは美しい女性でした。彼女は小柄で、きれいな洋服を着ていましたが、私が彼女についてよく覚えていることは、髪の毛がいつもきれいに整っていたということです。

私たちはよくコミュニティー・ルームでテーブルを囲んでずっと座っていましたが、そのとき

（5）　シスター・カズンとこの建物の詳しい関係および経緯については、Father Pablo Migone, "A Journey of Dedication through Education: Sisters of Saint Joseph" (February 3, 2011), Labyrinthine Mind (Oct. 6, 2013) 参照。http://labmind.blogspot.jp/2011/02/journey-of-dedication-through-education.html に詳しい。

ミス・ケイティは上座に座り、一種女王のような存在でした。私たちはただその場にいて、ひたすら彼女の話に耳を傾けていました。

彼女はとても面白い人で、毎回、話を聞くのが楽しみでした。彼女はいつも喜んで修道女たちの所を訪ねてきてくれました。私の記憶では、かなり長い間続いていたと思います。私は七年間サヴァンナにいましたが、少なくともそのうちの六年間は、年二回のカズン・ケイティの訪問を楽しみにしていました。

フローレンコート　フラナリーはあなたからピアノのレッスンを受けていたということですが、そのころすでに彼女は小説を書きはじめていましたか？　シスターズ・オブ・セント・ジョセフがミレッジヴィルに来たときはすでに本を出版していましたか？　それと、彼女がどんなピアノの生徒だったかを教えてください。

コスタ　はい、フラナリーは小説をすでに書きはじめていましたし、最初の本『賢い血』［五一ページの**コラム1**参照］を出版していました。そのことと、カズン・ケイティについては素晴らしい話があります。

カズン・ケイティはこの本をクリスマスプレゼントとして司教に差し上げたいと思ったのですが、残念ながら、その時点ではまだカズン・ケイティは本を読んでいませんでした。それゆえ、司教にこの本を読んでもらうことがふさわしいかどうか確信をもてなかったのですが、たまたまサイン入りの本を持っていたので、それを司教に献呈しました。「この本を書いたのは私のいとこなのです」と言うことができたカズン・ケイティは、ことのほか誇りにしていました。

フラナリーは子どものとき、サヴァンナで音楽を習いはじめました。シスター・メアリー・ジョセフがピアノの先生でした。私がフラナリーを教えたのは、彼女が成人してからです。私の所にレッスンの相談に来たとき、私は彼女に「フラナリー、あなたはピアノを弾けるでしょ」と言ったら、彼女は「ええ、シスター・メアリー・ジョセフから習いましたから。でも、あなたもご承知でしょうが、シスター・メアリー・ジョセフは耳が不自由な方で、補聴器を付けていましたので、人の演奏を聞きたくないときはすぐに補聴器の電源を切っていました。ですから、私は音符は読めても上手に弾くことができません」と言っていました。こんな会話のあと、私たちはピアノのレッスンに取り組むことになったのです。

フラナリーは、生徒として、作家として、大変目先のきく生徒でした。すべてを完璧にこなしましたが、「私には音楽家の心がありません」と言っていました。確かに、そのとおりでした。彼女は何でも正確に演奏するのですが、すべての演奏が大変機械的なものでした。

フローレンコート　フラナリーと懇意であったこの時期は、レジーナともきっと懇意にされていたと思います。レジーナに関する思い出をいくつか話していただけますでしょうか。

コスタ　レジーナとは、よく名づけられたものです。彼女は、その名のとおり女王でした。そうとしかほかに言いようがありません。ですから、典型的な南部の流儀に則って、私たちはいつも彼女を「ミス・レジーナ」と呼んでいました。

彼女は大変勤勉な女性でした。彼女らの住んでいた所は酪農場でした。乳牛の輸入を取り仕切っていたのは彼女でしたし、搾乳の時期に雇い人たちによる乳搾りを仕切っていたのも彼女でした。経営状態もよかったです。

ミス・レジーナは、早い時期から自分と夫の間に子どもがもう一人生まれることは決してないということを知っていました。フラナリーが年ごろになる前に、父親は全身性エリトマトーデスを発症しました[6]。これは私の考えで、私見として言うのですが、ミス・レジーナは、子どものころのフラナリーに対して過保護であったと思います。

今でも覚えているのは、通りを挟んで学校の向かいに住んでいたという理由だけで、フラナリーをカテドラル・スクールに入学させたことです[7]。彼女が二年生のときだったと思いますが、ミス・レジーナは彼女を聖心学校に転校させています。シスターズ・オブ・セント・ジョセフの経営する学校です。フラナリーは毎日、学校まで黒のツーリングカー[8]で通っていました。車を運転していたのは（フラナリーに最初にピアノを教えていた）メアリー・ジョセフでした。

フラナリーは、始業前に誰とも外で遊ぶことができませんでした。ジョセフに学校の中まで連れていかれ、そのあと教室のドアの所まで連れていかれていました。学校が終わると、再びジョセフが学校まで迎えに来ていました。

きっと、日中は友達と休み時間を過ごしていたと思いますが、ミス・レジーナは、フラナリーの所に遊びに来る友達に関して、とても神経を尖らせていました。私たちはよく笑いの種にしていたのですが、レジーナはフラナリーにとってふさわしい遊び相手のリストを持っていました。実際、この目で見て確認したわけではありませんが、先輩のシスターたちが言うには、そのリストに名前の載ってない子どもはフラナリーと遊ぶことができなかったということです。

私からすれば、これは一種の過保護です。でもレジーナからすれば、自分の授かった子どもがかけがえのない存在であって、大切な子どもを守りたかったのだと思います。フラナリーの人格は、こうした幼少期に形成されたのだと思います。何と言っても、フラナリーは隠遁者でしたから。彼女ならば、自分の本を書き、読書ができれば、誰と接することがなくても幸せに暮らせるでしょう。

フローレンコート　彼女は一人でいることをことさらに好んでいたから隠遁生活をしていたと考えている人たちもいます。しかし彼女は、ひとたび執筆をはじめると、アンダルシアで大いに人

（6）一九三六年から三七年にかけて、フラナリーが一一、一二歳のころのこと。
（7）サヴァンナにあった聖ヴィンセント女子グラマー・スクールのこと。一九三一年に入学した。
（8）折りたたみ式の幌のついたオープンカーで、二〇世紀初頭に広く標準的に使用されていた。

をもてなしました。ところで、これまでにサリー・フィッツジェラルドに会ったことはありますか？

コスタ　はい、あります。サリーと会って、一緒に仕事をする光栄に二度あずかりました。

彼女に会ったのは、私が何度も帰省していたある日のことで、ミレッジヴィルを出てだいぶたってからのことでした。彼女はフラナリーの手紙を編纂しはじめており、それが『存在することの習慣』［**コラム12参照**］という本になったわけです。そのときまでに私はフラナリーに手紙を書いて、彼女からたくさんの手紙をもらっていました。

とても残念に思うことの一つは、保管さえしていたら私の手紙もきっと何通かは書簡集に収録されていただろうということです。私は友人として手紙を書いていましたし、彼女の返信も同様に友人として書いてくれていたはずです。サリーはそうした手紙を編纂して、世間のために尽くしたのだと思います。彼女はたゆまず編集を続けていました。

昨年、アトランタで素晴らしい出来事がありました。『存在することの習慣』に収められている手紙のなかに、「A」という名前に宛てられているものがたくさんあります。二年前、その「A」が誰のことなのかが分かったのです。その人はここアトランタに住んでいて、フラナリーが実際に会って交友関係を結んでいた女性でした。二人は多数の手紙を交わしていました。この女性は病気で死にそうになったとき、手紙を箱に入れて封印し、手紙の公開は彼女の死後数年たってからという条件でエモリー大学に寄贈しました。

それは立派な儀式で、私は当時病気で行けなかったのですが、それが悔やまれます。でも、修道女の友達二人が参加し、素晴らしかったと言っていました。年月をかけて集められたフラナリーから「A」に宛てた手紙と、「A」がフラナリーに送った二五二通の手紙は、現在、エモリー大学の特別収蔵品のなかにあります。

エモリー大学の関係者が、その手紙の何通かを読んだそ

コラム⑫『存在することの習慣』について

オコナーの死後、サリー・フィッツジェラルドが編集・出版した書簡集。原著はオコナーが作家としてスタートしたばかりの23歳から死に至るまでの17年間の752通の手紙を収録している（翻訳書は、そのうちの273通のみを収録）。次のような4部構成になっている。

第1部：「北部での活躍と帰郷」1948〜1952年
第2部：「来る日も来る日も」1953〜1958年
第3部：「烈しく攻めるものはこれを奪う」1959〜1963年
第4部：「最後の年」1964年

オコナーの作家としての成長過程、思考の深化、信仰、交友関係、読書の範囲、生活習慣、病状の変化、病気との格闘の様子などが分かる。巻頭に編集者による序文と編集ノート、巻末に書簡中に言及されている人物名・作品名の索引がついているほか、各部の冒頭には編者による解説がされている。書簡の宛先で多いのはベティ・ヘスター（書簡中匿名で「A」と表記されている）、マリアット・リー、そして本著に登場する作家のセシル・ドーキンズなどである。

うです。参加した修道女たちは、手紙のなかにまで、フラナリーが書いたすべての作品に溶け込んでいる一片のユーモアと一片の真実が含まれていたと言っていました。残念ながら、私はその展示会にも行けなかったのですが、近々行くつもりにしています。何と言っても、エモリー大学にフラナリーの名前を後世にまで残す手紙ですから。

私見ですが、フラナリーは故郷を離れてアイオワ大学に行ったとき、ミレッジヴィルに戻ってそこに住むなんて思ってもいなかったと思います。故郷でできることは全部し尽くした感じで、たぶんアイオワで自由を謳歌するつもりだったのでしょう。不幸にも、フラナリーは父親と同じように全身性エリトマトーデスにかかってしまったから、戻ってきたのだと思います。アンダルシアは、彼女にとっていわば避難所のような所だったのです。

フローレンコート　サリー・フィッツジェラルドは、ほかの人たちとは違う特別な点でフラナリーのことを理解していたというのは本当だと思いますか?

コスタ　まったくそのとおりです。サリーと彼女の夫は、フラナリーのことをよく分かっていたと思います。彼女らは、実に仲のよい友達でした。サリーの夫にお会いする機会には恵まれませんでしたが、彼とは電話で何度も話をしたことがあります。思いますに、彼ら夫婦とフラナリーとの関係は独特なもので、三人とも文学の天才で、気が合っていたのではないでしょうか。でも彼らは、フラナリーのことを単に作家としてではなく、人間として気に入っていたのだと思います。

フローレンコート ピアノのレッスンのあとにフラナリーの家を訪問したとき、彼女の書いた作品や、作品に登場する人物についてよく話をしたと聞いています。それだけでなく、彼女はいくつかの作品について、あなたに校正を依頼したのではないかと思っているのですが、いかがですか？

コスタ 彼女にピアノを教えることを楽しみにしていましたが、それ以上に、話をするのを楽しみにしていました。おっしゃるとおりで、ある日、彼女が私に「あなたにお願いしたいことがあるの」と言いました。私は、誰がその校正をしていたのかは知りません。ときどき、彼女はうっかり私の名前を言い間違え、会ったとき、私に対してよく「ベティ」と呼び掛けていました。

修道女になるときには誰かほかの人の名前をつけるのが慣わしなので、私は母のロレッタにちなんで「シスター・ロレッタ」としたのです。それなのに、ときどき彼女は間違えて「ベティ」という名前で私を呼んでいたのです。

そしてある日、彼女は私に「ベティ、ちょっとお願いがあるの」と言ったのです。そこで私は「いいわよ」と答えたら、「私のために校正をする時間はとっていただけるでしょうか。これまで校正をしてくれていた人があまり気に入らないの」と言ったのです。もう、私は喜びのあまり、テーブルの上に乗ってダンスをするということまではしませんでしたが、そうしてもいいぐらい嬉しかったです。彼女にお願いされて、身にあまる光栄でした。

彼女が描いている登場人物の何人かが、農場で実際に働いている人たちであるということを知っておくことはとても大切なことです。ミレッジヴィルにやって来た難民がいて、彼らのうちの二、三人はミス・レジーナが雇いました。難民家族の子どものうち、二人が私たちの少人数の学校に来ていました。

それはさておき、私はフラナリーに、「あなたの作品の校正ができるなんてワクワクするわ」と言いました。校正を通じて、彼女のことがよく分かるようになったと思います。私にとって、作品の校正をするということは、単にそれを読むのとは違った方法で読めるからです。

ところで、私がいつも感じていることですが、フラナリーは、善も悪も自分の目で見たままの実生活について書いているということです。ある友人、彼女のよき友人の一人で、エリザベス・ホーン［詳細不明］というミレッジヴィルに住んでいた人物に関して次のような思い出があります。

私とエリザベスが、作品のことでフラナリーをからかっていたある日のことでした。フラナリーが「まあ、私の作品のほとんどは、実際アレゴリー（allegory）です」と言ったのです。するとエリザベスは、「フラナリー、あなたの言ったことはまさにそのとおりよ。あなたの作品には、たくさんの裏側（back alley）とたくさんの残忍さ（gory）があるから」と返したのです。

フラナリーは、よく人を観察していたと思います。難民たちは素晴らしい働き手で、しかも、ちょっとした面白い癖がありました。フラナリーは、こうした人たちのなかのよい点を見ていました。彼らは、自分たちの子どもに対してとても愛情を注いでいました。彼らのことを考えると、今日の我々の社会にいる移民を思い出してしまいます。

現在、この国では、あのころの難民と同じくらいたくさんのメキシコ人移民が故郷の実家にお金を送っており、家族をメキシコから連れだそうとして懸命に働いていています。難民たちの働きぶりがよかったので、ミス・レジーナは口を開くたびに、「彼らは今まで農場で働いた最高の労働者たち

アンダルシア農場の農夫ロバート＆ルイーズ・ヒルの家
（撮影：Alexandria Daniecki）

ね」と言っていました。

フローレンコート　フラナリーは、自分自身を作品のなかに描き込んでいたと思いますか？

コスタ　そうは思いません。これまでに、作品のなかで彼女を見かけたことがないからです。彼女は見たままの生活について語っていたと、私は思っています。人生の早い段階で彼女は恐ろしい打撃を受けましたから。私たちは、彼女の知性の非凡な才能をやっと分かりはじめたばかりだと思います。

彼女は、大変若くして亡くなりました。亡くなる前の数年間、大変重い病気にかかっていました。とても人間味のある話なので、あなたにも知ってもらいたい話がたくさんあります。フラナリーは松葉杖をついていました。彼女が使っていたのは、杖を支えることができるように、腕の下と手の部分に支柱がついているタイプの松葉杖でした［一七六ページ参照］。

工夫の才に富んでいたミス・レジーナは、それではフラナリーがコートを着ることができないと心配し、袖のないコートをつくりました。そして、袖なしのコートの上からかけることのできる素晴らしいケープをつくりました。寒い日でもフラナリーがコートを着れたのは、松葉杖が両方の腕の下にしっかり合っていて、袖を破ることがなかったからです。このコートのおかげで、彼女は寒い思いをしないですんだわけです。

フラナリーと母親との関係は世にも独特なものでした。時に、それは喧嘩友達の関係ではないかと思ったぐらいです。たぶん、彼女は母親の影響下から逃れたいと思ったときもあったのではないかと思いますが、それでも心の中でひそかに、彼女と母親は互いを必要としていたのです。このような依存関係は麗しいものでしたが、それは独立した者同士であるがゆえの依存関係であったように思います。二人が互いに交わす気配りというのは、見ていて本当に麗しいものでした。

ミス・レジーナは、フラナリーが確実に家の中に入るまで、買ってきた食品雑貨類を車から降ろそうとはしませんでした。というのも、当時すでにフラナリーは松葉杖を使用していて、時に階段が滑りやすくなっていたり、雨が降っていたりすることがあったからです。雨が降っていると、レジーナが傘を差して、フラナリーを家の中まで連れていくことも度々ありました。本当に、それは麗しい光景でした。

それから、私たちが会っていた最後のころ、フラナリーと私は電話で話すよりも手紙を交わすほうが多かったのですが、私が故郷を離れて学校へ行こうとしていたときですので、夏がはじまる前のことだったと思います。彼女は自分の死後、母がどうなるか心配だと懸念を示しました。その後もあのとおりの立派な女性としてしっかり立場を確立し、頑張っているレジーナをフラナリーが見たら、きっと誇らしく思ったことでしょう。

フローレンコート　教会の変化について、フラナリーがどのように思っていたかについて話せますか。あなたの滞在中、ミレッジヴィルで何か目に見えるような変化はありましたか？

コスタ　私がミレッジヴィルにいたのは一九五四年から一九五六年まででした。私が記憶している最初の大きな変化は、私たちが夕べのミサに参加を許されたときのことです。固形食を食べてから三時間、流動食を食べてから一時間、断食をしなければいけませんでした。どのように議論をはじめたのかは分かりませんが、議論をはじめる前から私の負けだと分かりました。

ある日、フラナリーに「神父が午後のミサを捧げることができるとは素晴らしいことだと思いませんか?」と言ったら、何と彼女はそこでピタッと私の話を止めたのです。「ベティ、馬鹿げたことだと思うわ。こんなことするなんて、私の知っている教会ではないわ」と、彼女は言ったのです。そこで私は、「フラナリー、教会の変革はまだ序の口よ」と言いました。

これからどんな変化が起こるかなど、ほとんど何も知りませんでした。今は笑ってよく言うことですが、フラナリーは法衣を着用しているとき以外の私を見たことがありませんでした。彼女は一九六四年に亡くなりましたが、私は一九六七年までその法衣を変えていません。

一九五五年か一九五六年ころに起こった大きな変化は、モンシニョール・トゥーミーが水曜日の午後にミサを捧げはじめたことです。いつも、彼のミサは午前七時に行われていました。しかし彼は、急にミサを水曜日の午後に捧げることになったので、固形食を食べてから三時間、流動食を食べてから一時間は断食をしなければならなくなりました。

フラナリーに、「あなたとミス・レジーナはそのミサに絶対参加しないのでしょうね?」と聞いたら、彼女は「絶対に参加しません」と答えました。彼女曰く、「私の知っている教会では、夜中の一二時から断食するのであって、こんな三時間断食なんかはありません」ということでした。

もしも彼女が、今日のカトリック教会における多くの変化を見たり、私を見たら、どう思うのかしらとよく思います。私たちは、一九六七年に法衣を着用しなくなりましたから。それは、第二バチカン公会議の最後に決まったことでした。言うまでもなく、私たちの修道服は、修道会が創設された一九六〇年代のフランス女性が身に着けていた農民服でした。ズボンをはいたり、一般人とまったく同じような洋服を着ている今の私を見たら、フラナリーはいったいどのように思うのでしょうか。しかし、このような服装でいることが、私たちの女性創設者が本当に望んでいることなのです。

先にも述べたように、一九五五年から一九五六年にかけて起こったささいな変化に対してさえ彼女は嫌な思いをしたくらいですから、（その後）カトリック教会で起こった変化の多くに対して、（もしも）彼女が（生きていたら）このうえなく嫌な思いをしたことでしょう。

フローレンコート　教会に来る人たちの服装のあり方において、聖餐を受ける態度において、カトリック教徒たちがたるんでしまったとは思いませんか？　彼らはまるで、この価値あるパンとブドウ酒がいったい何であるのかを本当に理解していないかのようです。彼らには彼らなりの考えがあるとは思いますが、聖体拝領を完全に理解しているわけでないことは確かです。

コスタ　その意見には、ある程度賛同します。事実、私は教会に来られる際の身なりのことで頭を悩ましています。でもそこで私は、「少なくとも彼らはここに来てくれているんだから」と思うようにしています。多くの人たちが教会に来ないわけですから。そしていつも、「イエス様だったらどう思うかしら」と考えることにしています。イエス様はすべての人を迎え入れたのですから。たぶん、そんなふうに思うのは私の偏った見方なのかもしれません。

しかしある意味、私たちは時代をあと戻りしているのだと思います。当時は、万事が単純なものでした。カトリック教会の聖職者階級組織や法衣や金などの華やかさなどを見ると、それらはイエス様がつくった簡素な教会とは違うと思います。その大部分が宗教改革のあとに起こったものだと思いますが、ある意味、フラナリーの多くの作品において反映されていたものは、彼女の教会に関する知識と彼女のキリストに関する知識だと思います。

そうした彼女の知識は、貧しい人々の様子や、人々が彼らを助けにやって来る様子について彼女が語っている作品のいくつかに表されています。それらは、ほとんど山上の垂訓のようなものです。彼女は、それを作品の多くに際立たせたのだと思います。私たちが笑って聞いていたことですが、彼女はよく「私は聖なるものは一切書いていません」と言っていました。

そういうわけで私は、教会の作家たちのなかにフラナリー・オコナーは神秘主義者だと言う(9)人がいることにとても腹立たしい思いがします。私が神秘主義者ではないのと同様に、フラナリーも神秘主義者ではありません。彼女は変わった人でしたが、神秘主義者ではありませんでした。彼女は、人生を現実のまま見つめました。そして、人生について書いていただけなのです。

　それについては、以前述べたことがあります。彼女は「善」について書きました。あまり良くないことについても書きましたし、「悪」についても書きました。でもそれは、彼女が観察したとおりの人生だったのです。彼女は主の御心と感ずるままに人生を生き、自分の人生を生き抜いた人だったと思います。

（9）　神・絶対者など、究極の存在に帰一融合できるとする哲学・宗教的な考え。

アンダルシア農場の生乳加工場
（撮影：Alexandria Daniecki）

ジャック＆フランシス・ソーントン(Jack & Frances Thornton)

日時：二〇〇七年一一月二九日
場所：ジョージア州ミレッジヴィル、ジャック＆フランシス・ソーントン宅
インタビューアー：サラ・ゴードンとクレイグ・アマソン

ジャック・ソーントンと彼の兄弟スティーブが、オコニー川を挟んでミレッジヴィルの真向かいにある古いトレナー家の敷地で酪農場を経営していたのは、レジーナ・オコナーがアンダルシア農場の管理をしていたころである。トレナー家の敷地は、元々テレンス・トレナー（フラナリー・オコナーの大叔父）と、その妻ルシア・ターク・トレナーの家であったため、そこは「アンクル・テリーズ」（テレンスの愛称）と一家のみんなから呼ばれていた。フラナリーと、夏になると集まる彼女の仲間たちが好んで遊びに行く場所であった。

ジャック＆フランシス・ソーントン

第3表　ジャック&フランシス・ソーントン家系図
（テレンス・トレナーとフラナリー・オコナーとの関係は103ページの家系図参照）

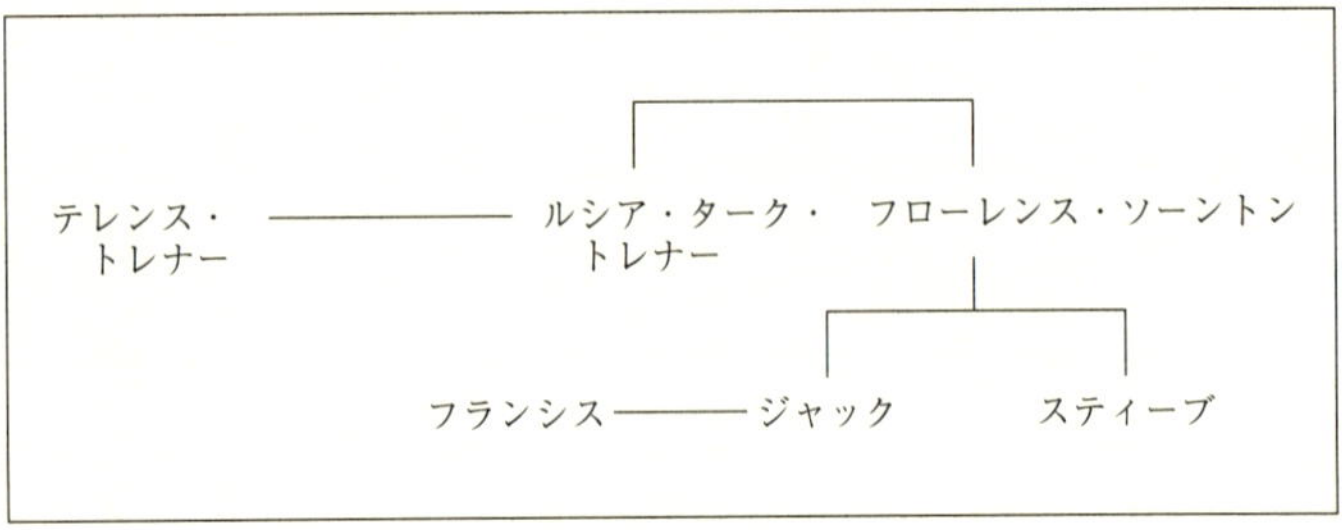

ルシアの姉妹、未亡人のフローレンス・ソーントンはのちに、フローレンスの二人の子どもジャックとスティーブとともにトレナー家に入り、彼らは一つの大家族として暮らした。ジャックとスティーブ、そして彼らの母親フローレンスがルシアの死後も家に残り、その場所で農場経営することにして成功した。

ジャック・ソーントンはミレッジヴィルのグリフィン・パイプで働いていた。ジャックはミレッジヴィルとボールドウィン郡に関する逸話を、まるで「逸話の宝庫」と言ってもいいくらいたくさん知っていた。

ソーントン夫妻は園芸の名人で、その土地の自生品種であるアザレアと野草を、その種類が数えきれないくらい栽培をしていた。彼らは季節ごとに移り変わる庭を訪問者たちに楽しんでもらうために、自分たちの土地を日常的に開放していた。

ちなみに、フランシス・ソーントンはジョージア・カレッジの英語英文学の教師であった。

ゴードン　フラナリー・オコナーと彼女の家族と、あなたとの関係はどのようなものでしたか？

ジャック　私たちは、ピーター・ジェイムズ・クラインが結婚した二人の姉妹［ケイト・L・トレナーとマーガレット・アイダ・トレナー］の兄であるテレンス・トレナー氏と一緒に、一つの家族として生活していました。それが理由で、クライン一家が我が家によく遊びに来ていたのですが、彼らが来ると豚や何やらを屠殺して食べていました。彼らは、新鮮な肉を食べるのが好きだったのです。

ミス・メアリー［メアリー・クライン］はグリーン・ストリートにあるクライン一家の切り盛りをしていて、ミス・ガーティー・トレナー［七ページ参照］が彼らと一緒に住んでいました。ミス・ガーティーは私にハーモニカの吹き方を教えようとしてくれましたが、私は吹きませんでした。思ったようにできなかったからです。それはともかくとして、彼らはよく電話をくれたし、遊びに行くからと言っては、いつもフラナリーを連れてきてくれました。母がよく、「さあ、ここにいなさい。彼女［フラナリー］と遊んでいいのよ」と言っていました。

彼女が幼い女の子であることは分かっていました。彼女は何事につけ、遊び方を知りませんでした。魚釣りもできませんでした。ですから私は、何となく彼女から離れるようにしていました。

ゴードン　でもそれは、彼女が本当に幼かったときのことですよね？

ジャック　私はミス・ケイティ・セムズ［ケイト・フラナリー・セムズ］と一緒に、アンダルシアまで彼女らを訪ねるために出掛けたことを覚えています。彼女は、サヴァンナのチャールストン・ストリート(1)に家を三軒もっていました。彼女はそのうちの一軒に住んでいて、真ん中の家を解体して電気自動車用の車庫にしました。

彼女は、私に自転車をくれました。私にとっては初めてとなる自転車でした。

ゴードン　ミス・セムズ［ケイト・フラナリー・セムズ］がもし財政的に援助してなかったら、若いころのエド［エドワード］とレジーナはどうなっていたか分かりません。実際、彼女が彼らを援助していたわけですから。

ジャック　そのとおりです。彼女は、彼らに居住用の家を提供していました(2)。

ゴードン　彼女はレジーナに電気自動車まで貸していました。フラナリーを学校へ連れていくためです。

ジャック　彼女ならしそうなことですね。

ゴードン　そうです。サヴァンナでは、レジーナが電気自動車に乗ってフラナリーを迎えに来るというので、フラナリーの幼い遊び友達はそれを楽しみにしていました。

アマソン　電気自動車について何か覚えていますか?

ジャック　当時の自動車には、フロントガラス以外に窓はついていませんでした。雨が降ったときに引っ掛けることができるプラスチックのカーテンがついていただけです。

ゴードン　フラナリーに初めて会ったときのことを覚えていますか？

ジャック　実のところ、私は彼女のことを好きではありませんでした。まだ幼かったときですが、彼女よりは二歳年上だったと思います。彼女はまだ幼い少女で、当時の私は女の子に関心がなかったのです。

ゴードン　［レジーナの妹アグネス・クライン・フォン・］フローレンコート家の娘たち［フラナリーのいとこ］が町に来たときはどんな様子でしたか？

ジャック　彼女らを私たちの遊び相手にしようとしていましたが、私がしたことは、せいぜい食べ物をもらうために、彼女たちのいるダイニングルームに入っていった程度です。

ゴードン　レジーナの家のダイニングルームのことですか？

ジャック　いいえ、クライン家のミス・メアリーのダイニングルームのことです。私はミス・ケ

（1）電気自動車はこれから普及する次世代の自動車と思われがちだが、その歴史はガソリン車よりも古く、一八三九年に遡る。一九世紀末のアメリカの自動車の四〇パーセントは電気自動車だったが、一九〇八年の内燃機関自動車T型フォードの普及とともに衰退した。

（2）ここがフラナリーの生家となった。現在は財団が管理し、「フラナリー・オコナー子供時代の家」として保存・公開されている。住所：207 East Charlton Street, Savannah, Georgia 31401　詳しくは次の Flannery O'Connor Childhood HOme のサイト参照。http://www.flanneryoconnorhome.org/main/Home.html

イトとバーナード・クライン医師［レジーナの兄］と一緒に食卓につき、食事をしました。クライン医師が私の扁桃腺を取ってくれました。彼はよくアトランタからミレッジビルに来ては、誰かしらの扁桃腺の切除手術をしていました。

フランシス　（E・A・）ティグナー（医師）夫妻［詳細不明］が道路を挟んでクライン家の真向かいに住んでいたのですが、ある日、彼らはフラナリーにメイコンまで行かないかと誘いました。フラナリーは私に、「ちょっと待っていてね」と言って出掛けましたが、戻ってくると箱いっぱいのヒヨコを私にくれました。

クライン・オコナー・フローレンコート邸
（1999年７月　撮影：田中浩司）

ゴードン　それはとても面白い話ですね。私はレイノルズ・アレンに会ったことがあります。彼はフラナリーとデートしたことがあると言っていますが、本当だと思いますか？

ジャック　彼女をデートに誘おうとした、ということなら信じてもいいかもしれませんね。彼は大変頭がよくて、自分のことを教授だと思っていました。

アマソン　そういえば、彼は以前よく、学校時代にエッセイコンテストでフラナリーに勝ったとも言っていました。

ゴードン　フラナリーのユーモアセンスについてはよく知られていますが、それがうかがえる会話や経験はありましたか？　それとも、彼女はあなたのそばにいるときは物静かにしていたのでしょうか？

ジャック　彼女とは、それほど会話をしたことはありません。

ゴードン　彼女は内気だったのでしょうか？

ジャック　彼女が内気だとは言いかねます。彼女は何か面白い話を聞いて、その真相を知りたいと思うと、臆面もなくそれを探し求めていました。私が思うに、彼女は人がこれまでに話したあらゆる話を記憶していました。

ゴードン　これまでに、彼女がレジーナと互いに影響を及ぼしている様子を見たことはありますか？

ジャック　いいえ、ありません。ちょっと気になったのは、ミス・セムズが資金援助をしてレジーナとフラナリーをルルド(3)へ巡礼の旅に送り出したときのことですが、レジーナがそのことをどう受け止めたのか、フラナリーの健康のことを思うと複雑な心境だったのではないかなあ、という

(3)　フランス南西部ピレネー山脈の麓にある町。一八五八年に聖ベルナデットに聖母マリアが顕れたと言われる場所を記念するローマカトリックの宮で有名。二人は一九五八年四月二四日に出発、癒しをもたらすと信じられているルルドの聖泉にフラナリーは「しかたなく入った」と言う。

うことです。

ゴードン　ほとんどの人が知らないことで、あなたがフラナリー・オコナーについて知っていることと言えば何ですか？

ジャック　そうですね、彼女には何かをためそうとする意志と、それを書き留めようとする意志がありました。

ゴードン　フラナリーの父エドワード・オコナーとは懇意にしていましたか？　彼があまり身近にいなかったということは、私も知っていますが。

ジャック　エドワードには会いましたが、懇意になることはありませんでした。サヴァンナでも会いましたが、彼と交わした会話を思い出すことはできません。

ゴードン　レジーナについてはいかがですか？　レジーナについてのあなたの感想を教えてください。

ジャック　彼女はフラナリーの世話をしてくれる人を必要としていましたが、レジーナの兄バーナード・クライン医師がその役目を引き受けていました。フラナリーが病気になってアイオワから故郷に戻って来た際、彼が当時所有していたアンダルシアに彼女を引き受けることにしました。フラナリーには生活の糧が何もありませんでしたので。

彼女らが酪農業をはじめるに当たって資金を工面したのは、彼の弟のルイスです。イートントン生活協同組合がちょうどできたばかりで、彼女たちはそこで生乳加工をしていました。

アマソン　ということは、農場で酪農をはじめる手助けをしたのはルイスだったということですか？

ジャック　そのとおりです。

アマソン　ルイスは酪農業に関する知識があったのですか？

ジャック　いいえ。彼はただ、農場へ度々行っていただけです。

ゴードン　レジーナをアトランタの簿記学校に行かせたのはバーナード・クラインです。彼女は、その学校で学んだおかげで簿記がつけられるようになったのです。

ジャック　私は、彼女がすべてを管理していたことを知っています。だからといって、それによって何らかの収益があったわけではありません。（あのままでは）酪農業で何の収入も得られなかっただろうと思います。事実、彼女は搾乳もできなかったのですから。

アマソン　彼女はそうした仕事を行うために人を雇わなければならなかったということですね。レジーナの酪農場の規模について知りたいのですが、小規模なものでしたか？

ジャック　小規模でした。（人手が十分でなかったので）アンダルシアで一度に搾乳できる雌牛の数は、せいぜい一五頭だったと思います。

アマソン　乳牛は全部で何頭ぐらいいたのですか？

ジャック　約三五頭です。
アマソン　レジーナは、一九六〇年代にアンダルシアを肉牛用の牧場に変えました。それもみなさんが手伝ったのですか？
ジャック　私の兄弟のスティーブが行いました。よい土地を見つけると、彼はそこを投資の対象にしていたのです。
ゴードン　ところで、アンダルシア農場の付属の家のことですが、もちろん時の経過で傷んでしまっていますが、今見ても、フラナリーとレジーナはとても簡素な暮らしをしていたように思うのですが。
ジャック　そのとおりです。
ゴードン　彼女らには固定資産はあったかもしれないが現金はなかった、という話はご存じですよね。しかしそれは、よくあるつくり話ではないかと思っています。
アマソン　私はいつも人に、酪農経営は趣味でやるものではないと言っていますが、レジーナも酪農を趣味としてではなく仕事としてやる必要があったと思いますが。
ジャック　そうだと思います、かつての彼女には雇い人がいませんでしたし、雌牛はまったく搾乳されていませんでした。当然のことですが、雌牛は定期的に搾乳ないと乳が出なくなってしまいます。

ゴードン　お二人のうちどちらかでも、フラナリーがこんなにも有名になると思っていましたか？

ジャック　いいえ。

フランシス　いいえ。

ゴードン　レジーナも、そのようには思っていなかったと思います。

ジャック　思っていなかったでしょう。余計なことですが、あの子は作家だから、話すことに気を付けたほうがいいという話が町に広まっていました。

アマソン　それは本当ですか。町の人たちがフラナリーを恐れていたのですか？

ジャック　はい、そのとおりです。

アンダルシア農場の母屋
（撮影：Alexandria Daniecki）

アシュレー・ブラウン[1]（Ashley Brown）

日時：二〇〇六年一月二六日
場所：サウス・キャロライナ大学コロンビア校英文科
インタビューアー：ブルース・ジェントリー

アシュレー・ブラウンは、ワシントン&リー大学（当大学で文学雑誌〈シェナンドア〉の創刊者の一人となり、一時は編集者を務めた）と、カリフォルニア大学サンタ・バーバラ校で教鞭をとったほか、一九五九年から長年サウス・キャロライナ大学で教えていた。また、二度フルブライト奨学金を得て、講師として

アシュレー・ブラウン
（撮影：Celso Lemos de Oliveira & Marco Alexandre de oliveira）

（1）（一九二三年〜二〇一一）フラナリー・オコナーと詩人エリザベス・ビショップの相談相手として重要な役目を果たした。アシュレー・ブラウンの作品その他の業績は邦訳されていない。

リオデジャネイロ連合大学でも教えた。

彼が共同編集したものには『*The Achievement of Wallace Stevens*（ウォレス・スティーヴンスの業績）』、『*Satire: An Anthology*（風刺—アンソロジー）』、『*The World of Tragedy*（悲劇の世界）』『*The Poetry Reviews of Allen Tate, 1924-1944*（アレン・テイト詩評——一九二四〜一九四四年）』がある。また、エッセイと翻訳を〈サザン・レヴュー〉、〈*Ploughshares*（プラウシェアズ）〉、〈セワニー・レヴュー〉、〈ポエトリー〉、〈*The Virginia Quarterly Review*（ヴァージニア・クオータリー・レヴュー）〉、〈*The Southern Humanities Review*（サザン・ヒューマニティーズ・レヴュー）〉で発表している。ちなみに、彼の論文はエモリー大学に保管されている。

ジェントリー　あなたとフラナリー・オコナーの関係はどのようなものでしたか？

ブラウン　フラナリー・オコナーに初めて会ったのは一九五三年でした。それ以前から文通を通じて彼女とは懇意にしていましたが、彼女には文通を通じてほかにも大勢の文学関係者がいたと思いますよ。まあ、これはアメリカではよくあることですし、私も一度しか会ったことのない人たちと何年間も文通をしていました。

初めて実際に彼女に会ったのは、テネシー州に住んでいる、数年来の私の友人だったブレイナード&フランシス・チェイニー夫妻の家でした。申し添えておきますと、チェイニー夫人の本職は司書でした。ひところはアメリカ図書館協会の会長も務めていましたが、最近まで、ヴァンダービルト大学でレコード貸出し館の主任管理者をしてました。彼女の夫ブレイナード・チェイニーは小説家で、そのころにはすでに小説を三冊出版していました。彼は哲学や神学に関する本格的な問題に対して関心が高じ、先に改宗した奥さんと同様、最近ローマ・カトリック信徒に改宗しました。

ジェントリー　フラナリーと初めて会ったときの印象はどんな感じですか？

ブラウン　そうですね、彼女の写真を二、三枚見たことがありましたから、会う前から心の準備はできていました。それに、彼女の年齢も知っていましたし。彼女はとても付き合いやすい人で、穏やかな話し方をする人でした。しかしその反面、何かにつけて人を笑わせようとすることがありました、しかも、すかさずにです。

のちにある大会(2)で彼女を見かけたのですが、彼女はキャロライン・ゴードン・テイトとキャサリン・アン・ポーター、マディソン・ジョーンズ、ルイス・ルービンらと一緒にシンポジウムに列席していました。とても面白いと思ったのですが、一緒にいた年配のゴードンとポーターが完

(2)　一九六〇年一〇月二八日に、ジョージア州メイコンのウェスレアン大学で行われたパネルディスカッションのこと。「最近の南部小説」というテーマで話し合われた。ルイス・ルービンが司会。そのときのフラナリーのスピーチ原稿「南部小説におけるグロテスクの諸相」は、エッセイ集『秘義と習俗』に収録されている。

全にその場を仕切っていました（3）（フラナリーの母レジーナが、何人もの来客に夕食を出したりしたときに会話を仕切っていた状況と同じではないかと思います）。とにかく、フラナリーはかなりしゅんとしていましたね。

ジェントリー　彼女は通常、ほかの人たちと一緒にいるときは地味な存在だったのでしょうか？

ブラウン　それは違います。このときは、ほかの人たちが話をしていたからです。キャロライン・ゴードンとキャサリン・アン・ポーターは知り合いでしたし、何と言ってもこの二人の女性は経験が豊かで、どのような場でもたくみに会話を交わすことのできる人でした。本当に、目を見張るほど話のうまい人でした。彼女らにとっては、その場を仕切るというのは簡単なことでした。数年来会っていなかった二人の年増女優といった風情で、話題に事欠きませんでした。こういった人たちのそばにいるというのは、とても楽しいことです。

ジェントリー　フラナリー・オコナーに初めて会ったとき、あなたは何をしていましたか？

ブラウン　一九五三年、私が二九歳のときで、ヴァージニア州のワシントン&リー大学で英語英文学の講師をしていました。若くして、そこでの仕事を開始しました。二二歳のときにヴァンダービルト大学の修士課程で勉強していましたが、素晴らしいことに、チェイニー夫妻が私をいろいろな人たちに紹介してくれたのです。ヴァンダービルトに来て一か月もしないうちに、アレン・テイトとアンドリュー・リトルに紹介してもらっています。

ちなみに、私はオハイオ州のケニヨン大学でジョン・クロウ・ランサムのもとで学んでいたのですが、そのときは文学ではなく哲学を勉強していました。そのころの私はかなりうぬぼれが強く、何だって独学でできると思っていました。哲学だけでなく歴史の勉強もかなりやりました。そしてついには、イェールの大学院で歴史を本格的に勉強することにもなりました。

世の中の、さまざまなことを経験してみたかったのです。言ってみれば、一種の放浪のようなものでした。とりわけ、アイルランドには行きたかったです。文学的な意味において、アイルランドにこの身を実際に置くこと、そしてジョイスが一人で住んでいたマーテロー砲塔[4]のような場所など、さまざまな場所に行くことをとても楽しみにしていました。

それ以外にも、イェイツの城バリリー塔[5]などがアイルランドにはあります。（テネシー州のチェイニーの家で）初めてフラナリーに会ったときに話題にしたのですが、いろいろな人たちに書

（3）ポーターはフラナリーより三五歳、ゴードンは三〇歳年上であった。

（4）ナポレオン戦争当時、一八〇四年にフランス軍の侵入に備えてダブリンに建てられた円形砲塔。一九〇四年に非軍用化され、年間八ポンドで賃貸に出されるようになって最初に住んだオリバー・セント・ジョン・ゴガーティに招かれて、ジョイスが六日間だけ滞在した。『ユリシーズ』の最初の場面に描かれている。その後、建築家マイケル・スコットに買い取られて、映画製作者ジョン・ヒューストンの資金援助を受けて一九六二年に「ジェイムズ・ジョイス・ミュージアム」として公開されるようになった。James Joyce Tower and Museum のサイト、http://jamesjoycetower.com/ を参照。

いてもらった紹介状まで私は持っていました。それほど、アイルランドに行きたかったのです。

ジェントリー　ということは、フラナリーにアイルランドについて話をしたのはあなたということですか？

ブラウン　私が驚いたのは、フラナリーがアイルランドのことをかなり低く見ていたことです。彼女は、ブラーニー城[6]のことを「バロニー（たわごと）城」と呼んだりしていました。それは、『フィネガンズ・ウェイク』で行われているような言葉遊びでした。

ジェントリー　ほとんどの人が十分に理解していないと思われることで、あなたがフラナリー・オコナーに関して理解していると思うことは何ですか？

ブラウン　かつての私のように、彼女に一度も会ったことのない人たちは、さまざまなフラナリー観を抱いています。ええ、もちろんそのうちのいくつかは、個人的な親しみをもって抱いているフラナリー観です。彼女が人里離れた場所の農場に、それも周囲に文学仲間もいない環境に住んでいるので、ある人たちは、そこが煉獄か何かに定められている場所でもあったかのように思っています。彼女に関して、そういった意見をもっている人たちが結構いました。

ジェントリー　そんななか、あなたとフラナリーは基本的に文学つながりの友人関係だったのですね。

ブラウン　その後しばらく、私は彼女にとってちょっとした貸本屋みたいな存在だったと思います。ここコロンビアのサウス・カロライナ大学に着任してからというもの、私はほとんどそれに近い状態でしたよ。私がここに引っ越して来たのは一九五九年です。

ジェントリー　あなたは有名な詩人です。フラナリーと詩について交わした会話を覚えていますか？

ブラウン　彼女は、言葉に対して大変繊細な感覚をもっていました。私が覚えているのは、彼女のエッセイの一つに載っていたことですが、詩におけるしっかりした構成というのは、短篇小説を書く人が払わなければならない注意と同じだということです。フォークナーもそのようなことを言っていました。詩は、おそらく最大の芸術であり、その次に来るのが短篇小説である、ということでしょう。

（5）一九一九年から一九二九年まで、イェイツが家族とともに住んでいた。一九六五年に「イェイツ・タワー」として再建され、その後「イェイツ・ミュージアム」として公開されている。詳しくは、Gort.Online.com の“Thoor Ballylee, home of William Butler Yeats”のサイト、http://www.gortonline.com/touristguide/placesofinterest/thoorballylee/thoor+ballylee.htm を参照。フラナリーは一九五八年のルルド巡礼旅行の際、ブラーニー城にも行く予定にしていたが、健康上の理由で旅程からはずした。

（6）一九三九年刊行。ジョイスの代表作の一つ。各所に世界中のあらゆる言語が散りばめられ、「ジョイス語」と言われる独特の言語表現が使用されている。言葉遊び、二重含意など、既存文法を逸脱する表現を特徴とし、難解な小説と見なされている。

アンダルシア農場にある給水塔
（撮影：Alexandria Daniecki）

ジェントリー　あなたは、フラナリーに『ロリータ』を貸したと言っていましたが、フラナリーに本を貸したことについて何か話していただけますか。それと、彼女の読書について何かほかに知っていることがあればお願いします。

ブラウン　そうですね、彼女はもちろん、たくさんの本を読んでいました。読む速さが私などよりもかなり速かったようですが、そういう読み方を彼女は知っていたのです。私たちはもっと速く読む方法、あるいは少なくとも飛ばし読みの方法を習得すべきかもしれません。

ところで、イーヴリン・ウォーは、当時、彼女がしょっちゅう話題にしていた作家です。ウォーは一九五〇年代の中心的人物でした。それと、『ロリータ』が出版される一九五五年以前からナボコフに関心を抱いていました。〈ニューヨーカー〉に連載されていた『プニン』(7)と呼ばれるささやかな小説を、フラナリーはとても気に入っていました。そのほか、ゴーゴリの『死せる魂』も彼女がとても高く評価していた作品です。

ジェントリー　フラナリーとキャロライン・ゴードンとの関係について、何か教えていただけますか。フラナリーの原稿に関する二人のやり取りについて、何かご存じですか？　ゴードンが彼

(7)　原題*Pnin*。一九五三年から五五年まで〈ニューヨーカー〉に掲載され、一九五七年に刊行された。一九五〇年代、共産主義ロシアからアメリカに亡命してきたロシア生まれの教授プニンを主人公とする話。一九七一年に、文遊社から大橋吉之輔による邦訳が刊行されている。

女にアドバイスをしていたように、彼らの間で起こっていたことについて、二人のどちらかがあなたに話したことはありますか？

ブラウン　二人の関係について、知らないままでいたほうがよかったかもしれません。フラナリーは最初からキャロラインを頼っていて、時にはちょっとしたこと、たとえば英語を直してもらうといったことだけでも彼女を頼っていました。フラナリーはキャロラインを信頼していたのです。

フラナリーが亡くなったとき、彼女は四〇歳に近い年齢で、極めて先進的な作家でした。それでも、亡くなる前の二〜三年間、キャロラインのような作家になろうとして、彼女はいつもキャロラインに原稿を受け取ってもらい、指導してもらっていました。最後の最後まで、アトランタとミレッジヴィルの病院に入院中もです。ですから、この二人の関係はとても重要なものでした。

ところで、キャロラインはそのほかたくさんの作家にとっても指導的な存在でした。ウォーカー・パーシーもまた、その当時、彼女から指導を受けていた一人でした。彼ら三人のつながりはお分かりかと思います。キャロラインは、常に指導および助言をする若い人たちをかかえていました。そして時に、たぶん内心ではそのことを本意ではないけれど仕方がないと思っていたと思います。そんなわけで、彼女は長年にわたってたくさんの人たちと知り合いになりました。

時に、彼女は失望をしたことがあったかもしれません。たとえば、一九三〇年ごろのことですが、『花咲くユダの木』が出版されたときに著者のキャサリン・アン・ポーターは四〇歳でした。しかしポーターは、当時、自分の年齢を正しく伝えていませんでした。(8) とにもかくにも、キャロラインとアレン、そしてイヴォール・ウィンターズは、キャサリン・アン・ポーターをこのうえないくらい高く評価していましたが、一九三〇年当時の彼女はほとんど世間に知られていなかったと思います。彼女は、いつも人を頼りにしていました。

イヴォール・ウィンターズとキャロラインは、キャサリン・アン・ポーターの文学界での地歩を確実なものにすべきであると本気で考えました。そこで彼女らは、ほかの人たちにもぜひ彼女の本を読んでもらうためにキャサリン・アン・ポーターの作品の書評を何度も書きました。そして、二、三年後に彼女は大変有名になり、金持ちたちを友人として迎え入れるまでになったのです。

ジェントリー　キャロライン・ゴードンはポーターに失望したと思いますか？

ブラウン　ある意味ではそうかもしれません。でも、キャサリンはいつもポーターの成功を見て喜んでいました。

（8）自分が指導を受ける立場であることを配慮し、師のゴードンよりも実際五歳年上であることを隠していたのであろうと思われる。

ちなみに、キャロライン自身も指導を受けていました。偶然知ることになったのですが、キャロラインはフォード・マドックス・フォードの弟子でした。そのころ、彼女の創作技術のすべてがフォードからの借り物だったのです。だいぶ昔、彼らはパリとニューヨークで会っています。キャロラインはパートタイムで彼の秘書をしていましたが、二人の関係は、どちらかといえば、何と言いますか、恋愛的なニュアンスがありました。

キャロラインがかつて、フォード・マドックス・フォードからの手紙を何通か燃やしたと私は考えているのですが、それには理由があります。彼女は、「ええ、お分かりのとおり、彼は非現実的な愛着で十分悩んだわ」と言っていましたから。彼女は彼の願いをかなえるつもりで手紙を燃やしたのです。

ジェントリー　キャロライン・ゴードンが自ら指導するほかの作家たちを見る目と、フラナリーを見る目が違っていたと感じるようなことはありますか？

ブラウン　そうですね、時間をかけていたということが挙げられます。彼女がフラナリーを一種の聖者だと思っていたことは明らかです。フラナリーには神から与えられた才能がある、と彼女は考えていたのです。キャロラインの手紙を全部読めば、キャロラインがフラナリーというもう一人の天才を見いだしていたのだということが分かると思います。

訳者あとがき

本書は *At Home with Flannery O'Connor: An Oral History* の翻訳である。原著はフラナリー・オコナー＝アンダルシア財団の出版物であり、その財団のホームページで広告・販売するのみで、他のいかなる場所においても入手することのできない本である。そのような本を翻訳してまで、今から五〇年前にアメリカのジョージア州のミレッジヴィルという片田舎で活躍していた、一見日本とは何の関係もないように思われるフラナリー・オコナーを日本人に知ってもらうことがなぜ有益であるのか。それは、オコナーが苦難に生き、苦難と格闘した作家であり、彼女の作品や人生は多くの日本人に深い慰めと励ましを与えうると感じたからである。

オコナーは一五歳のときに父に先立たれた。父の死因は、当時「紅斑性狼瘡」と呼ばれていた遺伝性の不治の病全身性エリトマトーデスだった。そしてオコナーは、父と同じその病を二五歳で発症し、三九歳で亡くなった。

人は大きな不幸に見舞われたとき、不安と同時にさまざまな疑問に襲われる。そして、その一番大きな疑問は、「なぜ、この私がこんな目に遭わなければいけないのか」ということである。

その苦悩は、彼女のように神を信じている者にとってはさらに大きなものとなる。なぜならば、それによって、その疑問文の上に「神を信じているにもかかわらず」という一言が加わるからである。神が愛であると信じるとき、自らの不幸のどこに神の愛があるのか、また自分は神に見捨てられたのではないのかと思ってしまう。

人は通常、災いや不幸を理由に神の存在を否定する。「もしも神がいるなら、こんなことが起こることを許すわけがない」と。しかし、キリストを信じる者は、キリストを否定しきれないがゆえに、災いとともにキリストにつまづき、絶望と悲壮のなかに突き落とされる。キルケゴールが言うように、「人間の最大の悲惨は、罪よりもいっそう大きい悲惨は、キリストにつまづいて、そのつまづきのうちにとどまっていること」だからである（枡田啓三郎訳『死にいたる病』筑摩書房、二〇〇三年、二三三ページ）。

しかし、キリストにつまづいたあとでも、なおかつ信じ続けるか否かは、一個人としての本人の決断に委ねられている。「なんじはつまづくか、それとも信ずるか、いずれかをすべきである」ともキルケゴールは言っている（前掲書、二二六ページ）。

オコナーは、つまづいても神を信じることを選んだ。それは、オコナーの手紙を編集したサリー・フィッツジェラルドの次の言葉でも明らかである。

病気の受容ぶりは、彼女の場合、単に平静というより、優雅さをそなえていた。「適性には制約がつきもの」と書き、自分の人生の制約を、作家として、一個人としての適性を発揮する上で必要な側面と見なしていたのだろう。…そうして、彼女は自分がすでにわかっていることを、テイヤール・ド・シャルダンが言葉にしているのを知る。「受動的縮小」—決して変えられない苦痛や喪失を晴朗な態度で受け入れること—そして、受動的縮小の結果生じる効果は、意志の働きの熟達につれて増してゆく。受容することが苦痛を耐えやすくすると言ってもよい。いまや彼女は自分の才能と状況を最大限に活かし、一日、また一日と、努力をかさねてゆく。（横山貞子編訳『存在することの習慣』筑摩書房、二〇〇七年、七五ページ）

フラナリー・オコナーは、信と不信の間で揺れ動きつつも信ずることを選びとった。キルケゴールについて解説した工藤綏夫の言葉を借りるならば、フラナリーは、「確実だから信ずるのではなく、むしろ、それが不確実だからこそ信ずる」という「信仰のパトス」によって矛盾を統一したのである（工藤綏夫『キルケゴール』清水書院、一九九七年、一五七ページ）。

人は、神を信じたあとに、一度も疑いを抱かないでいるということは不可能である。疑問を抱かないように心がけること、心にわいてきた疑いを無視してとらわれないようにすることは、もしかしたらできるかもしれない。しかし、そのような信仰における純真さは一種の妄信であり、虚偽の香りすらする。そのような狂信的な信仰に、不条理の満ちあふれる現代の諸問題に取り組むだけの力はない。

逆に、自らに降りかかった災いのなかにあって、つまづきながらも神を信じることを選び続けてきたオコナーの作品には、現代人を取り巻く不条理の時代にも神の愛を明らかにする力がある。人をますます神から遠ざけ、人の心を蝕み、人を絶望に追い込んでいく不条理の暗闇にオコナーは一条の光を照らす。

一見、日本と無関係に思えるフラナリー・オコナーは、実は広島の原爆の悲劇を、我が身に引き付けて考えた作家でもあった。以下の文を読めば、それが分かる。

真剣な作家は、その描く場景がどれほど限定されたものであろうと、つねに世界の全体について書くものである。そのような作家にとって、広島の上に落ちた爆弾は、現代のオコニー河あたりの生活にも影響を持つものであり、この相関は必定なのであって、一作家がどうとも動かせるものではないのだ。(上杉明訳『秘義と習俗――フラナリー・オコナー全エッセイ集』春秋社、一九九九年、七四ページ。一部改訳、田中)

彼女は、ナチスによるユダヤ人大虐殺の問題も念頭に入れて作品を書いている。彼女の取り組んだ問題は、単に彼女一個人に降りかかった病気という災いの問題にとどまるものではなく、現代人の悲劇、とくに神を見失った現代人の背負う不条理であったと言ってよい。

自ら不幸を背負いつつも信仰を貫き、現代の不条理と闘った作家だが、実際はどのような人物であったのだろうか。作品やエッセイ・書簡・研究書などからだけではうかがい知ることのできない姿を、このオーラル・ヒストリーは私たちに伝えてくれる。どの人が伝えるオコナー像からも、決して悲壮さは感じられない。むしろ、彼らの語るオコナーは、使命感にあふれ、勇敢ですらある。

二〇一四年は、オコナー没後五〇年というアニバーサリーである。彼女の生み出した作品は、今日でもアメリカにかぎらず諸外国においても着実に読者を増やしている。二〇一三年三月二六日（アメリカ時間の二五日、オコナーの誕生日）、日本でも「フラナリー・オコナー協会」（会長・野口肇）が設立され、第一回研究会が日本大学で開催された。本書が一人でも多くの人にオコナーの作品を手にとるきっかけとなり、不条理に悩める現代の日本人を絶望の淵から救う機会となることを切に願うものである。

本書の出版にあたっては、オコナーに深い理解を示し、本書を翻訳することの有用性を認めてくれた株式会社新評論の武市一幸氏と、当初翻訳指導をしてくれた横浜国立大学名誉教授水落一郎氏、どんな質問にも最善を尽して対応してくれた原著の編集者ブルース・ジェントリー氏とクレイグ・アマソン氏、レジーナ・オコナーの兄弟姉妹に関する情報を提供してくれたジョージア・カレッジ図書館のナンシー・ディヴィス・ブレイ氏と本書のインタビューアーの一人であるフランシス・フローレンコート氏、そして版権を認めてくれたフラナリー・オコナー＝アンダルシア財団常任理事エリザベス・ワイリー氏に心より感謝を申し上げる。

田中　浩司

二〇一四年九月

家・ジャーナリスト。加島祥造訳『メジャー・リーグのうぬぼれルーキー』（筑摩書房、2003年）、加島祥造訳『アリバイ・アイク』（新潮社、1978年）。インタビュー中に言及さている「金婚旅行」は『アリバイ・アイク』に収録されている。

ランサム，ジョン・クロウ（John Crowe Ransom・1888〜1974）アメリカの批評家・詩人・評論家。ケニヨン・カレッジ教授。〈ケニヨン・レビュー〉を創刊。アレン・テイトとともにNew Criticismを提唱。

リー，マリヤット（Maryat Lee 1923〜1989）劇作家。アンダルシアの読書会のメンバー。戯曲作品に*Dope!*（1951年）、*Four Men and a Monster*（1969年）、*John Henry*（1979年）、*The Hinton Play*（1980年）がある。

リトル，アンドリュー（Andrew Nelson Lytle・1902〜1995）テネシー州出身の小説家・劇作家・随筆家。南部大学とフロリダ大学で文学の教授を務めた。南部大学教授時代の1961年から1973年まで〈セワニー・レヴュー〉の編集者。フラナリー・オコナーのほか、アレン・テイト、ロバート・ペン・ウォレン、エリザベス・ビショップ、キャロライン・ゴードン、ロバート・ローウェルら多くの作家を評価し、批評を通じて彼らを育てた。

リトルトン，ベティ（Betty Littleton・生没年不明）セシル・ドーキンズの友人。

レーダー，ジェシー（Jessie Rehder・1908〜1967）ノース・キャロライナ大学チャペルヒル校で第2次世界大戦後務めた最も重要な教師（1947〜1967年）の一人として数えられている。小説・劇・詩も書いたが、クリエイティブ・ライティングの授業用教科書として編集した*The Young Writer at Work*（1962）が有名。

ローウェル，ロバート（Robert Lowell・1917〜1977）アメリカに残っているピューリタンの暗い影の世界を探った詩集*Lord Weary's Castle*（1947年）で全米図書賞受賞。第2次世界大戦で徴兵拒否し、投獄される。ベトナム戦争にも反対する。1962年から死ぬまで、アメリカ詩人アカデミーの学長も務めた。アメリカン詩人アカデミーについては、https://www.poets.org/page.php/prmID/1を参照。

ホワイト，ファニー（Fannie White・生没不明）メアリー・ジョー・トンプソンとともに、フラナリーが昼食によく通ったサンフォード・ハウスのレストラン経営者の一人。

マクラウド，ジム（Jim McLeod・生没年不明）長老派教会牧師の息子。アンダルシアでの読書会の一人。

マケミー，フランシス（Francis Makemie・1658～1708）アイルランド生まれ。1983年にメリーランドに到着。同年スノー・ヒルにアメリカ長老派教会を創設。「長老派の父」と呼ばれる。

マコーレー，ロビー（Robie Macauley・1919～1995）編集者・作家・批評家。1947年、アイオワ大学でポール・エングルと共にラーターズ・ワークショップの教師を務める。

マッカウン，フーティ（Fr. James Hooty McCown, S.J.・1912～1992）フラナリーの懺悔聴聞司祭。メイコンの聖ヨハネ・カトリック教会で助祭の時代（1953～1958年）にフラナリーと出会い、フラナリーを霊性と文学の両面から支えてきた。

マッカラーズ，カーソン（Carson McCullers・1917～1967）ジョージア州出身の女性作家。社会に順応できない人間や排除された人間をテーマに扱い、南部を舞台に、グロテスクな人物が描かれているのが特徴的。西田実訳『悲しき酒場の唄』（白水社、1992年）、河野一郎訳『心は孤独な狩人』（新潮文庫、1972年）など。

マッキー，エリザベス（Elizabeth McKee・？～1997）ハーコート・ブレース&カンパニーの代理人。フラナリーとセシル・ドーキンズの代理人を務める。

マートン，トマス（Thomas Merton・1915～1968）フランス出身の米国トラピスト会司祭・作家・詩人・社会批評家。1941年、ゲッセマニのトラピスト大修道院入会。1949年、司祭叙階。1968年、タイのバンコクで客死。現代の世俗的生活と霊的生活を主に描いた。工藤貞訳『七重の山』（中央出版、1966年）、木鎌安雄訳『平和への情熱――トマス・マートンの平和論』（女子パウロ会、2002年）、五百旗頭明子・伊東和子訳『ヨナのしるし――トマス・マートンの日記』（女子パウロ会、2001年）。

マリタン，ジャック（Jacques Maritain・1882～1973）フランスのカトリック哲学者。元々プロテスタントだったが不可知論者となり、その後カトリックに改宗した。トマス・アクィナスを現代に蘇らせた功績をもつと共に、1948年、国連で採択された世界人権宣言の起草者として有名。作品には、*"Art and Scholasticism with Other Essays"*（1947年）などがある。

ラッセル・ジュニア，リチャード（Richard Russell, Jr.・1897～1971）民主党出身のジョージア州知事（1931～1933年）、上院議員（1933～1971年）。公民権運動に反対の立場を取っていた。

ラードナー，リング（Ring Lardner・1885～1933）ミシガン州出身の作

Alone: A Philosophy of Religion.（1951年）、*God in Search of Man: A Philosophy of Judaism.*（1955年）などがある。

ヘスター，ベティ（Hazel Elizabeth "Betty" Hester・1923～1998）フラナリーの文通相手。一読者として1955年からフラナリーと文通を開始し、その後フラナリーが亡くなる1964年までの９年間に約300通の手紙を交わし、互いに心を支えあう友達となった。手紙は、サリー・フィッツジェラルドが1979年に刊行した『存在することの習慣』というフラナリーの書簡集に「A」という匿名で収録されている。フラナリーはベティの堅信礼での名付け親になる予定であったが、1961年にベティはカトリック教会を離れ不可知論者となり、フラナリーを失望させた。1987年、ベティはフラナリーからの手紙をエモリー大学に寄贈した。1998年拳銃により自殺。手紙は彼女の遺言に従い、20年間封印されたのち、2007年５月12日に公開された。

ベチャム，ジェラルド（Gerald Becham・生没不明）ジョージア女子カレッジ図書館司書。フラナリーの母レジーナの親友。ジョージア女子カレッジ図書館にフラナリー・オコナー・ルームを開設するのに貢献した。

ベッツ，ドリス（Doris Betts・1932～2012）ノースキャロライナ大学チャペルヒル校の同窓会特別名誉教授。小説家・エッセイスト。短篇小説集 *Beasts of the Southern Wild and Other Stories*（1979年）で全米図書賞を受賞。岡本浜江訳「高慢なる善行」（常盤新平編『マドモアゼル短編集Ⅰ』新書館、1972年）

ベルナノス，ジョルジュ（Georges Bernanos・1888～1948）フランスのカトリック小説家。木村太郎訳『田舎司祭の日記』（新潮文庫、1952年）、渡辺一民編『ジョルジュ・ベルナノス著作集（全６巻）』（春秋社、1976～1982年）。

ホーソン，ナサニエル（Nathaniel Hawthorne・1804～1864）マサチューセッツ州セイラム出身の小説家。クエーカー教徒迫害やセイラムの魔女裁判にかかわった先祖をもつため、ピューリタン時代を背景にした善悪をテーマにした作品が多い。八木敏雄訳『完訳　緋文字』（岩波文庫、1992年）、坂下昇訳『ホーソン短篇小説集』（岩波文庫、1993年）など。

ポーター，キャサリン・アン（Katherine Anne Porter・1890～1980）アメリカ南部の女性作家。尾上政次訳『花ひらくユダの木・昼酒』（英宝社、1993年）。

ポール・ボーン神父（Father Paul Bourne・1908～1995）シトー派の修道会、聖霊修道院の神父。1960年代にムーア修道院長と共に、頻繁にアンダルシアのオコナーを訪れた。ブラッド・グーチは「ボーン神父は、フラナリーの作品をすべて読んでいた。彼女は、彼のなかに宿る自分と同じ精神を見ていたものと思われる」と記録している（Brad Gooch, *Flannery: A Life of Flannery O'Connor*, p.327）。

フェーゲリン，エリック（Eric Voegelin・1901〜1985）ドイツ生まれの米国の政治哲学者。山口晃訳『政治の新科学——地中海的伝統からの光』（2003年）、同訳『秩序を求めて』（2007年）などがある。共に而立書房刊。

フォークナー，ウィリアム（William Faulkner・1897〜1962）ミシシッピ州出身の作家。20世紀アメリカ文学の巨匠の一人。架空の土地ヨクナパトーファを舞台に設定し、因習的なアメリカ南部を描いた。1949年ノーベル文学賞受賞。加島祥造訳『八月の光』（新潮文庫、2000年）、藤平育子訳『アブサロム、アブサロム！（上下）』（岩波文庫、2011〜2012年）など。

フォード，フォード・マドックス（Ford Madox Ford・1873〜1939）小説家・批評家・編集者。イギリス生まれ。代表作 *The Good Soldier*（1915）は20世紀の最も偉大な文学の一つに数えられ、モダン・ライブラリー・小説ベスト100に収録されている。

フォン・ヒューゲル，フリードリッヒ（Friedrich von Hügel・1852〜1925）フォン・ヒューゲル男爵とも呼ばれる。オーストリア出身の神秘主義的なカトリック作家。作品には *The Mystical Element of Religion*（1908年）などがある。

ブルックス，クレアンス（Cleanth Brooks, Jr.・1906〜1994）アメリカの新批評派の批評家。評論集 *The Well-Wrought Urn: Studies in the Structure of Poetry*（1947年）がある。

フロスト，ロバート（Robert Lee Frost・1874〜1964）カリフォルニア州サンフランシスコ生まれの詩人。ニューイングランドの農村生活を主に題材とした社会的・哲学的な詩を作り、多くの国民に愛吟された。ピュリッツァー賞受賞（４回）。安藤千代子訳『ロバート・フロスト詩集：愛と問い』（近代文藝社、1992年）

フローレンコート，フランク（Frank Florencourt・生没年不明）フラナリーの母の妹アグネスの夫。フランシス・フローレンコートの父。

ペイリー，グレイス（Grace Paley・1922〜2007）ニューヨーク生まれ。ユダヤ系アメリカ人。短篇小説作家・詩人・教師・政治活動家。村上春樹訳『人生のちょとした煩い』（文春文庫、2009年）。

ベケット，サミュエル（Samuel Beckett・1906〜1989）アイルランド出身のフランスの劇作家・小説家・詩人。20世紀を代表する作家の一人であり、不条理演劇を代表する作家の一人である。1969年、ノーベル文学賞受賞。片山昇・安堂信也・高橋康也訳『サミュエル・ベケット短編集』（白水社、1972年）、安堂信也・高橋康也訳『ゴドーを待ちながら』（白水Uブックス、2013年）。

ヘシェル，アブラハム・ジョシュア（Abraham Joshua Heschel・1907〜1972）ポーランド出身のアメリカ人ラビ。公民権運動を支援し、ベトナム戦争に反対し積極的に社会活動を展開した。代表作に *Man Is Not*

ハインズ，ベシー（Bessie Hines・生没年不明）ケイティ・セムズの甥または従兄弟と結婚した女性。サヴァンナに住み、ケイティ・セムズを最後まで世話をした。

パーシー，ウォーカー（Walker Percy・1890〜1980）ピュリッツァー賞受賞ジャーナリスト、エッセイスト、小説家、政治活動家。小林健治・岡田田鶴子訳『花咲くユダの木：K・A・ポーター短篇集』（篠崎書林、1982年）など。映画化された作品にヴィヴィアン・リーが最後に主演した『愚か者の船』（1965年）がある。

パスカル，ブレーズ（Blaise Pascal・1623〜1662）フランスの数学者・物理学者・哲学者・キリスト教神学者。パスカルの三角形・パスカルの原理・パスカルの定理などで知られる。前田陽一・由木康共訳『パンセ』（中公文庫、1973年）など。

パローネ，エド（Ed Parone・生没年不明）アメリカン・プレイス劇場の監督。

パワーズ，J. F.（James Fari Powers・1917〜1999）イリノイ州ジャクソンヴィル生まれのカトリック作家。第２次世界大戦中に戦役を拒否して、投獄された。「彼はコットンを植えない」（W.P. キンセラ／畑中佳樹訳『and Other Stories——とっておきのアメリカ小説12篇』文藝春秋、1988年所収）

ハンドマン，ウィン（Wynn Handman・1922〜）アメリカン・プレイス劇場のプロデューサー。

ピウス，ブラザー（Brother Pius・生没年不明）ポール・ボーンと同じ聖霊修道院の修道士。修道院で小さな土産物店を経営していた。

ヒックス，グランヴィル（Granville Hicks・1901〜1982）小説家・批評家・教育者・編集者。元共産主義者として活躍していたが、その後転向した。1942年以降、ヤッドの理事および常任理事を務めた。

ピーデン，ウィリアム（William Harwood Peden・1999）アメリカの作家。ミズーリ大学教授（1946年〜1979年）、その後同大学名誉教授、同大学出版局長となった。*Studies in Short Fiction* の編集委員および *Story* の編集者も務めた。早期より短篇小説を文学のジャンルとして認め、研究批評したことで知られる。

ピンター，ハロルド（Harold Pinter・1930〜2008）イギリスの劇作家・詩人。20世紀後半を代表する不条理演劇の大家。2005年、ノーベル文学賞受賞。反リアリズム的手法を用い、反戦思想・全体主義批判や社会批判を特徴とする作品が多い。

ファーガソン，ベティ（Elizabeth "Betty" Grieve Ferguson・生没年不明）ジョージアカレッジ図書館職員。アンダルシアの読書会の参加者。

フィリップス，ランス＆メアリー（Lance & Mary Phillips・生没年不明）アンダルシアの読書会の一員。ランスはイギリス人。ジョージア軍事カレッジの英文科に勤務。

テイト, アレン（Allen Tate・1899～1979）アメリカの詩人。南部農本主義に基づく詩の雑誌 The Fugitive の創刊に携わる。New Criticism（新批評）という文学批評の方法を提唱。

テイラー, ピーター（Peter Matthew Hillsman Taylor・1917～1994） テネシー州生まれのアメリカの作家。ピュリッツァー賞受賞。小野清之訳『メンフィスへ帰る』（早川書房、1990年）。

トゥーミー, ジョン・ダウニー（Monsignor John Toomey・生没年不明）ミレッジヴィル教区司祭、カトリック聖心教会司祭（1943～1956年）。

ドストエフスキー, フョードル・ミハイルヴィッチ（Fedor Mikhaykovich Dostoevskii・1821～1881）19世紀ロシアを代表する世界的小説家。当初社会主義的な思想を抱いていたが、逮捕・特赦・シベリア流刑を経て、ギリシア正教に基づく魂の救済を描くようになる。神馬文男訳『罪と罰』（柏艪舎、2014年）、亀山郁夫訳『新訳 地下室の記録』（集英社、2013年）、望月哲男訳『死の家の記録』（光文社古典新訳文庫、2013年）

トレナー, ガートルート（ガーティー）（Gertrude "Gertie" Treanor・生没年不明）ジョージア師範・実業学校とジョージア軍事カレッジの音楽教師。ミレッジヴィルのクライン家でピアノを教え、カトリック聖心教会でオルガン演奏の奉仕をした。

トレナー, テレンス（Terrence Treanor・生没年不明）フラナリーの大叔父。

トレナー, ルシア・ターク（Lucia Turk Treanor・生没年不明）テレンス・トレナーの妻。

トンプソン, メアリー・ジョー（Thompson, Mary Jo・生没年不明）ファニー・ホワイトと共に、フラナリーがよく通ったサンフォード・ハウスのレストラン経営者の一人。

ナボコフ, ウラジーミル（Vladimir Nabokov・1899～1977）ロシア生まれのアメリカの小説家・詩人・翻訳家。蝶などの昆虫学の権威としても知られている。若島正訳『ロリータ』（新潮文庫、2006年）など。

ネメロフ, ハワード（Howard Nemerov・1920～1991） アメリカの桂冠詩人・小説家・批評家。柴田元幸訳「夢博物館」（『紙の空から』晶文社、2006年）など。

ネリガン, ドリー（Dorrie Neligan・生没年不明）ジョージア女子カレッジの同窓会幹事の一人。同大学にフラナリー・オコナー・ルームの開設に貢献した。

バイスワンガー, ジョージ（George W. Beiswanger・1902～1993）ジョージア女子カレッジ哲学科学科長。舞踊研究家。ウィリアム・カークランドが開催したアンダルシアの読書会を経済的に支援。論文に"Music for the Modern Dance"（*Theater Arts*, March 1934）がある。

ハインズ, ガブリエル（Gabriel Hines・生没年不明）ケイティ・セムズの叔母。修道女。

スタッフォード, ジーン（Jean Stafford・1919～1997）小説家。1970年、*The Collected Stories of Jean Stafford* でピュリッツァー賞受賞。ロバート・ローウェルの妻。ロバート・ジルーの友人で、フラナリーの知り合い。

スパイヴィー, テッド（Ted R Spivey・1927～2012）ミネソタ州立大学、エモリー大学を経て、ジョージア州立大学上級教授として退官。長年、アメリカ南部文学と現代英文学を教えると共に、ジョセフ・キャンベル、ウォーカー・パーシー、フラナリー・オコナー、コンラッド・エイキンら著名な作家・学者達と親交を深めた。*Flannery O'Connor: The Woman, the Thinker, the Visionary*（Mercer University Press, 1997）などがある。

スミス, リリアン（Lillian Smith・1897～1966）アメリカ南部の白人女性作家・社会批評家。人種差別を果敢に批判し、黒人差別政策の廃止に向けて取り組んだ。*Killers of the Dream*（1949年）は、子ども時代の記憶をもとに罪や性や人種差別にまつわる制度など、南部のタブーを描いた作品で、様々な論議を呼んだ。

セムズ, ケイト・フラナリー（Kate Flannery Semmes・1868～1958）フラナリーのいとこ。ラフェエル・T・セムズの妻で、父ジョン・フラナリーから約100万ドルの遺産を相続した。次のサイトに彼女に関する詳しい論文が掲載されている。http://library.armstrong.edu/Semmes_Kate%20Flannery.pdf#search='Kate+Flannery+Semmes'

ソーントン, フローレンス（Florence Thornton・生没年不明）フラナリーの大叔父テレンス・トレナーの妻ルシア・ターク・トレナーの姉妹。ジャック・ソーントンの母。

チアーディ, ジョン（John Anthony Ciardi・1916～1986）アメリカの詩人・翻訳家・語源学者。1959年ヴァーモント州で開催されたブレッド・ローフ作家大会で委員を務めた。*How Does a Poem Mean?*（1959年）など。

チェイニー, ジェームズ・アール（James Earl Chaney・1943～1964）アフリカ系アメリカ人。公民権運動家。ミシシッピー州のアフリカ系アメリカ人達に選挙権を与えようとする「フリーダム・サマー」という運動の最中にクークルックス・クランらによって暗殺された３人の人種平等議会員の一人。

チェーホフ, アントン. P.（Anton P. Chekhov・1860～1904）ロシアの小説家・劇作家。短篇小説の名手で、人物の内面のドラマを中心に描いた。現代の不条理を描いた戯曲を残した。松下裕訳『チェーホフ全集』（全12巻、ちくま文庫、1994年）、沼野充義訳『新訳　チェーホフ短編集』（集英社、2010年）などがある。

ディッキー, ジェイムズ（James Dickey・1923～1997）詩人・小説家。最も有名な詩集に *Helmets*（1964年）と *Buckdancer's Choice*（1965年）があり、映画化された小説として *Deliverance*（1970年）などがある。

「アンガージュマン（社会参加）」の大切さを説く。鈴木道彦訳『嘔吐』（人文書院、2010年）、松浪信三郎訳『存在と無―現象的存在論の試み（1）（2）』（ちくま学芸文庫、2007年）。

シーガル，ジョージ（George Segal・1934〜）映画俳優。『若き医師たち』（1961年）で映画デビュー。『バージニア・ウルフなんかこわくない』（1966年）でアカデミー助演男優賞にノミネート、『ウィークエンド・ラブ』（1973年）でゴールデングローブ賞と主演男優賞を受賞。

ジェイムズ，ヘンリー（Henry James・1843〜1916）アメリカ生まれのイギリスの小説家。心理主義文学の先駆者。哲学者ウィリアム・ジェイムズの弟。西川正身訳『デイジー・ミラー』（新潮文庫、1957年）、蕗沢忠枝訳『ねじの回転』（新潮文庫、1962年）

シャノン，ジェームズ＆ネリー（James & Nellie Shannon・共に生没年不明）ジェームズ・シャノンはヤッドの土地・建物の管理人。妻のネリーはヤッドで40年間料理長を務め、1993年78歳で引退した。

シュヴェルナー，ミカエル（Michael Schwerner・1939〜1964）ユダヤ系アメリカ人。公民権運動家。ミシシッピー州のアフリカ系アメリカ人達に選挙権を与えようとする「フリーダム・サマー」という運動の最中にクークルックス・クランらによって暗殺された３人の人種平等議会員の一人。

シュテグナー，ウォレス（Wallace Stegner・1909〜1993）作家・歴史家・環境保護論者。スタンフォード大学には現在もシュテグナー・フェローシップによる作家・詩人養成プログラムがあり、毎年学生を募集している。詳しくは、http://creativewriting.stanford.edu/about-the-fellowship を参照。

ジョイス，ジェイムズ（James Joyce・1882〜1941）アイルランドの小説家。20世紀の最も重要な作家の一人。意識の流れ・内的独白など独特の文学的手法を確立。高橋雄一・丸谷才一・永川玲二訳『ユリシーズ（全４巻）』（集英社文庫、2012年）、丸谷才一訳『若い藝術家の肖像』（集英社、2009年）。

ジョセフ，シスター・メアリー（Sister Mary Joseph・生没年不明）フラナリーに最初にピアノを教えた。サヴァンナでの小学校時代、家から学校まで車を運転してフラナリーの送迎をした。

ジョーンズ，ロバート・アール（Robert Earl Jones・1910〜2006）ミシシッピ州生まれ。黒人俳優。映画『スティング』（1939）や『コットンクラブ』（1984）に出演。

スタイロン，ウィリアム（William Styron・1925〜2006）バージニア州出身の小説家・エッセイスト。大橋吉之輔訳『ナット・ターナーの告白』（河出書房新社、1979年）、大浦暁生訳『ソフィーの選択』（新潮文庫、1991年）

1983）フラナリーの叔母、レジーナの妹。

クライン，バーナード・マクヒュー（Bernard McHugh Cline・1880～1947）フラナリーの伯父、レジーナの異母兄。内科医。のちに「アンダルシア」と呼ばれるようになった土地を購入し、農場経営を始めた。

クライン，ベティ（Betty Cline・生没年不明）フラナリーの従姉妹。

クライン，メアリー（Mary Genevieve Cline・1883～1965）フラナリーの伯母、レジーナの異母姉。

クライン，ルイス（Luis Ignatius Cline・1893～1973）フラナリーの伯父、レジーナの兄。金物商。レジーナと共にアンダルシア農場の経営をした。

クラーマン，ハロルド・エドガー（Harold Edgar Clurman・1901～1980）アメリカで大変影響力のあった舞台監督・演劇評論家。生涯に40作以上の監督をし、トニー賞にノミネートされた。ニューヨーク・シティ・シアター創設者の一人。映画批評に *The New Republic*（1948～1952年）、*The Nation*（1953～1980年）、回想録に *The Fervent Years: The Group Theatre And The Thirties*（1961年）がある。

グリーン，ラッセル＆ミリアム（Russell & Miriam Green・共に生没年不明）スティーブンズ・カレッジの学科長。ジョージア州選出のリチャード・ラッセル・ジュニア上院議員の甥。アンダルシアでの読書会のメンバー。ミリアムはグリーンの妻。

グリーン，ローザ（Rosa Green・生没年不明）ルイーズ・アボットの親友。

クレサップ，ポール（Paul Cresap・生没年不明）ジョージア軍事カレッジの英語教師。アンダルシアの読書会のメンバー。

ゴーゴリ，ニコライ・ワシリエヴィチ（Nikolai Vasilievich Gogol・1809～1952）ウクライナ生まれのロシアの小説家・劇作家。ロシア・リアリズム文学の祖。浦 雅春訳『鼻／外套／査察官』（光文社古典新訳文庫、2006年）など。

ゴーディマー，ナディン（Nadine Gordimer・1923～2014）南アフリカの女性作家。反アパルトヘイトの立場で小説を書く。1991年にノーベル文学賞を受賞した。福島富士雄訳『ブルジョワ世界の終わりに』（スリーエーネットワーク、1994年）などがある。

ゴードン，キャロライン（Caroline Gordon・1895～1981）小説家・批評家。南部農本主義的な作品を特徴とする。アレン・テイトと結婚・離婚を二度繰り返す。1947年にカトリック信徒になる。邦訳はなし。

サリー，メアリー（Mary Sallee・生没年不明）フラナリーと同年齢で、幼少年期を共に過ごした。

サルトル，ジャン・ポール（Jean-Paul Sartre・1905～1980）フランスの無神論的実存主義哲学者・文学者。

1995）フラナリーの母。ジョージア州ミレッジヴィル生まれ。マーガレット・アイダ・トレナーとピーター・ジェームズ・クラインの9人中の7番目。

カークランド，ウィリアム（William Kirkland・生没年不明）米国聖公会の教区牧師。「現代文学における神学」について話し合うという意図で1957年から1960年まで続いた読書会を開催。

カズンズ，ノーマン（Norman Cousins・1915～1990）ニュージャージー州出身のジャーナリスト・教授・平和運動家。原爆の被災地広島を訪れ、ルポルタージュ「Hiroshima—Four Years Later（4年後の広島）」を1949年9月17日発行の文芸雑誌〈The Saturday Review of Literature〉に発表。広島原爆被災者たちの救援・支援のために日米両国で活躍し、1964年には広島市特別名誉市民に叙せられた。広島平和記念公園にカズンズの記念碑がある。

カポーティ，トルーマン（Truman Capote・1924～1984）アメリカの作家。村上春樹訳『ティファニーで朝食を』（新潮文庫、2008年）、佐々田雅子訳『冷血』（新潮文庫、2006年）など。

カミュ，アルベール（Albert Camus・1913～1960）フランスのノーベル賞作家・ジャーナリスト・哲学者。虚無主義に抵抗し続け、不条理の哲学を追求し、第2次世界大戦中にレジスタンスに参加した。宮崎嶺男訳『ペスト』（新潮文庫、1969年）、窪田啓作訳『異邦人』（新潮文庫、1995年）。

キュング，ハンス（Hans Küng・1928～）スイスのカトリック司祭、神学者。第2バチカン公会議で顧問を務めるも、のちに法王の無謬性を否定したためにバチカンにより検閲処分となった。"*On Being a Christian*"（1976年）という著書のほか、石脇慶総・里野泰昭訳『教会論（上）（下）』（新教出版社、2005年）などがある。フラナリーが、キュングの *The Council, Reform, and Reunion*（London：Sheed and Ward, 1960）について描いた書評が以下に収録されている。"*The Presence of Grace and Other Book Reviews by Flannery O'Connor*"（University of Georgia Press, 2008）pp. 146～147.

キング・ジュニア，ウッディ（Woodie King Jr.・1937～）アラバマ州生まれ。アフリカ系アメリカ人。映画・舞台俳優。ニューヨークのニュー・フェデラル・シアターの創設者・監督。映画『預言者の死（Death of a Prophet)』（1981）などに出演。

グッドマン，アンドリュー（Andrew Goodman・1943～1964）ニューヨーク市生まれのユダヤ系アメリカ人。公民権運動家。ミシシッピー州のアフリカ系アメリカ人達に選挙権を与えようとする「フリーダム・サマー」という運動の最中にクークルックス・クランらによって暗殺された3人の人種平等議会員の一人。

クライン，アグネス（Agnes Cecelia Cline Von Florencourt・1897～

文社、1979年)、ソーントン不破子訳『ポンダー家殺人事件—言葉で人を殺せるか?』(リーベル出版、1994年)。

ウォー, イーヴリン(Waugh, Evelyn・1903～1966) イギリスのカトリック作家。風刺とブラックユーモアのきいたカトリック的な作品が特徴。富山太佳夫訳『大転落』(岩波文庫、1991年)、小野寺健訳『回想のブライズヘッド(上下)』(岩波文庫、2009年)など。

ウォルストン, ローザ・リー(Rosa Lee Walston・生没年不明) ジョージア州立女子カレッジ英文科の教授、のちに学科長。〈フラナリー・オコナー・ブレティン〉の創設に携わった編集者の一人。フラナリーの友達。

ウォレン, ロバート・ペン(Robert Penn Warren・1905～1989) アメリカの批評家・詩人・小説家。南部農本主義の立場に立つ詩・批評雑誌〈ザ・フュージティヴ〉、〈サザン・レヴュー〉の編集者。クレアンス・ブルックスとの共著で新批評主義の文学教育のための教科書 *Understanding Poetry* (1939) と *Understanding Fiction* (1943) が有名。

エイムス, エリザベス(Elizabeth Ames・1885～1977) ヤッドの所有者。トラスク夫妻が亡くなったのちに、夫妻の長年の友達であり、妻カトリーナの最晩年の結婚相手となったジョージ・フォスター・ピーボディーによって雇われた常任理事で、1925年、彼女が今日の形でヤッドに初めて作家集団を迎え入れ、その後半世紀にわたって管理に携わった。

エマソン, ラルフ・ワルドー(Ralph Waldo Emerson・1803～1882) アメリカの思想家・詩人。超絶主義的思想の語られたエッセイ *Nature* (1836年)、アメリカの知的独立宣言と呼ばれた講演 "The American Scholar" (1837年) が有名。『エマアソン全集 (全8巻)』(日本図書センター、1995年)。

エリオット, T・S(T. S. Eliot・1888～1965) アメリカ生まれのイギリスの詩人・劇作家・評論家。1948年ノーベル文学賞受賞。岩崎宗次訳『荒地』(岩波文庫、2010年) など。児童向けの詩『キャッツ—ポッサムおじさんの猫とつき合う法』(1939年) は、エリオットの死後、大ヒットミュージカル『キャッツ』の原作。

エングル, ポール(Paul Engle・1908～1991) アメリカの詩人・編集者・文学批評家・小説家・劇作家。アイオワ大学のライターズ・ワークショップの教師として名が知られている。

オコナー・ジュニア, エドワード・フランシス(Edward Francis O'Connor, Jr.・1896～1941) ジョージア州サヴァンナ生まれ。フラナリーの父。第1次世界大戦中メキシコとフランスで歩兵隊中尉として従軍。1922年にレジーナと結婚。フラナリーの誕生を記念して「ディキシー不動産会社」を設立。フラナリーが15歳の時に全身性エリトマトーデスで死亡。

オコナー, レジーナ・クライン(Regina Cline O'Connor・1896～

本書に登場する人物紹介

（インタビュー取材者および取材された人物、原著の作成関係者については除く）

アウグスチヌス, アウレリウス（Aurelius Augustinus・354～430）初期キリスト教界最大の思想家・ラテン教父。服部英次郎訳『告白』（岩波文庫、1976年）。

アクィナス, トマス（Thomas Aquinas・c1225～1274）中世イタリアの神学者。スコラ哲学の大成者。彼の考えを受けついで信奉される哲学・神学説はトマス主義またはトミズムと呼ばれる。稲垣良典等共訳『神学大全』全45巻（創文社、1960～2012年）

アレン, レイノルズ（Reynolds Allen, Sr.・1925～2012）ジョージア州エッセイコンテストで１位となり、エモリー大学への奨学金を獲得、優等で卒業した。２位がフラナリー・オコナーで、２人はその後友達になった。ミレッジヴィルのセンチュリー・バンクで、長年銀行員として働いていた。頭がよく、遊び好きののんきな性格でたくさんの友人がいた。

アーレント, ハンナ（Hannah Arendt・1906～1975）ドイツ生まれのアメリカの政治思想家。ナチス時代に、反ユダヤ人主義に関する資料収集やドイツから他国へ亡命する人を援助する活動に従事。1933年にフランスに亡命し、シオニスト関係の仕事に携わる。1941年にアメリカに亡命し、いくつかの大学を歴任する。『全体主義の起原』（みすず書房、1951年）が刊行されている。ドイツ映画賞を受賞した映画『ハンナ・アーレント』が、2013年に岩波ホールで公開され、日本各地で上映された。

イェイツ, ウィリアム・バトラー（William Butler Yeats・1865～1939）アイルランドの劇作家・詩人。1923年ノーベル文学賞受賞。アイルランド文芸復興で中心的役割を担う。1922年～1927年上院議員を務める。高松雄一編・訳『対訳イェイツ詩集』（岩波文庫, 2009年）など。

ウィンターズ, イヴォール（Yvor Winters・1900～1968）詩人・批評家。シカゴ生まれ。詩とは道徳的判断を表す行動であるとして、T. S. エリオットやヘンリー・ジェイムズなど文学上の偉人達を攻撃した。詩集に *The Early Poems of Yvor Winters, 1920-1928*（1966）、批評集に *In Defense of Reason*（1947）がある。

ウェスト, コン（Con West・生没不明）ジョージア大学理事兼教授の妻で、大学内で毎週開催されていた読書会のメンバー。

ウェスト, ナサニエル（Nathanael West・1903～1940）ニューヨーク出身のユダヤ系の小説家・劇作家。丸谷才一訳『孤独な娘』（岩波文庫、2013年）

ウェルティ, ユードラ（Eudora Welty 1909～2001）ミシシッピィ州出身の女性作家。ピュリッツァー賞受賞。青山南訳『大泥棒と結婚すれば』（晶

訳者紹介

田中浩司（たなか・こうじ）
1960年生まれ。神奈川県横須賀市出身。
防衛大学校教授・明治学院大学非常勤講師・明治学院大学キリスト教研究所協力研究員。日本フラナリー・オコナー協会副会長。
論文に「フラナリー・オコナーのケルト的考察」（『防衛大学校紀要人文科学分冊』第79輯、1999年）、「フラナリー・オコナーの作品に見る『恩寵』という名の暴力と『悪』の所在」（『キリスト教文学研究』第30号、2013年）、「内村鑑三の文学観―近代日本文士たちの憧憬と絶望」（『明治学院大学キリスト教研究所紀要』第41号、2008年）などがある。

フラナリー・オコナーとの和やかな日々
――オーラル・ヒストリー――

2014年11月20日　初版第1刷発行

訳者　田中浩司
発行者　武市一幸

発行所　株式会社　新評論

〒169-0051
東京都新宿区西早稲田3-16-28
http://www.shinhyoron.co.jp

電話　03(3202)7391
FAX　03(3202)5832
振替・00160-1-113487

落丁・乱丁はお取り替えします。
定価はカバーに表示してあります。

印刷　フォレスト
製本　中永製本所
装丁　山田英春

Printed in Japan
ISBN978-4-7948-0984-1

ロイス・ローリー作　戦慄の近未来小説シリーズ

〈ギヴァー4部作〉*Giver Quartet*

訳：島津やよい

〈ギヴァー四部作〉1

ギヴァー　記憶を注ぐ者

ジョナス，12歳。職業，〈記憶の器〉。
世界中を感動で包んだニューベリー受賞作が
みずみずしい新訳で再生。

四六判ハードカバー　256頁　1500円
ISBN978-4-7948-0826-4

〈ギヴァー四部作〉2

ギャザリング・ブルー
青を蒐《あつ》める者

脚の不自由な少女キラ。
思いもかけない運命だった——
少女の静かなたたかいがはじまる。

四六判ハードカバー　272頁　1500円
ISBN978-4-7948-0930-8

〈ギヴァー四部作〉3

メッセンジャー
緑の森の使者

キラとの別れから6年。成長したマティは，
相互扶助の平和な〈村〉で幸せに暮らしていた。
人類の行く末を映しだす，悲しくも美しい物語。

四六判ハードカバー　232頁　1500円
ISBN978-4-7948-0977-3

〈ギヴァー四部作〉4　＊未邦訳・近刊

SON（息子）

前3作の登場人物が一堂に会し，『ギヴァー』の世界の謎が解き明かされる。
そして〈善と悪〉をめぐる苛烈で壮大な物語が，ついに真の完結をむかえる。

［表示価格：税抜本体価]